漣（さざなみ）の王国

岩下悠子

綾部蓮という青年は、私たちにとって遠い国の王様のような存在だった。神の贈り物と呼ぶべき肉体と才能に恵まれ、美貌をもって周囲の人々を侍臣のごとく傅（かしず）かせ、それでいて何時（いつ）も退屈を持て余していた。だから彼が自殺した時、その理由を知る者もいなかった――。ひとりの才能ある若者に羨望を抱いた者や憎悪した者、誰もが彼の年齢を追い越し忘れ去っていくなか、私たちは思い出す。なぜ青年は自ら命を絶ったのか？　人生の一時期に齎（もたら）される謎と恩寵を忘れ難い余韻とともに鮮やかに描き切る連作ミステリ。

漣(さざなみ)の王国

岩下悠子

創元推理文庫

SAHASRĀRA

by

Yuko Iwashita

2019

目次

漣の王国

――十六日午後六時二十分頃、滋賀県大津市の坂本港沖合約一キロの琵琶湖で、無人の釣り用ボート（長さ約六メートル）が漂流しているのを航行中の船が見つけ一一〇番通報した。県警がヘリコプターなどで湖上を捜索したところ、男性が浮いているのを発見、救助したが、病院で死亡が確認された。坂本署が身元などを調べている。

男性はライフジャケットを着用していなかった。現場付近に風はなく波も穏やかだったという。

『大津新聞』八月十七日朝刊

序章

後年自裁した綾部蓮(あやべれん)が最終泳者(アンカー)であった。
瑛子(えいこ)はその頃、レースに臨(のぞ)む綾部の姿を、はるか昔の、遠い国の王様のようだと思っていた。自分の城で気随にふるまう、傲慢で天衣無縫な王様。

筋骨の発達した褐色の軀(からだ)が、クラウチング体勢からスタート台を蹴って跳ね、完璧な弧線を描いて水面に突き刺さる。水中深くで五度、六度と美しく身を撓(しな)らせた綾部は、推進力を遊び尽くして浮上すると、水と大気のあわいを猛然と翔(と)び始める。大きな掌(てのひら)が果実をもぐように水を摑(つか)み、体幹の中心軸へかき寄せて放擲(ほうてき)する時、瑛子の目には、飛び散る飛沫(しぶき)がすべて花弁のように見えた。生まれるが早いか散華する純白の花。

綾部は百メートル自由形を五十秒で泳ぐ。入水(エントリー)から掻き(プル)、出水(リリース)、リカバリーへと至る腕の回転動作は、悠然としていながら、どこか無邪気だ。生命力と機能美を臆面もなく誇っている。

その日、第三レーンは確かに綾部の城だった。四百メートルフリーリレー決勝。アンカーの綾部は三位で出立し、一位で帰還した。レース後、地響きに似た歓声の底で、彼はゴーグルを額に押し上げると、きらめく水面に仰臥して、しばし何かを見つめていた。プールの水は千々に乱れ、ガラス壁を透かして降る太陽光の粒子が、綾部の端整な顔にも広い胸板にも、金色の縮緬を広げていた。ガラスの彼方には山々の稜線が波打ち、その襞の間から、美しい凶兆のように、白い塔が天を目指して聳えていた。

青い空と、翠の山並みと、白い塔と、金色の軀と――一連の色彩を、瑛子は長い年月が過ぎた後も忘れなかった。後年、綾部が自らの命を擲ち、充実したその肉体のすべてが一条の煙となって洛南の空に消えてしまった後も、決して忘れなかった。

王様、と、今も綾部を思い出すたびに瑛子は呼びかけたくなる。生まれながらに一国を与えられた王様。恩寵に倦み、輝きに倦み、退屈を持て余してなお、領土拡張の夢に酔っていた、わたしの懐かしい王様。

スラマナの千の蓮

大学の校舎の壁に、「お父さん、どこにいるの」という落書きを見付けた。

決して殴り書きではない、黒マジックで一字一字、念を込めて切々と書きつけた文字であった。少しばかり均衡の崩れた手跡は、見つめていると迷子の子供の姿が目に浮かぶようで、意図せず誰かの激情に出くわしてしまった気がして、瑛子はしばらく文字の前から動けずにいた。

ずっと忘れていたその落書きのことを、水の中でふと思い出した。なぜ思い出したのかは分からない。タイムが伸び悩んでいるから雑念が浮かぶのか、雑念が浮かぶからタイムが伸び悩んでしまうのか。泳ぎ終えて時計盤を見やると、赤い秒針は予想していたよりなお悪い位置にある。これでは地区予選の決勝進出すらおぼつかない。

ゴーグルを額に押し上げて天を仰いだ。まばゆく光るものがプールサイドを近づいてくる。

白衣の裾をはためかせた猫堂だった。

「瑛子先輩、相談があります」

仁王立ちして腕を組み、真上から偉そうに声を浴びせてくる。この白面の秀才は、膝を折って目線を近づけるような気遣いは持ち合わせていないらしい。

「練習中なんだけど」

「見れば分かりますよ。相変わらず行き詰まってるのも、一目で分かる」

嫌なやつ、と瑛子は内心毒づいた。

「あとで『橋姫（はしひめ）』に来てください。一緒にめし食いましょう」

ほとんど命令の口調で言い、瑛子の返事も待たずに去っていく。背ばかり高くて痩（や）せぎすの後ろ姿は、水着姿の精悍（せいかん）な男女の間を歩くと線の細さがますます強調される。夏雲のように蛍光を放つ白衣を、瑛子は目を眇（すが）めて見送った。

視界の隅でふいに黄緑色が揺らめいた。プールサイドのフェンスの外に、可憐な花がぱっと咲いたような美貌の女子学生の姿がある。初夏の風にスカートを揺らしながら、北里舞（きたざとまい）は夢見るような表情で今日も佇（たたず）んでいる。喉（のど）の奥が引き攣（つ）るのを感じ、瑛子はゴーグルを下ろしてまた泳ぎ出した。

クロール百メートルダッシュ。懸命に回転動作を繰り返す腕にさっきより疲労を感じるのは、猫堂の無遠慮だが的確な指摘のせいだ。苛立（いらだ）ちを振り切ろうと大振りなターンをした直後、隣のレーンから波が来た。綾部蓮の大きな体が悠々と自分を追い越していく。離されまいとストロークを速めたが、押し寄せる水圧に翻弄（ほんろう）される。差はぐんぐん開き、やっと壁に到達して顔を上げた時には、綾部はすでに水から上がっていた。今日も気まぐれに練習を切り上げるつもりらしい。彼が泳いでいたレーンの水面が、まだ痙攣（けいれん）するようにさざめいている。綾部にかき乱された水はいつも幸福そうに見える。

黄緑色のスカートがフェンスの前を離れていく。二人が一緒に帰る姿など見たくない。瑛子はまた水に潜った。壁を蹴り、荒々しいドルフィンキックで水中を這う。

七時近くになっても空はまだ明るかった。濡れ髪のまま瑛子は定食屋へ向かった。二階の窓辺の席で、猫堂は英文レポートを書きながら待っていた。

「今日は何メートル泳いだんですか」

向かいに腰を下ろすと、きらりと目を上げて訊ねてきた。斜に構えたその口調も、鼻梁が細く顎の尖った顔立ちも、いちいち気取った印象を瑛子に与える。

オーダーを取りに来た店員に、瑛子はカツレツを、猫堂は衣笠うどんを注文した。

「たまにはお肉でも食べたら？　男の子なんだし」

「そういう固着観念はいけませんね。前時代的だ」

「だって華奢すぎるわよ。小枝みたいな腕しちゃって」

「あなたに守ってもらうからいいんです」

テーブルに頬杖をつき、猫堂は大海原でも望むようなまなざしで、瑛子の肩峰から上腕にかけての曲線を眺めた。ふんと横を向き、瑛子は湯呑みの冷茶を一息に呷った。

「で、相談って何」

「じつはですね」

急にものものしく声を低める。

「調査をお願いしたい。人の命がかかってるんですよ」

「何よ、それ」

「北里舞って知ってますか。去年のミス・キャンパスです」

瑛子は眉宇（びう）を歪（ゆが）めた。毎日のようにプールを訪れては水泳部の練習を見つめている、咲きたての薔薇（ばら）のような、綾部蓮の最新の恋人。

「あの美女がどうしたっての」

「どうもね、妊娠しているらしい」

「えっ」

「彼女、僕と同じく狐塚（きつねづか）教授のゼミのメンバーなんですがね、最近妙にいつも上の空で、体調もすぐれない様子でした。実験中、急に吐き気を催（もよお）してトイレに駆け込んだりしてね。あれは十中八九、妊娠してますね」

鼓動が速まるのを感じ、瑛子はテーブルの下で拳を結んだ。

「そこで先輩にお願いです。赤ん坊の父親の正体を突き止めていただきたい」

「は？」

「本人に聞くなり何なりして、相手の素性を確かめて僕に報告してください」

「ちょ、ちょっと待ってよ」

「これは人助けです。詳細が判れば対処のしようもありますからね。なるべく早急に頼みます」

「なんでわたしが――」

「まあまあ、そう怖い顔せずに。瑛子先輩を見込んでのお願いです。ね、いいでしょ、ね」

テーブル越しに上体を乗り出し、身をくねらせんばかりに甘えてくる。その額をぐいと押し戻し、瑛子は、「嫌よ」と一言吐き捨てた。

「腕力に訴えないでくださいよう。力じゃあなたに勝てやしない」

「きみの勘違いよ。妊娠なんて……」

冷茶のお代わりをポットからじゃぶじゃぶ注ぎ、瑛子はそれを一口含んで窓の外を見た。宇治川のほとりを数組のカップルが仲睦まじく逍遥している。綾部も今頃、この夕空の下を北里舞と歩いているのだろうか。先刻までプールの水をかき乱し、白い飛沫の花を咲かせていた大きな手は、今は恋人の細い腰に位置を占めて動かずにいるのだろう。ブラウスの背を横切る腕の逞しさ。刻一刻と赤みを増してゆく夕焼けの底で、綾部と恋人はやがて一つの影絵になる。

「勘違いなんかじゃありませんよ。僕の天性の慧眼を見くびらないでほしいな」

吹き込む川風に髪をなぶらせ、猫堂は食い下がった。

「道端に赤ん坊が捨てられていたら無視するんですか、あなたは」

「それとこれとは違う話でしょう。生きている人間を助けるのとは、わけが違う」

「へえ、どう違うのかお聞かせ願いたいな。新生児は助けても胎児は放っておく？　胎児は生命と呼ぶに値しないって考えですか」

「そういう意味じゃなくて。きみに首を突っ込む資格はないってことよ」

「賛同しかねますね。母親が赤ん坊を殺そうとしていたら誰でも止めに入るでしょう。胎児だから介入しないっていうのは、結局、未生の命を命とは認めていないのと同義です。少なくとも僕はそういう考えじゃない。そういう考えじゃない以上、一個の生命が、ただ母体内にいるというだけで理不尽に扱われるのは面白くない。面白くない出来事は僕の周りで起きてほしくない」

「……なんか、ちょっと変よ、今日のきみ」

「とにかく、あなたの協力が必要なんです。相手の正体を突き止めてくださいよ」

「嫌だってば」

押し問答をしている所へ料理が運ばれてきた。「この話はここまで」と一方的に切り上げ、瑛子は揚げたてのカツレツを頬張った。練習後の身体に肉の滋味がしみわたる。猫堂も不満そうに唇を尖らせてうどんを啜り始めた。しばらく黙って食事に集中する。

「窓は閉めて寝るべきですね」

唐突に言われて、瑛子は眼前の瓜実顔を凝視した。

「先週、ゼミ仲間と飲んだ帰りに女子寮の前を通りました。瑛子先輩、窓もカーテンも開けっ放しでしたよ。不用心な人だな。三階だからって油断しすぎです」

「暑いんだもん。風が入ってくると気持ちいいのよ」

「狂っても知りませんよ」

「え?」

「月光を浴びながら眠ると錯乱するそうです」

「望むところよ」瑛子はまた茶を呷った。「錯乱上等……」

○

時折、瀕死のウサギの夢を見る。痩せ衰え、白い毛があちこち抜け落ち、あらわになった皮膚から血を滲ませたウサギは、柘榴のような双眸を異様に輝かせ、立ち上がろうとしてはよろめいて崩れ落ちる。殉教者みたいだ、と夢の中で瑛子は考える。死に近づけば近づくほど、かえって魂を潑剌と稼働させ、瞳をらんらんと燃やす、哀れな殉教者。

ウサギをこんな姿にしたのが自分であることに、瑛子ははたと気がつく。怖くなり、目をそむけてきびすを返すと、そこには十字架の森が広がっている。林立する無数の磔木の中に、自分のために用意された一基があるように思われ、悲鳴を上げて走り出すが、たちまち足がもつれてしまう。十字架が前後左右から一斉に、雪崩を打って襲いかかってくる――

十字架に押し潰されそうになったところで、目が覚める。

悪夢の後は寝汗にまみれていることが多いのだが、今夜は窓を開けて寝たおかげか、肌は乾いていた。部屋はまだ暗く、夜明けにはだいぶ間があるらしい。時刻を確認しようと体を起こした時、何かの気配を感じた。

開け放たれた窓の傍らに、黒い影が佇んでいる。

心臓が跳ね上がり、瑛子はひっと喉を鳴らして縮こまった。青みを含んだ闇の中、人影は微動だにせずこちらを見下ろしている。夜風に揺れるカーテンが音のない波足となって、影の半身に纏わっては離れるのを繰り返している光景は、さっきの悪夢と地続きのようだ。影に視線を据えたまま、瑛子は手探りで武器になるものを探した。だが指先に触れるのは枕だけだった。仕方なくそれを盾の要領で構え持つ。

雲が動き、十四夜の月が淡く室内を照らし出した。瑛子は呆然と盾を下ろした。

「……猫くん？」

「公達に猫も化けたり宵の春」

のうのうと吟じ、猫堂は邪気に満ちた笑みを浮かべた。

「排水管をつたってよじ登りました。余裕でしたね」

揺れるカーテンを体に絡ませ、何がおかしいのか、月を仰いでアハハと笑い出す。

「言ったでしょう、不用心だって。僕はなんでも証明する主義なんです」

「バ……バカ猫！」

力任せに枕をぶん投げたが、猫堂はそれを片手で器用に受け止め、ぽんと投げ返してきた。

「お願いしますよう、瑛子先輩。北里舞の相手を調べてくださいよう」

「まだ言ってんのっ、もう！」

「報酬つきならどうです」

正規の訪問者のような堂々とした態度で、瑛子の狼狽をよそに打診してくる。

「調査に協力してくれたら、あなたを脱皮させてあげる。次の大会で自己ベストを出させてあげますよ」

突拍子もない持ちかけに、瑛子は、「はあ?」と声を裏返した。月光に薄蒼く染まった青年の顔は、病的なまでに清澄だが、野蛮にぎらつく双眸は獣じみている。

黙って次の言葉を待っていると、猫堂はパチッと大仰に片目を閉じ、

「ではよろしく」

芝居っ気たっぷりに言い、もはや用件は済んだとばかり、さっさと玄関に向かおうとした。

「ちょっと、待ちなさいよッ」

「僕はねえ、今でも大事に持っているんですよ」

振り返り、にやりと口の端を上げる。

「あなたの粘膜をね」

ほとんど音を立てずにドアは閉まった。暫時、瑛子は狐につままれた心地で動けずにいた。

ぼんやりとベッドを出て、窓辺に近づいて月を仰いでみる。さっき猫堂がそうしていたように、揺れるカーテンを体に絡ませた。この蒼い窓辺で、猫堂はどのくらいの時間、あの切れ長の目を伏せて自分の寝姿を見下ろしていたのだろう。その視線が今なお、見えない蚕糸(さんし)となって四肢に巻きついている気がし、瑛子は慌(あわ)てて腕を撫(な)でさすった。

十四夜の月がゆっくりと傾いていく。瑛子は再びベッドに身を横たえた。目を閉じ、今しがたの出来事はすべて夢だったのだと自分に言い聞かせ、眠りに戻ろうとつとめた。

◯

朝一番のプールを瑛子は愛した。冴えわたった空気の中を真一文字に飛び、波ひとつない水面に自らを突き刺す時、未開の地を拓くような痛烈な快感が背骨を走る。綾部はこんな快感を知らないだろう。練習嫌いの彼は、朝練にはまず時間通りにはやって来ず、気が乗らない時には姿を見せさえしない。それでいて大会では部員の誰よりも好成績を収めるのだから、時折、瑛子は自分の生真面目な努力が無性にむなしくなる。

瑛子が表彰台に立てるのは地区大会がせいぜいだ。どれほど一心不乱に練習を重ねても、まだ頂上が見えもしない場所に透明の岩のようなものが絶えず存在していて、これが毎度毎度、きっちりと行く手を阻んでくれる。この岩を越えられる者と越えられない者とは、あらかじめ水泳の神様に定められているのだろう。自分がびくともしない岩を押したり叩いたりして苦闘している間、綾部は鼻歌さえ奏しながら傍らを通り過ぎていく。生まれ持った資質がまるで違う。悲しいまでに違う。

それでも、瑛子は朝練には誰よりも早く来るのが常だった。自らに課しているというわけではないが、なにか諦めきれないものがあった。泳ぐことに対する情熱は、綾部に向ける思慕とどこか似ている。報われないと判っているのに捨てきれない。とうに先は見えているのに、気持ちを引き剝がすことができない。

瑛子が千メートルを泳ぎ終えた頃、部員たちがぱらぱらとプールサイドに現れた。さらに二千メートル近くを泳ぎ、朝空を仰いで呼吸を整えている所へ、やっと綾部が現れた。いつものように大儀そうに柔軟体操を済ませ、自分の腕やら胸筋やらを眠りから覚ますように叩きながら、ゆっくりと水辺に近づく。整った顔にゴーグルをかけ、水に飛び込み、けだるげに泳ぎ始める。その途端、彼のまわりで水の分子たちが一斉に歌い出すように瑛子には思われる。

フェンスの外に目をやると、案の定、北里舞が佇んでいた。綾部と一緒に来たのだろう。遠目にも際立つ美貌に、柔らかな藤色のワンピースが優しい雰囲気を添えている。指先をフェンスに絡め、もう片手は五指を広げたかたちで腹部に置きながら、黒髪を朝陽に輝かせてすらりと立っている。

視線が合った気がした。舞はプールに背を向け、そのまま足早に去ってしまった。

華奢な背中を見送りながら、瑛子は先夜の猫堂の言葉について考えた。

——次の大会で自己ベストを出させてあげますよ。

何を根拠に、彼はあんな現実味のない大法螺(おおぼら)を口にしたのだろう。瑛子が専門種目(スタイルワン)の自由形で最後に自己記録を更新したのはもう一年以上前になる。それも傑出したタイムではない。すでに二十歳を迎えた自分の年齢を考えても、今後それほど成長が望めないことは明白である。猫堂もそれは分かっているはずなのに、あの自信は一体何だったのだろう。

また水に潜り、壁を蹴って泳ぎ出す。腕と足の動きが嚙み合っていないのが自分でも分かる。体の軸が崩れれば気持ちも崩れ、焦燥がさらにフォームを乱していく。前方の水をがむしゃらに摑んではかき寄せるが、望むような速度は出ず、綾部の泳影にあっさりと追い越されてしまった。綾部の周囲の水だけが嬉しげに歌唱を続けている。彼だけが今日も水に愛されている。

半日迷ったが、授業の後、瑛子は心を決めて医学部校舎に向かった。

建物のすぐ前に小さな池がある。ゆらめく錦鯉たちの魚影を眺めながら北里舞を待ち伏せた。

十分と経たず、藤色のワンピースが校舎から現れた。視線がかち合い、舞がぴたりと足を止める。大きな瞳の底に炎めいた色を揺らし、唇をきゅっと結んで睨んでくる。目鼻のすべてが完璧な場所に配置された顔は、職人が丁寧に拵えた人形のようだが、頰が童女めいた血色を帯びているおかげで、全体の印象は冷たさから免れている。

「北里さん」

呼びかけると、一瞬、胸の詰まる感覚がした。

「……ええと、相談に乗ろうか？」

「はい？」

北里舞の声はよく澄んでいたが、張り詰めてもいた。

「その、あなたの体のこと……」

目の前の美貌がくしゃっと崩れた。双眸に涙がみるみる膜を張り、目線が哀れなほど右往左往し始める。猫堂の疑いが真実を射ていたことを、瑛子はこの時はっきりと悟った。右手をゆっくりと体の前に持っていき、そこに宿るものを確かめるように、愛おしむように、舞は静かに下腹を撫でた。桃色のマニキュアで小ぶりな爪を彩った手は愛らしく、綾部の大きな掌にすっぽり包まれてしまいそうだ。

「あの、聞いてもいいかな」

自分の浅黒い、むやみに筋肉質の手足が、何やら野卑なものに思われてくる。

「相手は……誰?」

舞がまた美貌の気象を変えた。涙を溜めた瞳が暗く翳り、その翳が溢れ出したように、顔全体が沈鬱な色合いに染まる。濡れた唇がわずかに動いたが、声は聞き取れなかった。

――お父さん、どこにいるの。

いつか見た校舎の落書きをまた思い出した。黒マジックのぎこちない手跡で書かれたあの言葉が、今は舞の胎内の子の叫びのように思われる。

軽い怖気をおぼえて瑛子が立ち尽くしていると、舞は両手で口を押さえ、ゆっくりと膝を折った。そのまま苦しげに蹲る。小さな肩が小刻みに震え、首筋は脂汗に濡れている。あらわになった白い腿にも、ワンピースの生地にも木漏れ日が散り、全身が一枚の清いレースに覆われているようだ。ぞっとするような清廉さ。だが清廉な娘ではないのだ。

「だ、大丈夫?」

ワンピースの背中をさすってやろうと手を伸ばした瞬間、出し抜けに、掌をぴりりと電流のようなものが奔った。触れてはいけない。心のどこかが警告してくる。触れてはいけない。

触レレバ死ヌ。

頬が粟立つのを感じた。青ざめ、半歩後ずさると、舞が蹲ったまま顔を上げた。

「……遠山瑛子さん」

喘ぐように呼びかけ、目で何か訴えてきた。彼女が自分を知っていたことに瑛子は驚いたが、上品な顔立ちにそぐわないまなざしの荒々しさにも驚かされた。あなたには関係ない。そう無言で釘を刺しているのかもしれない。関わらないで。これは綾部蓮とわたしの問題なの。

「……ごめん」

かすれた声で呟き、瑛子はきびすを返して逃げ出した。

小走りしながら仰いだ空に、今年初めて見る入道雲がある。盛り上がった雲頂が、綾部の逞しい肩の線を思わせる。校舎の間を遮二無二駆け抜け、プールの前まで来て足を止めた。フェンスに額を押し当て、自分の手を凝視する。舞に触れようとして触れられなかった掌。痛感の残渣のようなものがほのかに絡みついている。

時間をかけて心を整えてから、携帯電話を取り出した。

「――ああ、よく寝た」猫堂は腹立たしいほど暢気であった。「昼寝日和ですねえ」

「アホ猫っ」

「僕を阿呆呼ばわりするのはあなただけです。で、どうなりました。例の件は」

「本人に聞いてみたけど、無理。そう簡単に答えてくれやしない」

「しくじったんですね。期待して損しましたよ」

猫堂は小馬鹿にするように溜め息を放ってから、

「ねえ先輩、今度の日曜、空いてますか」

突然、悪事を持ちかける口調になった。

「どうして」

「遊びましょうよ」

入道雲の一部が切れてウサギの形になり、ゆっくりと雲の峰を離れていく。

○

改札口に佇む猫堂の姿が視界に入った時、つくづく線の細い男だなと思った。競泳選手の厚い胸板ばかり見慣れた瑛子の目には、ひょろ長くて質量の伴わない肢体が、ひどく心細く、可哀想な代物に見えてしまう。枝のような手足をつかんで随意に動かし、さまざまな姿態を取らせて遊んでみたいような、危うい気分にもさせられる。

「薬師寺に行きましょう。見せたいものがあるんです。ふふ、有意義な一日になりますよ」

妙に楽しそうな猫堂の様子に、今日一日、この痩せぎすの青年の思惑に身を任せてみるのも悪くない気がしてきた。憂さ晴らしくらいにはなるかもしれない。

薫風が吹き込む奈良線の車中で、瑛子は先日の北里舞とのやりとりについて語った。

「相手の名前なんか、本当は聞かなくても分かってるのよ。たぶん、うちの水泳部の――」

アヤベレン、とその名を口にした途端、心のどこかが擦り剝けるようだった。慌てて窓の外に視線を投げ、さっぱりと晴れ渡った初夏の空を眺める。

「綾部蓮。知ってますよ。目立つ人ですよね」

「目立つ者同士で付き合ってるのよ。——残念だったね、猫くん」

「何がです」

「好きなんでしょ、北里さんのこと。女神みたいだもんね、彼女。だけど諦めが肝心……」

同病相憐れむ心地で微笑みかけてやったが、猫堂はわずかに、だが心底忌々しげに首を振り、聞き取れないくらいの小声で何か吐き捨てた。馬鹿か、と言った気がした。

瑛子が眉を寄せると、猫堂は澄まして遠方に目線を移し、

「火葬場かな」

平然と呟く。遠い山並みの間から、一条の煙が空に向かってゆらりと立っていた。

「人は死んだら土に還るなんて言いますけど、正確じゃありませんね。人体は六割から七割方が水分なんです。火葬されれば半分以上が蒸気になる。水に還るんですよ」

水に還る。火焔めいた感情を抱えたまま死んでも、身体が水に還るのなら、それはささやかな救いである気がした。だが北里舞の——綾部の子供は、生まれる前に水に還されてしまうのだろうか。この世で一呼吸もしないままに。

山城の空を濁す薄墨色の煙が、これだけ遠く離れているのに肺腑に忍び込んで来るようで、瑛子はいやな胸苦しさをおぼえて息をついた。猫堂がくすくす笑い出す。

「北里舞より、あなたの方がよっぽど女神みたいですよ。ふふ、ミロのヴィーナスは腹筋が見事に割れているんです。神なる身は筋肉質であってほしいな」

勝手なことを言い始める。瑛子はぷいと顔をそむけてやった。

薬師寺を訪れるのはずいぶん久しぶりだった。晴天を戴いてすっくと立つ二基の塔は、重厚でありながら清々しい。猫堂は勝手知ったる様子で境内を歩き、迷わず金堂に入って行った。

国宝の薬師如来像の前に立ち、瑛子を振り返ってにんまりと微笑む。

「あなたの守護本尊です。医学部の僕にとってもね」

結跏趺坐した如来像は、黒々と輝く金銅の仏だ。引き締まった口元が厳しげだが、半眼のまなざしは慈愛を湛え、父性と母性とを二つながらに内蔵している。充実した体幹。腕の肉付きには重量感があり、泳いだらさぞ速かろうと空想された。

「薬師如来は治癒の仏です。病苦を取り除き、肉体を治し、心をも癒してくれる」

「わたしの守護本尊って、どういう意味」

「あの手、見てください。蹼があるでしょう」

施無畏印に結ばれた如来の手は、指の間に膜らしきものを持っていた。

「これは縵網相といって、衆生を漏らさず救い上げようという仏の信念が具現化したものです。日本でもっとも縵網相が発達しているのがこの仏像なんですよ」

瑛子は思わず自分の掌を見た。蹼らしきものは影も形もない。

「世界的な水泳選手の何人かは、指の間の皮膚が発達して蹼みたいになっているそうですよ」

「どうせ無いわよ、わたしには。蹼なんて……」

「Metamorphose は遠いですねえ」

「なに？」

「Metamorphose――変身って意味です。僕、ドイツ語検定の準一級に合格しました」

「ああそう。よかったね」

「英語と中国語はもうペラペラですしね。外国語って簡単すぎてつまらないな」

「さっさとお祈りしなさいよ。高慢ちきが治るように」

二人並んで白鳳の仏に手を合わせた。薬師如来の台座には、中国の神獣、インドの力神、ペルシャの蓮華模様、ギリシャの唐草模様などが賑わしく彫刻されている。興味深く鑑賞しているうちに、瑛子は、異国の人々と水中で競り合う綾部の姿が無性に見てみたくなった。愉楽の一切に背を向け、指の間に縵網相が生じるまで努力を重ねる彼の姿が見たい。

気づくと傍らに猫堂がいなかった。彼は金堂の外で細い腕を組み、国宝の東塔を見上げていた。瑛子が近づくと、目で塔の頂を示した。

「あの避雷針のようなものを相輪といいます。インドの仏塔に起源を持つ飾りで、先端には宝珠、その下に竜車、さらに下には水煙と呼ばれる装飾部分がある。水煙の中には炎に遊ぶ飛天たちの像があります」

「知ってるわよ、そのくらい」

「楽器を演奏する姿だと言われますが、僕には泳いでいるように見える。ふふ、泳ぐあなたを見つめすぎたせいかな」

瑛子の頭に掌をぽんと乗せる。瑛子は一瞬たじろいだが、不思議と嫌ではなかった。

「ここ薬師寺の伽藍は見ての通り、金堂を真ん中に、双子のような二塔が配置されています。あなたの右手に立っているのが東塔、左手が西塔」

どちらも美しい、と言いながら、瑛子の目の奥を覗き込んでくる。

「今、あなたの頭から体幹が金堂だとすれば、これが両塔――」

何を企んでいるのか、今度は瑛子の左右の手首を摑み、両腕を高々と持ち上げた。強引に万歳の姿勢を取らされながら、瑛子はぽかんと眼前の白い顔を眺めた。

「そのまま動かないで。自分の体に伽藍のイメージを重ねてください」

「なんなの？」

「いいから」

手首を放し、中空に掲げられた瑛子の二つの掌に、猫堂は自分の掌をぴたりと重ね合わせた。薄い唇が瑛子の鼻先に近づき、若草のような芳香が鼻腔に触れる。その清浄な吐息も、瑛子よりわずかに指の長い掌も、不安になるほどひんやりと冷たかった。思わず瑛子が身を捩りかけた時、猫堂の掌がゆっくりと腕を撫で下ろし始めた。妙な声が漏れそうになる。

掌は、上腕から脇の下へと無遠慮に滑り降り、やがて二つの薄い乳房に差しかかった。

「何してんのよッ」

叫んで突き飛ばしたが、猫堂はよろめきもせず、ひどく心外そうに睨んできた。

「乱暴な人だな。無体はやめてください」

「こっちの台詞よッ、この痴漢ッ、バカ猫――」

「いいですか」

罵倒を遮(さえぎ)り、傲然と顎を上げる。

「あなたは頭がカラッポだから教えてあげますが、ストローク動作の推進力は、水を押す断面積の大きさと、加速の強さが決定するんです。分かり切った話ですよ。つまり速く泳ぐためには、推進力を上げて水の抵抗を下げることを突き詰めていかなきゃならない。然(しか)るにあなたときたら、ただこうやって――」

瑛子を睨み据えたまま、両腕をぐるぐる回し始める。

「前世が風車だったとでも言わんばかりに、馬鹿のひとつ覚えみたいに、何も考えずにただ腕を回しているだけだ。絶望的に意識が足りない。いいですか、あなたは頭がトンチキだから教えてあげますが、人間の体には、大脳皮質から末端の運動器官に向かう遠心的回路である運動神経と、感覚受容器からの情報(インパルス)を中枢神経に伝える求心的回路である感覚神経の二つが存在するんです。運動のパフォーマンスを高めるってのは、この二つの回路を磨(みが)き上げて、正しい指令を体に循環させることに他ならない。なのにあなたときたら、回路が木屑だらけで話になりゃしないんだ。この木屑を取り除かない限り、選手としての上達なんてあり得ないんですよ」

言っていることは解し難かったが、どうやら罵(のの)られているようだ。瑛子は頰を上気させ、

「黙れ黙れ」と演説を遮った。

「ニャーニャーうるさいのよ。言いたいことがあるならひとことで言いなさいよ」

猫堂はやれやれと首を振り、西洋人めいた仕草で肩をすくめた。

「つまらない男のことを考えながら泳ぐのはやめろって言ってるんですよ」

瑛子の頰から血の気が引いた。猫堂がせせら笑って続ける。

「いいですか、あなたは頭がスッカラカンだから教えてあげますが、神経回路は視床下部で発生する情動、すなわち邪念にたやすく侵食されるんです。あなたの邪念の中身といえば、いつだって一人のつまらない男なんだ。例の有名人ですよ、綾部——」

瑛子は反射的に猫堂の口元に掌を押し当て、言葉を封じた。たちまち吐息で掌が湿る。猫堂は瑛子の手を払いのけもせず、唇に封をされたまま、涼しい眼に力を込めた。

「僕は馬鹿が嫌いです」

呟いて、口元を覆う掌をちらりと舐める。ひっと叫んで瑛子は手を離し、跳ねるように後ずさった。猫堂が一歩迫ってくる。

「浮世は馬鹿ばっかりだ。ほとんどの人間はろくすっぽ脳を使わずに、ただ何となく考え、何となく悩んで、何となく動作して一生を終える。それは個人の勝手ですし、僕の関与することじゃない。でも、あなたが馬鹿なのだけは堪えられない。それだけは、僕は嫌なんだ」

心中察してくれとでも言いたげな、意味深なまなざしで見つめてくる。

「いいですか、人間がこの世界でコントロールできるのは、脳からのαニューロンに応えられる一部の筋細胞——つまりは随意筋だけなんですよ。自分の心臓さえ、人は思い通りには動かせやしないんだ。いわんや外の三千世界をやです。それなら自在にできる唯一の宝に意識を集中すべきじゃありませんか。そして意識自体を高めていくべきじゃありませんか。いやしくも運動選手を名乗るのであれば、この随意筋と脳を結ぶ回路を極限まで清める努力をしたらどうです。解りましたか。解ったならホラ、両手を上げてください」

ひ弱げな青年は、興奮するとかえって生来の繊細さが際立つようだ。不覚にも可愛いと感じてしまった。ここは譲ってやろうと決め、瑛子はまた両腕を頭上に伸ばした。さっきと同じように万歳の体勢で静止する。

猫堂は満足げに頷き、再び掌をぴたりと合わせてきた。長くて冷たい五指が、瑛子の手首から上腕へと静かに滑り降りる。くすぐったさに身を捩ると、「動くな」と鋭く囁かれた。乳房から脇腹、太腿へと撫で下ろしつつ、猫堂は瑛子の前に跪いた。膝から脛へとさらに滑り降りた猫堂の掌は、やがて左右のスニーカーの上で止まった。触れられた軌跡がふつふつと熱し始める。熱は皮膚から肉へ染み入り、体内に二基の火の塔が埋め込まれた心地がする。

「クロールのストロークの際、今の二軸を強く意識してください。あなたの掌は、常にこの軸の上を通らなきゃいけない。間違っても体の中心線で水を掻こうなんて思わないこと。綾部さんを模倣したS字プルなんか、金輪際忘れてください」

両腕を頭上に伸ばしたまま、瑛子は唇を噛みしめた。身体の中心線に水をかき寄せ、水中で大らかなS字を描く、綾部の力強く優美なストローク動作。その伸びやかなフォームを自分が懸命に真似ていることに——そうやって彼と同じ衣を纏おうとしていることに——なぜこの青年は気づいたのだろう。

猫堂が立ち上がり、今度は後ろに回り込んでくる。瑛子の背中に胸板を合わせるように立ち、空中にとどまっている二つの手の甲に自分の手を添え、五指の間に指を差し入れる。驚いて振り払う間もなく、がっちりと掌を摑まれてしまった。手首をわずかに内側に向けられる。

「入水はこの角度です。あなたは無意識に掌を外に向ける癖がある。直してください。水が逃げてしまう。――いいですか、エントリー、キャッチ……」

背に貼りついたまま、クロールの動きを細分化した単語を並べ、ゆっくりと右腕を回し始める。

「ここで加速、プッシュ、――リリース、リカバリー……」

「……きみに水泳のなにが分かるの」

「あなたに人体や流体力学のなにが分かるんです。いいですね、動作は常にさっきの二軸の上で行うこと。水中では加速を忘れずに」

エントリー、キャッチ……と再び呪文を連ね、今度は左腕を回す。自分の一切が猫堂に属する随意筋になってしまったようで、あやうく自嘲の笑いがこぼれそうだ。これまで自分は折に触れ、猫堂の細い手足を自由に動かし、さまざまな姿態を作って遊んでみたいなどと不埒な夢想を抱いたものだった。なのに気づけばこちらが猫堂の玩具にされてしまっている。報いを受けているようで悔しいが、不思議な可笑しさもある。

笑いを嚙み殺して天を仰ぐと、耳元でゴロゴロと音がした。

「なに、この音」

「僕、嬉しいと喉が鳴るんです」

「どういう体質してるのよ」

「ふふ、輪廻車を回してるみたいだな。生々流転、六道四生、――」

猫堂が両腕を交互に回していく。生々流転、六道四生、――お父さん、どこにいるの。

医学部校舎の落書きがまた瑛子の頭をよぎる。北里舞の胎内の子供が、いまだ手の形に成りきらない手に黒マジックを持ち、壁に文字を書きつけている姿が想い起こされる。自分の妄想に、瑛子はひそかに苦笑した。

「法隆寺にも行きましょう。僕、玉虫厨子が見たいんだ」

瑛子は答える代わりに、猫堂の薄い胸に寄りかかり、思いきり体重をかけてやった。意外にも青年はぐらつかなかった。「仕返しです」と囁き、瑛子の両腕をぐいと左右に広げる。悲鳴に似た笑い声が瑛子の喉から迸った。若い樹木に磔にされてしまった錯覚は、爽快感を伴った。

○

左足の指先をスタート台の先端にかけ、右足でバックプレートをしっかりと踏みしめ、二つに折った体全体を、弓を引くように後方に引き絞る。スタートの合図とともにプレートを蹴って跳び、渾身の力で自らを投擲する。入水角の理想は四十五度。水に抱きとめられた瞬間、法隆寺で見た玉虫厨子を思い出した。須弥座の側面に描かれている捨身飼虎図は、猫堂の解説によれば、釈迦の前世譚（ジャータカ）の一場面であるという。

——飢えた虎の母子に自分の肉体を施（ほどこ）すため、崖から身を投げている所です。この時、釈迦はまだ悟りを開いていません。成道（じょうどう）のはるか以前、彼はまだ一介の修行者（スラマナ）に過ぎなかった。

落下する若者の表情はなんとも穏やかで、ぴんと伸ばした両腕は、自分を待つ者のもとへ一刻も早く駆けつけようと健気（けなげ）に急いてさえいるようだった。あの絵の若者に、落下する自分の姿を重ねてしまったせいか、入水は理想よりやや広い角度となった。

全日本チャンピオンシップ近畿予選会、女子百メートル自由形決勝。泳ぎ始めるなり、快い驚きがあった。今日は何かが違う。クロールの一掻きごとに、掌が今までとは段違いに水を摑んでくれる。長水路の半ばまで進んだ時点で、両隣の選手から半身抜け出しているのが分かった。

「上首尾よ、猫くん」心中で叫び、泳ぎ続けた。

二人で奈良を訪れた翌日、猫堂はまた白衣を翻してプールサイドに現れたのだった。

「あなたの今の泳ぎは、自由形（フリースタイル）とは名ばかりの、およそ自由（フリーダム）とは程遠い代物です。キックからローリングから息継ぎから、すべての動きが非効率で無駄だらけで、洗練されていない。とはいえ大会が迫っています。抜本的な改革はしばし措（お）いて、今は二軸クロールの腕の型を磨き上げましょう。なにしろクロールの推進力は腕が七割強ですからね。水泳部の顧問に話は通しました。今日から僕が個人指導します」

「そんな突然……勝手に決めないでよ」

「つべこべ言わずに、あなたは僕に身体を預けていればいいんですよ」

居丈高に言い放ち、白衣のポケットから紙片を取り出して突き付けてきた。瑛子が受け取って眺めると、クロールの練習メニューが書き連ねられている。シングルアーム、キャッチアップ、フィストスイム――意地でもフォームを矯正してやろうという意図が見て取れ、瑛子はげんなりした。

「個人メドレーは捨てましょう。自由形の短距離に賭けます」

「なに話進めてるのよ。帰りなさいよ」

「古来、京都ではたびたび天然痘が流行しました」

唐突に妙なことを言い出す。

「一三三一年の流行の際には、知恩寺の空圓という坊さんが七日七夜かけて念仏を百万回唱え、仏の法力で疫病を鎮めたそうです。寺には今も百万遍念仏法会という仏事が伝わっている。また天台宗には、阿弥陀像の周りを九十日間歩行して念仏を唱え続ける常行三昧という修行がある。三昧はサマーディという梵語の音訳で、雑念を離れた忘我の境地、転じて一つの事柄に没頭した状態を言うそうです。仏教だけじゃありませんよ。サリンジャーは小説の中で、キリストの名前をひたすら唱え続ければ魂は救われると書いている」

「……何が言いたいの?」

「分かりませんかねえ。圧倒的な物量だけが魔法を起こし得るって話ですよ。あなたのような凡人が、天質に恵まれた逸材を超えるには、強い思念と正しい反復動作しか道はないんです。

いいですか、あなたは洞察力に欠けるから教えてあげますが、脳と身体を契らせるものはただひとつ、無限の反復動作だけなんです。そして心身の契りが極限まで深まれば、やがて身体が自ら考えるようになる。これすなわち、変身(Metamorphose)の第一歩です」

首筋に視線を感じ、振り返ると、綾部がこちらに顔を向けて上腕のストレッチをしていた。目線のありかはゴーグルの反射に隠されてよく分からない。眉骨と鼻梁の発達した、外国の俳優のように華やかな顔立ちは、ゴーグルをかけると精悍さが際立って悪魔めいた魅力を帯びる。

猫堂が瑛子に顔を寄せ、「また魂を持って行かれてますね」と意地悪く囁く。

「あなたは隙あらば綾部さんに同化しようとする。その悪癖のせいでそぐわない泳法を身につけてしまったことを、少しは反省したらどうです。万人の骨格が違う以上、最も推進力を生み出すフォームも各自違うんですから。あなたの自由形の正答は僕だけが知っている」

無視して水に入った。水中で二度三度と前転して頰の熱を取り、壁を蹴って泳ぎ出す。猫堂の饒舌(じょうぜつ)に反発するように、クロールではなくバタフライで水面を跳ねてやった。

練習後、更衣室を出ると、猫堂が拗(す)ねた顔で待ち伏せていた。

「つれなくしないでくださいよう。僕、あなたを鍛(きた)えたいんだ。ね、いいでしょ、ね」

今度は思いきり下手(したて)に出てきた。高圧的な態度には無条件に反駁(はんばく)したくなる瑛子も、気弱げな風情で懐かれると、それが演技と分かっていても突き放しづらくなる。

「もう。好きにすれば」

溜め息まじりに折れるしかなかった。猫堂はニャアニャア喜んで瑛子のまわりを跳ね回った。

翌日から早速、猫堂は毎日いそいそとプールにやって来ては、心底楽しそうに瑛子のフォームの矯正に励(はげ)むようになった。入水角度はこう、肘(ひじ)の曲げ具合はこう、掌の軌道はこう、と、目を輝かせて指示を出す様子は、切望した玩具をついに手に入れた子供のようだ。唐突に現れた瑛子専属の押しかけコーチは、水泳部員たちからは初め怪訝(けげん)な目で見られていたが、ほどなく皆と雑談など交わすようになり、野良猫がどんな街角にも平然と馴染むように、あっさりとプールサイドの風景に溶け込んでしまった。

瑛子は荒療治に賭けてみることにした。水泳選手として完全に行き詰まっている今、思い切って矯正を受け入れ、泳法を刷新した方がかえって吉に転ぶかもしれない。

心を定めると、大穴狙いの博奕(ばくち)を打つような昂揚(こうよう)が生じてきた。猫堂の切れ長の目に見守られながら、瑛子は何千回となく腕の回転動作を繰り返し、粛々とプールを往復し続けた。これまで無意識に身体の中心線に引き寄せられていたストロークが、やがて両肩と下肢とを結ぶ二軸上をなめらかに通過するようになった時、瑛子は自分でも意外なことに、古い衣を脱ぎ捨てたような解放を感じたのである。

そして今、瑛子は地区大会の決勝レースを僅差の一位で折り返している。五十メートルターンで胎児のように身を丸め、くるんと天地を裏返す一瞬、全身に太陽を感じた。水泳場の天窓から射し入る陽光が、水の底を天界めいた明るさで満たしている。

帰路の五十メートルは雲上を飛ぶ心地だった。二位の選手を引き離してタッチパネルに手をつき、電光掲示板を振り仰ぐと、予想もしなかった好タイムがあざやかに表示されている。

水から上がり、仲間たちに賑やかに祝福された後、大急ぎで猫堂に電話した。

「勝ったよッ、一位！　自己ベスト！」

「当然です」青年は嫌味なほど落ち着いていた。「そのためにフォームを作り直したんですから。まあ順当な結果ですね」

「きみのおかげよ。ありがとう、賢い猫ちゃん。あとで撫でてあげる」

「何を浮かれているんですか。今のままじゃ全国大会では準決あたりが関の山ですよ。なにしろあなたの自由形（フリースタイル）は、いまだ束縛形（バウンデッドスタイル）とでも呼びたい代物なんですから」

人を小馬鹿にした口ぶりが、今は無性に頼もしく感じられる。

「また練習見てくれるのよね？」

「もちろんですとも。まずは中断していた課題の再開ですね」

「課題って？」

「忘れたんですか。北里舞に関する調査ですよ」練習メニューを告げるように冷徹な声だ。

「引き続き、赤ん坊の父親の正体を探ってください」

語尾に歓声が重なった。男子の四百メートルフリーリレーが始まったのだ。アンカーの綾部が、けだるげに肩を回しながら第一泳者の競争を見下ろしている。もっとも緊張した場面でさえ、この男はいつもけだるげなのだ。自分の優れた肉体を、天から与えられた恩寵（おんちょう）を、彼はいつでも煩（わずら）わしがっているように見える。甘ったれた王様。猫堂との電話はすでに瑛子の意識から消えている。

スタート台に綾部が立った。チームは三位。第三泳者がタッチパネルに触れると同時に、堂堂たる肉体が宙に跳ね、生きた槍となって水面に突き刺さる。ドルフィンキックで水中を翔ける。豪快なS字プルの反復動作。のびやかな加速。五十メートルターンの直後に二位の選手を追い抜いた綾部は、復路、さらに猛然と水中を飛んだ。ラスト一メートルでトップの選手に並び、ゴールはほぼ同時であった。

数百の目が電光掲示板を振り仰ぐ。コンマ二秒差で綾部のチームが一位だった。歓声が降る中、綾部はゴーグルを上げて小さくガッツポーズを作ると、自室で寝転がるような気楽な動作で、きらめく水面に仰臥した。光の律動に身を委ねながら、ガラス壁の向こうの風景に陶然と視線を留める。遠方には山城の峰々が連なり、滴るような緑の稜線がなだらかに続いていたが、その襞の間から、真っ白い煙突が一基、青空に向かって端然と伸びているのが瑛子にも見えた。夏の山と蒼穹とを結ぶ純白の塔は、願いを空に届ける希望の象徴のようにも見えるが、眩すぎるあまり、どこか凶兆のようでもある。

「あなたの馬鹿面が目に浮かびますよ」

冷風のような小声に耳朶を撫でられ、瑛子は我に返った。水泳場の熱気のただ中で、猫堂の無感情な声は妙に恐ろしく聞こえた。

「ねえ先輩、いいことを教えてあげます」

秘密を囁く口調になる。

「僕と綾部さんはねえ、運命で結ばれているんですよ」

「……なにそれ」

「ふふ、同じ業を背負っているってわけ」

わけが分からない。瑛子はプールサイドに目を戻しながら、次の言葉をじっと待った。水から上がった綾部の背中に陽光が降り注いでいる。

「北里舞の赤ん坊の父親は、綾部さんじゃありません」

歌うように猫堂は言った。

「それだけは確かです。ここから先はあなたの役目」

ではよろしく、と電話は一方的に切られてしまった。視野の一隅に北里舞が現れた気がし、瑛子ははっとしてギャラリーに目を滑らせたが、あの女神めいた姿はどこにも見当たらない。錯覚だったらしい。呆然と携帯電話を耳から離し、瑛子はまた綾部を眺めた。部員仲間に囲まれて、綾部は天井を仰いで機嫌よく笑っている。彼の笑い声が瑛子はあまり好きではない。天下で自分だけが呵々大笑する権利を持っているとでも言いたげな、傲慢で演技じみた響きを感じるからだ。

表彰式を待つ間、猫堂の先刻の発言について考えてみたが、何のことやらさっぱり解らなかった。綾部と運命で結ばれているとはどういう意味なのか。同じ業を背負っているとは？

最近の猫堂はやはりおかしい。

考え込んでいると、猫堂とはじめて会った日のことが思い出されてきた。

彼に粘膜を奪われた瞬間の、切なさを伴う痛感が、生々しくぶり返すようだった。

○

去年の学園祭でのことである。

賑わうキャンパスを一人でぶらぶら歩いていた瑛子は、映画サークルの学生たちにつかまり、ほとんど拉致されるように上映会場に連れて行かれた。無理やり見せられた自主制作映画は、ひどく難解な上に退屈な代物で、瑛子はものの数分でうつらうつらし始め、ほどなく本格的に眠り込んでしまった。

「あのう、上映終わりましたけど」

サークル部員の女の子に遠慮がちに揺り起こされ、周囲を見回すと、すでに明るくなった教室に、観客は自分しか残っていなかった。スタッフの面々が横目でこちらを睨みながら片付けを始めている。慌てて立ち上がり、そそくさと教室から逃げ出した。

次の日、瑛子がまた学園祭のキャンパスを歩いていると、きのう自分を揺り起こした女の子を見かけた。彼女は肩先で切りそろえた黒髪を三角布に包み、フルーツポンチの模擬店で売り子をしていた。シロップか何かの瓶を開けようとしているが、力が足りずに難儀している。

足早に近づき、「貸して」と声をかけて瓶を取り上げた。こともなく蓋を開けてやると、女の子は綺麗な目をぱちぱちさせた。

「おお、力持ち。どうもありがとう」

「きのうは寝ちゃってごめん」

「いいのいいの。気にしないで」

屋台には大きな寸胴鍋が置かれ、ざく切りのスイカ、キウイ、パイナップル、桜桃などが賑わしくシロップに浸かっている。

「おいしそうね」

「一杯二百円。サークルの活動費の足しにするの。頑張って働かないと先輩に怒られちゃう」

「きのうの映画、あなたが作ったの？」

「まさか。撮ったのは先輩たち。わたしは宣伝係。ポスター貼ったり、チラシ配ったり」

「あなたも撮れば？　女性監督なんて素敵」

「才能ないもん……」

つまらなそうに言ってから、女の子は瑛子の肩筋の、女性にしては豊かすぎる隆起にほれぼれと見入った。

「きれいな筋肉だねえ。運動部？」

「うん、水泳。一緒にやる？」

「やらない。泳げないもん。チビだし……」

大きさは関係ないわよ、と言いかけた瑛子は、はっと言葉を呑み込んで前方を見やった。屋台の前を流れる人波に、巻き髪の女子学生を連れた綾部の姿がある。女子学生は初めて見る顔だった。綾部の二の腕に誇らしげに絡みつき、作り物の睫毛に縁取られた目を細めて、何が楽しいのかケラケラと笑い転げている。また新調したんだな、と瑛子が呆れて綾部の横顔を眺めていると、思いがけず目線が返ってきた。心臓が顫えるようだったが、彼は無言で通り過ぎていった。

「いま通ったひと、水泳部のエースだよね」

映画サークルの女の子が声をひそめる。

「ものすごい二枚目。後光が射してるみたい。あんな男の人もいるんだねえ」

「……付き合いたい？　ああいうのと」

「ううん」あっさりと首を振る。「でも不思議。通り過ぎる時、あなたの顔をじっと見たね」

「見てないわよ」

「見たよ。なんだか寂しそうに」

「気のせいだって」

むきになりかけた所へ、賢しらな顔つきの男女が連れ立ってやってきた。

「美山さん、遊んでないでちゃんと働いてよ」

女の方がトゲトゲしく言い、男の方も劣らず無愛想に、

「医学部の狐塚教授から出前の注文。フルーツ大盛りで三杯、研究室に急いで持ってって」

いやにカン高い声で命じてきた。美山さんは、「はい」と健気に頷いていた。

芸術志望の学生というのは、こうも鼻持ちならないものなのだろうか。立ち去る男女の背中を、瑛子は舌でも出してやりたい気分で見送った。美山さんが杓子で鍋の中身をかき混ぜる。

色あざやかな果肉をたっぷりと掬い上げてコップに入れ、氷を落とし、ソーダ水を静かに注ぐ。立ち上がる気泡が美しかった。三杯のフルーツポンチが盆に並んだ。

「あのう、ちょっとだけ店番お願いしてもいい？」

「わたしが届けてきてあげる。きのう居眠りしたお詫び」

「本当？　ありがとう。フルーツ大盛りはプラス五十円ね」

「承った」

盆を手に、群衆の間を慎重に縫って歩く。秋の日差しは思いのほか強く、なかなかのフルーツポンチ日和だ。青空の下を呼び込みの声が飛び交い、大ステージではバンドの演奏が盛り上がりを見せていた。どこもかしこも活気に満ちているが、瑛子は祭りという行事があまり得意ではない。昔、祭りで買った生き物を早々に死なせてしまったことを思い出すせいかもしれない。

医学部校舎はキャンパスの奥地にあった。乳白色の建物に足を踏み入れた途端、ひんやりと冴えた空気に背筋が伸びた。人影はなく、階段を上る足音がやけに高らかに響く。そこは学園祭の騒擾から切り離されたように静かだった。二階の長い廊下には研究室が連なり、それぞれの扉には教授の名のプレートが掛かっている。狐塚教授、狐塚教授、と呟きながら、瑛子は静寂の中を歩いた。

ある扉の前で、ぎょっとして足が止まった。そこにはプレートの代わりに、純白の狐の面が、ちょうど瑛子の目の高さにぶら下がっていた。尖った耳と、吊り上がった金泥の双眼。伏見稲荷あたりで売っていそうな代物だ。ここが狐塚教授の研究室だと思われる。

扉をノックしたが、応答はない。すみませんと呼んでみても返事はなかった。参ったなと思いながらドアノブに手をかけると、意外にもそれは滑らかに回った。ゆっくりと扉を開け、室内を見回す。陽が射し込まない北向きの研究室は、蛍光灯が白い壁を皓々と照らし出し、真昼の河原のようなしんとした眩さに満ちている。無機質な実験机も、戸棚に整然と並んだ器具類も、瑛子にはいちいち馴染みのないものだったが、それでも不思議な心安さを感じるのは、ほんのり漂う薬品めいた香りがプールの匂いと似通っているせいかもしれない。

失礼します、と呟きながら、瑛子は部屋に入った。窓に近い実験机に一台の顕微鏡が置かれている。小さいながらも確固とした存在感を持つそれは、自らがこの部屋の静けさのかなめであると訪問者に主張しているかのようだ。機能美の結晶であろう美しいフォルムは、なぜか綾部の肉体を連想させる。

瑛子はフルーツポンチの盆を机に置き、引き寄せられるように顕微鏡に近づいた。対物レンズの真下には試料の載ったシャーレが設置されている。上体をかがめ、接眼部にそっと目を寄せてみた。若緑色の液体の中で、人魂に似た造形の物体たちが切々と蠢き、悶えているのが見えた。微の世界の眺望——

瞬きも忘れて人魂の一群に見入っていると、蝶番の軋む音がした。瑛子が驚いて顔を上げた所へ、隣の実験準備室から長身の青年が現れた。青年は顕微鏡の前に立つ訪問者を見るなり目を見開き、白い頬をさあっと紅潮させた。

「な、なんで……」

薄い唇を小刻みに震わせ、異常なほどうろたえる。

「ごめんなさい、勝手に入っちゃった」頭を下げるしかなかった。「あの……これ何?」

「顕微鏡です。見れば分かるでしょう」

「そうじゃなくて、このガラス皿の……」

発しかけた問いを切断するように、青年がつかつかと近づいてきて顕微鏡を持ち上げ、抱きかかえて瑛子に背を向けた。

「……僕の精子です」

「あら」何か感想を言わねばならない気がした。「可愛いね」

さらに頬を紅潮させて振り返った青年の、白衣の袖口から見える手首の青白さと、骨ばった指の長さが瑛子の印象に刻まれた。

「し、失礼な人だな。心外だ」

「なによ、褒めたのに」

「大きなお世話です。大体、なぜあなたがここにいる」

なぜあなたが、という言い回しに、もとから自分のことを知っていたようなニュアンスを嗅ぎ取り、瑛子は不審をおぼえた。青年の、吊り眼気味で顎の細い、全体として酷薄な印象の顔立ちにしかし見覚えはなく、どこかで言葉を交わした記憶も浮かばない。

「悪気はなかったのよ」

作り笑いを拵えて、実験机に手早くコップを並べた。

「冷たいうちに召し上がれ」

悔しげに唇を歪めている青年をそのままに、瑛子はそそくさと部屋を後にした。

建物を出て足早に歩いていると、メインステージの方から歓声が聞こえてきた。今年のミス・キャンパスの発表が行われている。

「北里舞さん――」

司会の学生が仰々しい口調でグランプリの名を読み上げる。泣きそうな顔でマイクの前に進み出たのは、薄桃色のワンピースに身を包んだ、グランプリにふさわしい華やかな美貌の女子学生だった。ゼミの友人が勝手に応募しちゃったんです、本当は辞退したかったんです、などと、あながち演技でもなさそうな様子で戸惑っている。綾部の新しい恋人よりずっと綺麗だなと瑛子は思い、益体もない比較をする自分に卑しさをおぼえた。

屋台に戻ると、美山さんが果肉を満たしたフルーツポンチを差し出してくれた。

「おかえり。これ、わたしの奢り」

「ありがとう」

青空を眺めながら極彩色の飲み物を口に含む。炭酸の刺激が舌にこころよい。懐かしい甘味が胸奥にまで広がり、心のささくれた部分が慈雨を受けるようだ。

「美山さん、だっけ？　あとで一緒に学園祭まわらない？」

「そうしよう、そうしよう。あ、フォークダンスも一緒にどう？」

「女同士で踊るの？」

「だってほら、身長差がピッタリ」

「わたしが男役か……」

「うん。かっこいいから」

そう言って、美山さんは可愛い上目で見上げてきた。

「ところで、出前のお金は……」

「――あ」

先刻、代金を受け取るのをすっかり忘れていたことにはじめて気づいた。飲みかけのフルーツポンチを美山さんに預け、瑛子は口元を拭(ぬぐ)って走り出した。祭りの賑わいの中をまた医学部校舎へ向かう。

建物に駆け込んだ途端、さっきは感じなかった微香に出会った。水と塩素剤の匂いが相まったような涼しい香気が、静謐(せいひつ)な空間にあわあわと漂っている。明らかにプールの水の匂いだが、そこに一抹、男性的な汗の匂いが混ざっている。

心臓がビクンと跳ねた。――綾部？

自分と入れ替わりに、綾部がこの建物に足を踏み入れたのだろうか。しかし、彼がなぜ医学部校舎を訪れる必要があるのか。誰に何の用があって。それともこれは何かの薬剤か試料の匂いで、綾部の残り香だと感じるのは自分の妄想なのか。

混乱しながら、瑛子は無意識に周囲に視線を巡らせた。すると、

——お父さん、どこにいるの。

黒マジックの落書きが目に飛び込んできた。

それは階段の上り口の壁に、確たる意志を込めた手跡で書きつけられていた。一字一字はさほど大きくはなく、嬰児の掌程度の面積である。だが時間をかけて認められたとみえる文字は独特の迫力を持っており、落書きにしては不可解な文面も、どこか怨念めいた言霊を感じさせた。

逃げるように落書きの前を離れ、瑛子は足早に階段を上った。廊下を小走りし、狐面のぶら下がったドアを叩く。

「どうぞ」

今度は返事があった。ドアを開けると、がらんとした部屋にさっきの長身の青年がいる。窓枠に腰掛けてフルーツポンチを啜りながら、白衣の胸元を扇で煽いでいる。扇の風に襟がはためき、そのたびに華奢な鎖骨が見え隠れした。白檀の扇なのだろう、研究室の殺風景とはまるで似合わない、典雅な香りが瑛子の鼻にまで届いた。

「美味しいですね、これ。狐塚教授にも好評でした」

「わたしが作ったんじゃないけど」

「可愛げのない人だな。お金はそこです」

さっき顕微鏡が載っていた机に、百円玉が丁寧に積み上げられている。青年はフルーツポンチを飲み干し、猫のような仕草で上唇を舐めた。

「代金も受け取らずに帰るなんて、子供のお使いですね」

挑発しているのか、それとも単に性悪なのか、扇で顔の下半分を隠すようにして、眼だけ出してにんまり笑う。古典の姫君を思わせる挙措だ。瑛子は相手にせず、机上の硬貨に手を伸ばした。

その瞬間、青年が空のコップと扇を同時に放り捨てた。窓枠から飛び降り、床を蹴って跳ね上がる。痩せた身体がばね仕掛けのように跳躍し、白衣がまがまがしい翼に変じたかと見えた、次の刹那、青年は瑛子のすぐ正面に立っていた。冷たい手が瑛子の頰をぐいと挟む。

「うっ……」

くぐもった声を漏らして後ずさると、青年は遠慮なく歩を進めてきた。背中が壁に押し付けられる。左手で瑛子の頰を挟んだまま、青年は白衣の胸ポケットから銀の棒を取り出し、それを唇の間に捻じ込んできた。頰の内側がぐりぐりと擦られる。言いようのない屈辱感に目がくらみ、瑛子は目の前の白衣を力任せに突き飛ばした。

「おっと」

青年は楽しそうによろめき、銀の棒を頭上に掲げて、先端のきらめきに目を細めた。

「何すんのよッ」

「口腔粘膜をもらいました。細胞シート作りの練習をするんだ」

さっさと背を向け、部屋の隅の実験机に向かう。

「待ちなさいよッ」

「待てませんね。乾いてしまう」

机上には、何かの花から搾り取ったような、神秘的な紫の液体が入ったガラス皿がある。

「酵素処理を施して、温度応答性培養皿で可愛がります」

強奪したばかりの粘膜を、青年は良からぬ魔術でも執り行うように、慎重だが滞りのない手際で紫の液体に浸した。

「あなたを離れても、あなたの細胞は分裂を繰り返し、平然と増殖していく。あなた自身の意思とはまるで無関係にね」

あなたという言葉を不躾に繰り返す青年を、瑛子は結んだ拳を持て余しつつ睨んでいた。頬の内側に、電流を帯びたようなにぶい痺れが残っている。傷を負わされたのではと指を入れてみたが、指先に血は付かなかった。

「窓の外に白い建物が見えるでしょう。うちの大学の付属病院です。建物は古いですが、あそこでは昔から最先端の医療が行われているんですよ。遺伝子疾患検査、出生前治療、それから——ふふ、臨床研修が待ち遠しいな。生命の水際に触れてみたいな。だけど眼科になるのもいい。眼は露出した脳だって知ってますか。五蘊皆空。あなたの現実を構成しているものは、あなた自身の認識だけなんですよ」

紫の液体に目を落としたまま、熱に浮かされたように言葉を連ね、やがて、

「せっかくだから友達になりましょうか」

長い睫毛を動かしてまなざしを向けてきた。暖かみのない眼にまっすぐ見据えられる。

「……いいけど」

なぜ、そう答えてしまったのか今でも分からない。

あの日奪い取った粘膜を、猫堂はいまだに持っているという。細胞シートとは一体どんなものだろう。瑛子は想像してみるが、見てみたいとは格別思わなかった。ぼんやりと思い描いているだけの方がいい。わたしを離れても健気に分裂を繰り返し、無心に自らを増やしていく、かつてわたし自身であった何か。命を持たないまま、それでも飄々（ひょうひょう）と育ち、変容を続ける、自分ではすでになく、かといって他者でもない存在。

○

純白の日傘をくるくる回し、北里舞が足取りも軽くキャンパスの石畳を歩いてゆく。時折、気まぐれに歩を止めては、植え込みに咲き揃うダリアに見入ったり、傘を傾けて百日紅（さるすべり）の花房を仰いだりする。距離を保って尾行しつつ、瑛子は内心首をかしげていた。この美女は一体、自分の現況をどのように考えているのだろう。

先日の猫堂の言葉について思い巡らしてみる。赤ん坊の父親は綾部ではない――そう断言した彼の口ぶりが、やけに自信たっぷりだったのが気にかかる。猫堂の自信過剰はいつものことだが、あの時の声音からは、すでに真実に見当が付いているかのような、妙に意味深長な含みが感じられた。じつは猫堂は、赤ん坊の父親の正体をとうに知っているのではないだろうか？

る。
だが仮にそうだとすれば、彼が父親に関する調査を依頼してきた理由がそもそも分からなくな

どうも釈然としないことばかりだが、猫堂の断言が呼び水となって、瑛子はある重要な事実に気づかされてもいた。自分はこれまで、綾部と北里舞が一緒にいる所を、じつは一度として見たことがない。ミス・キャンパスが水泳部の練習を毎日のように覗きに来る――その一点だけで、綾部の最新の恋人が北里舞であると、いつしか当然のように信じきっていたのだ。現実を構成するのが認識だけとはよく言ったものである。北里舞がフェンス越しに日々見つめている恋人は、じつは綾部ではなく、別の男子部員なのかもしれない……

正門を出た舞は、宇治駅の方へは向かわなかった。キャンパスの塀に沿って軽やかに歩き、隣接する大学付属病院の正面玄関を入っていく。古めかしい白亜の建物に、瑛子も足を踏み入れた。舞はためらわず産婦人科のフロアに向かったが、なぜか診察受付の前を素通りすると、待合室の一隅のソファに腰を下ろした。

距離を保って横顔を窃視する。舞は背もたれに寄りかかって柔らかく目を閉じ、内なる生命の脈動にしみじみと耳を傾ける風情である。妙だなと瑛子は思った。受付をしなかったということは、彼女は診察を受けるつもりはないようだ。では何のためにここに来たのか。

とにかく様子を窺(うかが)ってみることにして、舞から見えない位置に腰を下ろした。待合室は四割方埋まっている。舞の後ろにも、瑛子の隣にも妊婦が座っており、瑛子の斜め前には、どこか緊張をはらんだ夫婦の背中が並んでいた。二人は言葉を交わすでもなく、姿勢を崩すでもなく、

互いに無言を保ったまま診察の順番を待っており、なにやら仔細ありげに思われた。

二十分ほど過ぎても舞は動かない。手持無沙汰になった瑛子は、何となく傍らのブックラックに目をやった。新聞や数種類の雑誌とともに、大学の広報が一部置かれている。手に取って開くと、先週東京で行われたチャンピオンシップの結果が掲載されていた。

地区大会で初めての優勝を果たした瑛子も、猫堂のいやな予言通り、全国から集(つど)った精鋭たちには伍することが叶わず、五十メートルも百メートルも予選であえなく敗退してしまった。綾部は着実に決勝レースまで駒を進めたが、結果は百メートル自由形が四位、五十メートル自由形が五位という微妙なものだった。

地区大会では常に表彰台の中央に立つ彼も、全国のトップスイマー同士の戦いとなると、栄冠まであと半歩足りない。その半歩を埋めるためには、求道者的で一途な、泥臭い努力が必要なはずだが、綾部がなりふり構わず練習に打ち込む姿を瑛子は見たことがない。既定の練習メニューを涼しい顔でこなし、課された距離を泳ぎ終えると、彼はいつも早々に陸に上がり、洒落(しゃれ)た服をまとって合コンに出向いてしまう。酒を飲み女の子を口説き、ありきたりな青春の愉しみをのびのびと謳歌(おうか)する。それを咎(とが)める資格は誰にもないのだが、瑛子は時折、綾部の頑丈な首筋に齧(かじ)りつき、厖大(ぼうだい)な伸びしろを蔵した体を思うさま叩いて泣きたくなる。泣いて叱(しか)ってやりたくなるのだ。

北里舞の背中に目を戻す。彼女が日々、プールのフェンス越しに眺めている恋人は、本当に綾部蓮とは別人なのだろうか。だが綾部ならきっと、特定の恋人でなくとも男女関係を持つくらいのことはするだろう。なにしろ享楽主義的な男なのだから。北里舞の方も、清楚な見かけによらず、じつは享楽主義的な女性なのかもしれない……

白いブラウスの後ろ姿からは、北里舞の心情は少しも読み取れなかった。ソファで安穏とくつろぐ様子は、日向ぼっこでもしているようである。だがその体は、触れればきっと小刻みに震えているのだろう。繊細な小動物のように、熱を帯びながら、身も世もなく振動しているのだろう。

そんな気がするのは先日の出来事のせいかもしれない。医学部校舎の前で北里舞を呼び止めた時、おそらくは悪阻のために蹲ってしまった舞は、ほっそりした身体を木漏れ日のレースに覆われながら、小さな肩をいじらしく震わせていた。自分はそんな彼女の背をさすってやろうとして、果たせなかった。触れることなく手を止めてしまった。心のどこかに警告されたからだ。

触レレバ死ヌ。

「――あ」

記憶の片隅に赤い光が灯る。二粒の柘榴のような双眸――ウサギの目。立ち上がろうとしてはよろめいて崩れ落ち、キュウキュウと呻吟を漏らす、痩せ細って衰弱したウサギ。瞳だけが赤々と、狂的な生命力を滾らせて燃え盛っている――

「……まさか」

ある発想が生じ、瑛子はベンチから立った。舞の視界に入らないよう、慎重に待合室を後にする。廊下を足早に歩き、正面玄関を出て宇治川のほとりまで小走りし、頭の中を整理しながら携帯電話を取り出した。

呼び出し音がたっぷり十回以上鳴ってから、ニャア、とふざけた応答があった。

「ひどいなあ。昼寝してたんですよ、僕」

「猫くん、分かった。分かった気がした」

追い立てられるように瑛子は言った。

「赤ん坊の父親は――いない」

「はい？」

「存在しないの。そもそも、北里さんは妊娠なんかしていない」

猫堂は無言である。かまわず瑛子は続けた。

「彼女は綾部に恋してるけど、二人はたぶん、付き合ってなんかいない。彼女の妊娠の症状は、妄想――想像妊娠なんじゃない？」

沈黙があった。やがて猫堂が、フンと小さく鼻を鳴らす。

「大胆な説ですね。論拠は？」

「論拠っていうか、思い出したのよ。子供のころ飼ってたウサギのこと」

橘(たちばな)橋(ばし)から中(なか)の島(しま)の方へ歩きながら、瑛子は子供時代の思い出を猫堂に語った。

あれは小学校低学年の時だったろうか。両親とともに訪れた神社の縁日で、ウサギを売る露店を目にしたのだった。ウサギの愛らしさにたちまち心を射抜かれた自分は、身を捩らんばかりにして両親にねだり、きちんと世話をするという約束のもとに一羽を買ってもらった。以来、学校から飛んで帰ってはケージの前に座り込み、せっせと餌をやったり飲み水を替えたり、飽かずに愛撫したりしては小さな命をいとおしんで過ごしたものだ。

　だが二月ばかり過ぎた頃、ウサギに異変が起きた。急に食欲をなくし、落ち着きを失ってケージの中を歩き回るようになったかと思うと、前歯で自分の毛を激しく毟り始め、あっという間にみすぼらしい姿に変わり果ててしまったのだ。両眼は炯々と光り出し、肉食獣に変貌してしまったかのようで恐ろしかった。

　母親に伴われて連れて行った動物病院では、これはウサギには珍しくない想像妊娠で、一定の期間が過ぎれば自然に回復するとの診断が下された。だが結局、瑛子の一羽は通常の経過を辿らなかった。衰弱は日増しにひどくなっていき、自傷行為は収まらず、やがて水も食事も一切受け付けなくなり、あえなく息絶えてしまった……

「――論理性のかけらも無いな」

　瑛子の喪失体験を聞き終えた猫堂の、それが第一声だった。

「だが正解ですよ、瑛子先輩。北里舞は偽妊娠です」

　あっさりと言い放たれて、瑛子は足を止めた。いつしか朝霧橋の半ばまで来ていた。

「正解ってなによ。きみ、ひょっとして最初から――」

「判ってましたとも。僕の洞察力は凡人とはレベルが違うんですから」

「それならどうして……どうしてわざわざ、わたしに謎解きなんかさせたのよ」

「あなたのお頭を試したかった次第。じゃ昼寝に戻りますね」

「ちょっと猫くんッ」

電話はまた一方的に切られてしまった。しばし立ち尽くし、瑛子はゆるく結んだ拳骨で、橋の宝珠柱を叩いた。こつんこつんと何度も叩きながら、頬を膨らませて宇治川の豊かな水を睨んでいると、メールが届いた。

『金曜夜八時、プールサイドに来てください。猫』

呼び出しの理由は一切書かれていない。にべもなく断ってやろうかと思ったが、文面を考えているうちに馬鹿馬鹿しくなってきた。仕方なく応諾の旨を短く返信し、欄干に頬杖をついて遠い丘陵を眺める。温かい悲しみが込み上げてきた。

かわいそうな北里舞。

彼女が胎内に宿しているものの正体は、綾部に愛されたという架空の記憶――偽造の過去に他ならない。彼女の肉体は、綾部の子供を宿すという擬態を取ることで、在りもしなかった男女関係の事実を捏造したのだ。彼女が産婦人科の待合室で、何をするでもなく妊婦たちと時間を共有していたのは、病的な虚構により深く浸るための切実な遊戯だったに違いない。自分を保つための一人芝居だ。

しんみりした気分で歩き出した時、声が聞こえた気がした。――お父さん、どこにいるの。

存在しない赤ん坊が、存在しない父親を探している気配がする。宇治川をわたる風が急に冷気を含み、瑛子は無意識に腕を撫でさすった。

中天に満月が懸かっている。月光をちりばめたプールの水面が夜風にちらちら顫え、人の耳に聞こえない波長の音楽でも奏でていそうだ。この光をかき乱して泳ぐ綾部の姿が、いくら想像すまいとしても心に浮かんでしまう。

○

しゃがんで指先を水に浸していると、猫堂がプールサイドに現れた。一瞥するなり奇異な感じがしたのは、白衣の裾からむき出しの細い脛が覗いているためだ。白衣の下に水泳着でも着ているのだろうか。

「次の段階に進みましょうか」

無言で立ち上がった瑛子に、猫堂はつかつかと歩み寄って宣言した。

「本格的にあなたの泳ぎを作り変えます。キックから呼吸から全部、徹底的に壊して再構築します。まずは水中姿勢だな。浮ついた丹田を何とかしないとね」

「丹田って?」

「あなたは何も知らないんですね。臍下丹田――」

柔らかく拳にした右手を、瑛子の下腹部にそっと置く。触れられた場所から全身に向かって、じんと熱い波紋が広がっていくのが分かる。自分の体はもう、この青年の接触によって革命が起こることを知ってしまっている。

「人体の重心はこの臍下丹田にあります。泳ぐ際、この部分にブレを生じさせる動きはすべて悪だと心得てください。あなたのクロールには邪悪がまとわりついているんです。不必要な、醜（みにく）い、無駄で無益な動きがね。僕がそれらをすべて剝ぎ取ってあげますよ。泳ぎ込みも徹底しますからね。覚悟めされよ」

強烈な霊感が降りた芸術家というのは、あるいはこういう目になるのだろうか。猫堂の双眸は、こちらが不安になるほど荒々しい輝きを帯びていた。瑛子が覗き込むと、猫堂は感情を読まれるのを避けるように、くるりと背を向けて俯（うつむ）いてしまった。痩せた後ろ姿がひどく頼りない。胸の片隅が疼（うず）くようだ。

「猫くん――」

たまらなくなって呼びかけた時、猫堂の足元に白衣がはらりと落ちた。筋張ってしなやかな、蠟（ろう）で創られたように青白い、一糸まとわぬ裸体が満月の下に現れる。凍りついた瑛子の前で、猫堂は純朴なけもののように月を振り仰ぎ、朗々と言葉を放った。

――汝（なんぢ）未だ吾（われ）と汝と宿契の深きことを知らず乎（や）。

（君はまだ我々の深い宿縁に気づいていないのか）

――多生の中に、相（あひ）共に誓願して、密蔵を弘演（ぐえん）す。

（何度も生まれ変わっては出会い、ともに誓願を立てて密教を弘めて来たのだ）

――彼此（ひし）代（こもごも）師資と為ること、只の一両度のみに非ざるなり。

(前世のさらに以前から、代わる代わる師となり弟子となって)

詠じ終わり、振り返って微笑む。白い肌の上で水明かりが揺れ、銀の波模様を作り、裸体は隅々まで繊細な鱗(うろこ)を纏っているようだ。

「……何してんのよ」

若く妖しい軀(からだ)から、瑛子は反射的に後ずさった。

「何なのよッ、この露出狂!」

罵倒されて、猫堂はかえって無邪気に歯をあらわした。ためらいのない大股で歩み寄ってくる。瑛子はさらに数歩退却したが、背中で水が揺らぐのを感じ、はっと足を止めた。猫堂も動きを止め、瓜実顔から笑いをかき消す。青く冴えた夜気を挟んで対峙した。

「人間はなぜ獣毛を失ったのかな。つまらないな」

ごく低く呟き、目を伏せて自分の裸を見下ろす。次の瞬間、いつかのように猫堂は跳ねた。白い肢体が豹(ひょう)のように跳躍し、逃げる間もなく飛びかかってきた。もつれ合ってプールに転げ落ちる。瑛子は激しく噎(む)せて水面に顔を出したが、たちまち猫堂の長い手足に緊縛され、容赦なく水の中に押し込められてしまった。飛沫(ひまつ)と気泡の音に混じって、楽しげな笑い声が耳元で聞こえる。必死でもがき、酸素を求めて立ち上がろうとすると、また強い力で水の底に引き戻される。

恐怖で気が遠のきそうになった、その時、

「やめなさいッ！」

凛（りん）と澄んだ声が降ってきた。視界の隅で、輝く生き物がプールに飛び込む。唐突に身体が解放された。わけが分からず立ち上がると、憤怒（ふんぬ）の形相の北里舞に、猫堂が背後から羽交い絞めにされている。

「触らないでッ、彼に――」

白い歯をきらめかせ、舞は猫堂の首筋にがぶりと噛みついた。猫堂がぎゃっと情けない悲鳴を発し、銀色のしぶきを撥（は）ね上げて足掻（あが）く。瑛子は呆然と水の中に佇み、なんとか状況を理解しようとした。北里舞の今しがたの言葉について、その真意を懸命に読み取ろうとした。

――触らないで、彼に。

彼という人称代名詞で呼ばれたのが自分だと悟った途端、目眩（めまい）に襲われた。まさか。両手で頭を抱え、真後ろに体を投げ出す。倒れた勢いで水に沈み込んだ。月明かりに輝く水面が、どこかの聖堂の天窓のようだ。懺悔（ざんげ）の衝動が湧き起こるが、愚かであることは、はたして罪なのだろうか。

息が苦しくなって立ち上がると、猫堂が白衣を拾い上げ、這々（ほうほう）の体（てい）でプールサイドを逃げていく所だった。素っ裸でみっともなく走り去る姿は喜劇映画の一場面のようだが、自分に嗤（わら）う資格がないことを瑛子は知っている。

細い腰を水に浸し、舞はこちらに背を向けて震えていた。陶器のような肌に透けたブラウスが貼りつき、濡れた黒髪は美しい蔦（つた）となって両肩に絡みついている。

「……北里さん」

声をかけると、華奢な肩がビクッと動いた。自分の上体を抱きながら振り返り、月光を満たした瞳で見つめてくる。人間を初めて目にした水精のようだと瑛子は思った。純粋で臆病で、しかしきっと、童女のごとき残酷さを秘めている。

月光が溢れ出したように、舞の瞳から大粒の涙がほろほろと零れ落ちた。水をかき分け、ためらいなく近づいてくる。そのまま胸に飛び込んでくるかと思ったが、瑛子のすぐ正面まで来た所で、舞は必死で自分を律するように足を止めた。そっと瑛子の手を取り、意外なほど強い力で、下腹に誘っていく。そこにはふくらみが在った。はっきりと在った。水の中でさえそれは熱く火照っており、瑛子はこの時、舞が孕んでいるものの正体は、じつは一塊の炎なのではないかと疑った。

自身の炎を移そうと試みるように、舞は瑛子の掌を暫時ふくらみに押し当てていた。やがて静かに手を放すと、諦念の微笑みとともに背を向ける。もはや言葉を発することなく、プールを這い上がり、去っていった。

瑛子は両手で顔を覆った。また水中に自らを沈める。

先日、医学部校舎の前で舞と言葉を交わした際、自分が決定的な見落としをしていたことを、今ようやく悟った。

——相手は……誰？

自分がそう尋ねた時、北里舞は激情に呑まれて蹲りながら、苦しげに、しかし縋るように、答えを口にしたではないか。

——遠山瑛子さん。

それは呼びかけではなく、問いに対しての返答だったのだ。真相はとっくに彼女自身の口から発せられていた。自分はそれを受け止め損ねた。真相の気配さえ感じ取ることができずにいた。北里舞が綾部に恋しているなどという見当外れの認識に、結局、いつまでも支配されていた。

やはり愚昧は罪なのだ。瑛子は水の中で銀の気泡を吐き散らし、息が続く限り、自分自身に向けて罵りの言葉を叫び続けた。

◯

遠山さあん、と嬉しそうに呼びながら、美山さんが晩夏の空の下をぱたぱたと駆けてくる。武骨な黒い機械を胸に抱いていた。

「見てこれ。ご注文の品だよ」

「ご注文って？」

「あれ、聞いてない？『白衣の君』が、水中カメラを貸してくれって映画サークルに頼みに来たんだよ。遠山さんのフォームを水中撮影して分析するんだって。彼氏も背が高いんだね」

「彼氏じゃないわよ」

訂正しながらも、安堵が込み上げた。プールに呼び出されたあの晩から、互いに連絡し合わないまま二週間が経つ。その間、猫堂が新たな計画を進めてくれていたことは意外でもあり、嬉しくもあった。

「うちのサークルは水中カメラなんて持ってないんだけど……わたし最近、太秦の撮影所でアルバイトを始めたの。そこで知り合ったスタッフの人に頼んで、使わなくなった機材を譲ってもらったんだ。古い型だけど、古さが可愛いよね」

可愛いという表現には似つかわしくない漆黒の機械を、美山さんは非力そうな手で丁寧に構え、レンズを空に向けたり瑛子に向けたりする。

「一緒に潜って、ばっちり撮ってあげるね」

「……なんでそこまでしてくれるの」

思わず尋ねると、美山さんは一瞬、自分の親切心の出どころを探すように首をかしげたが、

「だって、遠山さん頑張ってるもん」

気楽に言って歩き出した。

「わたし、最近たまにプールを覗くんだよ。遠山さん、練習がない日も一人で泳いでるでしょ」

「べつに……好きなことをしてるだけよ」

「それでもね、自分も頑張ろうって気持ちになるんだ。ところで、どこに行くの？」

「医学部にヤボ用」

「ついて行っていい？　ひまなの」

医学部校舎を訪れるのは一年ぶりだった。キャンパスの奥地にある乳白色の建物は、相変わらずひっそりと、異なる時間の流れを纏っているかのように超然と佇んでいた。

今日、猫堂にもし会えたら、思い出話の続きを語るつもりだ。

以前、電話で話したウサギの想像妊娠について、補足しなければならない事実があった。

――ウサギは、わたしのせいで死んだの。わたしが馬鹿だったから死んだの。

そう告げて、物語の肝心な箇所を故意に伏せた欺瞞(ぎまん)を、猫堂に咎めてもらうのだ。

――縁日で買ったウサギを、わたしは毎日飽きもせず、無邪気に愛撫してかわいがった。だって、知らなかったのだ。ウサギの雌は人間にあまり撫でられると、その感触を雄のマウンティングと勘違いしてしまい、交尾をしたものと思い込んで想像妊娠に陥ってしまう場合があるなどと、まったく知らなかったのだ。ウサギが自分の毛を狂ったように毟り始めた時も、わたしはそれが本能的な産室作りの行動だと想像すらせず、抜けた毛を無性に気味悪く感じて、さっさと処分してしまった。産室が奪われたと思ったウサギは、さらに抜毛行為をエスカレートさせたけれど、わたしはその反応にすら意味を見出せなかった。衰弱したウサギを始終撫でて励まし、愛撫という暴力で神経をさらに刺戟(しげき)してしまった。

何も察さず、何も考えずにいたのだ。わたしはいつも、絶望的に意識が足りない。だから北里舞の激情にも気づかなかった……

「狐――」

美山さんがふいに小さく叫び、足を止めた。目の前の医学部校舎を見上げている。

瑛子も立ち止まり、建物を仰いだ。二階の窓辺に、狐の面をつけた白衣の人影がある。

「……猫くん？」

一瞬そう思ったが、身体の線が猫堂のものではないようだ。紅い口と金泥の両眼があざやかな狐面は、よく見れば獰猛さと知性とを同時に感じさせ、どこか物騒である。同じ面が扉にぶら下がっていた光景を思い出した。あれは狐塚教授の研究室だった。

「狐塚教授……」

窓辺の人物の素性に見当がついた時、なぜか背中を冷たいものが走り抜けた。

教授とおぼしき人影は、人差し指だけ伸ばした右手を、胸の前でゆっくりと、振り子のように左右に揺らしている。何かを選び取ろうとして迷っている仕草に見える。採光の具合のせいか、白衣の背後には闇夜を思わせる暗がりが広がっている。

「なんだか……人間じゃないみたいだね」美山さんが呟く。「……なにか、選んでるね」

「うん、選んでる」

傍らでポチャンと水音がし、瑛子は反射的に視線を落とした。正面玄関のすぐ前の池で、緋色や金色、濃紺、斑模様の錦鯉たちが、降り注ぐ陽光を身に絡め、落ち着かない様子でゆらゆらと蠢いている。再び窓を見上げると、錯覚が生じた。自分の四方八方に薄青い水がひたひたと満ちていく、不気味ながらも美しい錯覚である。風景がすべて柔らかく水に包み込まれ、キャンパス全体が一椀の水盆に沈み込み、自分も美山さんも、行き交う学生たちも、みな水中を漂う鯉に変じている――その様子を狐塚教授は、冷然と、抜かりなく精査する視線で見下ろしている。胸の前であやしく揺れる教授の人差し指は、やがて前方に傾いて学生の一人を指し示すのだ。選び出された学生は水から掬い上げられ、狐塚教授の胸に抱き寄せられ、そして……

「――あ」

教授の動きが止まった。だが、右手は誰を示すこともなく、体の脇にぶらりと垂れた。意に適う鯉が見つからなかったのか。

白衣が窓辺を離れていく。教室を満たしていた暗がりは、教授を抱き止めると同時に、墨が流れ去るようにたちまち霧散した。瑛子の周囲からも幻想の水が引いていき、世界はもとの姿に立ち返った。自分が竦んでいることに瑛子はようやく気づいた。足が動かず、背骨のあたりがまだ冷え冷えとしている。その冷感に清められたように頭は冴えている。

突如、頭の中に特殊な照明が射し、これまで何の引っかかりも持たずにいた記憶に、意味が見出された。

一年前の、あの学園祭の日――自分は三杯のフルーツポンチを狐塚教授の研究室に運んだのだ。

色鮮やかな果肉を満たした、三杯の輝く飲み物。その一杯は猫堂が飲んでいた。

――美味しいですね、これ。狐塚教授にも好評でした。

彼がそう言っていたのを覚えている。つまり、もう一杯は教授本人が飲んだはずだ。では、三杯目は？　最後の一杯を飲んだのは、誰だった？

綾部蓮ではないだろうか。

代金を受け取るために再び医学部校舎を訪れた際、自分は建物に足を踏み入れるなり、綾部の残り香に気づき、動揺したではないか。綾部がなぜ医学部校舎を訪れたのかとあの時は不思議だったが、あれはもしや、狐塚教授に呼び出されたためではなかったろうか。教授はあの日、綾部と猫堂とを——自身が選び出した二人の学生を——フルーツポンチで饗応したのでは?

——僕と綾部さんはねえ、運命で結ばれているんですよ。

——同じ業を背負っているってわけ。

かつて見た顕微鏡の風景が瞼に揺れる。ミクロの眺望。若緑色の液の中で、狂おしく蠢いていた猫堂の精虫。まだ命でないもの。

命でないものを宿していた北里舞の後ろ姿が浮かぶ。大学付属病院の待合室で、何をするでもなく、妊婦たちと穏やかな時間をただ共有し、虚構に浸っていた舞。同じ待合室に、緊張をはらんで順番を待つ、仔細ありげな夫婦の姿があったことを瑛子はよく覚えている。

「……びっくりした」

美山さんはまだ窓を仰いでいた。

「この校舎、ちょっと怖いな。薄暗いし……」

「——判った」

「え?」

「判った気がする……」

呟いて、瑛子は建物に駆け込んだ。迷わず階段の上り口に向かう。美山さんの足音が追ってきた。

　くすんだ白色の壁に、一年前の黒マジックの落書きはすでに存在しなかった。痕跡すら、もうどこにも見当たらない。それでも瑛子は手を伸ばし、幼子の頭を愛撫するように、かつて文字が記されていた壁をやさしく撫でた。白色がちかちかと明滅している。頭上の蛍光灯が切れかかっているのだ。

「遠山さん、戻ろうよう」

　美山さんは、童女が人形でも抱くように水中カメラを胸に押し当てている。

「なにか出そうだよ。幽霊とか……鬼とか」

　鬼。瑛子は切なくなった。かくれんぼの鬼が、かつてこの場所を訪れたのだ。隠された父親を見つけ出したい一心で。しかし、その望みは決して果たされない。鬼が鬼の役目を解かれる日は、永遠に来ないのだ。

○

　昼下がりの橘橋で猫堂と待ち合わせた。少しは申し訳なさそうな顔で現れるかと期待したが、風に吹かれながらにこにこと近づいてきた猫堂は、おもむろに瑛子の首筋に手を伸ばすと、湿った髪の一束をつかんで白い歯をきらめかせた。

「あなたはいつも濡れてますねえ」

それが半月ぶりの挨拶だった。瑛子は骨ばった手を振り払おうとしたが、猫堂はかえって五指に力を込め、軋む音が立つほど強く黒髪を握りしめてきた。

「いつもと同じだ。プールの匂いだ」無遠慮に顔まで寄せてくる。「今日も自主練習でしたか」

「……だから何」

「修行僧ですね。毎日毎日、水泳部の練習の有無にかかわらず、あなたは泳ぐ。僕と知り合う前からそうだったでしょう。はじめて会った時もあなたは濡れ髪だった。あの学園祭の日――みんなが浮かれる祭りの日にさえ、あなたは朝一番にたった一人で練習していた。そういうところに北里舞も惚れたんですよ。あなたの克己的なところにね」

やっと手を放してくれた。瑛子は摑まれていた髪を指先で梳き、釈明するように呟いた。

「自分の好きなことをしてるだけよ。やるなら本気でやりたいのよ」

「なによりです。あなたは今まで通り、そうやって自分自身を善用していればいい。運動選手はまあ、大乗仏教の体現者のようなものですから」

「また難しいこと言って……」

「ふふ、自らの修練に没頭さえしていれば、それが他者を幸せにするって意味。知ってますか、古代オリンピックはもともと、トロイア戦争の死者を慰めるための鎮魂の祭りだったそうですよ。祇園御霊会のようなものですかね。それを生者が死者から奪い取って、自分たちのための祝祭にしてしまった。面白いと思いませんか。すぐれた肉体同士が競い合えば、それが死者にとっては鎮魂になり、生きる者にとっては喜びと楽しみになる」

「ちっとも面白くない」

唇を尖らせてから、瑛子は声を落とした。

「北里さん、最近どうしてる?」

「さあね。休学届を出しましたよ」

言葉を失った瑛子をよそに、猫堂はさっさと歩き出す。

「少し山登りしませんか。仏徳山(ぶっとくさん)」

返事も待たずに対岸へ向かってゆく。無言で追いながら、瑛子はふと涙を催して空を仰いだ。柔らかな筆を滑らせて描いたような雲の、模糊とした輪郭がずいぶんと秋めいている。

「僕は北里舞が哀れだった。プールのフェンスの外で、構内のベンチで、カフェテリアで、あなたの姿を見つめては切なそうに涙ぐんでるってのに、あなたときたら彼女の真摯(しんし)な愛情にてんで気づきもせず、つまらない男のことで常時頭が茹(ゆだ)っているんですから。彼女に悪阻らしき症状が現れた時、僕はそれが偽妊娠だとすぐに察しました。偽妊娠は究極の自己完結の世界です。大方、あなたを男性に見立てて、空想の中で行為したのだろうと見当をつけました」

医者が診断を述べるような口調で、淡々と語る。

「そこで、あえてあなたに調査を頼んだって次第。ふん、そうでもしなきゃ北里舞が可哀想でね。彼女の恋にあなたが気づく機会を作ろうと思った」

「……気づかなかったよ。わたしは」

「ええ。あなたは鈍感で、蒙昧(もうまい)で、残酷なひとだ。よりによって北里舞に自分の心情を投影し、彼女が綾部さんに恋い焦がれてるなんて結論づけるとはね。呆れ果てましたよ」

弾劾の口ぶりはあくまで穏やかで、瑛子はかえって強い呵責をおぼえた。

「あの晩、北里舞がプールに現れたのは、僕が前もって呼び出したからです。あなたへの狼藉については謝りませんよ。天に代わって罰してやったまでです」

「分かってるわよ」瑛子は嘆息した。「治ったのかな、彼女……」

「偽妊娠の症状は、それが思い込みだと脳が受け入れれば自然と収まるものですよ」

宇治上神社を抜け、仏徳山のつづら折りの坂道に入る。木々の天蓋が頭上を閉ざし、猫堂の横顔が薄青い翳に包まれた。

「でも、治るって何なんですかね」

憂わしげな口調になる。

「考えてみれば、北里舞の精神はただ、自身が宿る肉体を適切な形に作り変えただけです。あなたの子供を宿しているのが彼女にとって最も自然な状態なのであれば、それはもう、治癒すべき病態とは言えないのかもしれない。Metamorphose……正しい変身なんだ。悟りを開けば身は三十二相を生じる。縵網相、頂髻相、身金色、眉間白毫……」

周囲は森閑として、空気は街よりも一段涼しい。胸底が洗われるようだが、洗い上げた胸にはさらに容赦なく寂しさが沁みる。

「ねえ先輩、僕は北里舞の症状に感動したんですよ。あなたに調査を依頼したもう一つの理由は、肉体の変容の見本を示したかったからです。魂と肉体はかくも深く結び付いているってね。

彼女の変身を見習って、あなたもせいぜい邪念を振り払って練習に励んでください。いつか綅網相が——蹼が手に入る、かもしれない」

山の中腹にある展望台まで来た。眼下には宇治川が銀の帯となって流れ、帯の向こうには大学の芝生の薄緑が見える。はるか先には大阪の高層ビル群が淡黄色に霞んでいる。

「猫くん」

慎重に呼びかけた。

「子供を宿したかったのは、北里さんだけじゃなかったんだね」

「はい?」

「架空の赤ちゃんの向こうに、きみは、実在の赤ちゃんを見ていた」

「何の話ですか」

「意味深な言葉でわたしを戸惑わせたよね。綾部と同じ『業』を背負ってるって。きみはわたしに、自分が背負っているものの正体を知らせたかった。わたしの方から、それに気づいてほしかった。だって、自分から打ち明けることはできないから。口外は禁じられてるから」

猫堂の口元がこわばる。一語一語、ゆっくりと紡ぐように瑛子は続けた。

「一年前、医学部の校舎で不思議な落書きを見たの。猫くんも毎日あの場所を通るから、きっと気づいたよね。『お父さん、どこにいるの』……あの落書きが、ずっと頭の隅に引っかかってた。一体、誰がどういう目的で書いたんだろうって。でも、やっと分かった。ねえ猫くん、きみがわたしに解かせた謎……父親の正体という謎……その答えを知ろうとしていたのは、きっと、わたしだけじゃなかったんだね。あの落書きの文章は、書かれた通りの、そのままの意味だった。誰かが、あの校舎に父親を捜しに来ていたんでしょう」

猫堂の横顔に、奇妙な泣き笑いの表情が浮かんだ。瑛子は一瞬、自分がこの青年を慰めようとしているのか、追い詰めようとしているのか分からなくなった。

「いつか言ってたよね。大学の付属病院では、昔から最先端の医療が行われてきたって」

懸命に柔らかい声を作る。

「狐塚教授は……きみと、綾部蓮を選んだんだね」

猫堂が白い顔を上向け、頭上の枝葉に視線を泳がせる。

「きみが最近、なんだか変だったのは……生命が、育っていたからだね」

展望台には瑛子と猫堂のほかは誰もおらず、ヤマガラか何かの小さな鳥影が、時折すいと傍らを掠(かす)めて木々の間に消えてゆく。青年の内心を代弁するように、初秋の葉がしきりにざわざわと波打つ。

「……驚いたな。あなたは急に聡明になった。北里舞のおかげですかね」

そうかもしれないと瑛子は思った。少なくとも、北里舞の想像妊娠の一件を通じて、他者に対する感受性をわずかでも磨こうと思い始めたことは事実だ。

「僕の父親は仏師です」

猫堂は拗ねたように踵(かかと)で地面を蹴った。

「知ってますか、仏師ってのは仏の姿を刻んだりはしない。あらかじめ木に埋まっている仏様を彫り出して、解放して差し上げるんだそうです。……僕には仏師の才能はなかった。だけど一度だけ、木に埋まっている仏様を見つけたことがあります。その仏様だけは、この手で解放しようと心に決めた」

「猫くん」

話を軌道に戻そうとしたが、猫堂は妙に色気のある目で睨んできた。

「木の中の仏様——あなたですよ」

「え？」

「僕が提供者(ドナー)を引き受けたのは、あなたのせいだ。瑛子先輩」

洛南(らくなん)の街を見下ろしながら、猫堂は静かに語り始めた。

狐塚教授からその打診を受けたのは、去年の学園祭の直前だったという。

「Artificial Insemination by Donor——非配偶者間人工授精。夫の身体的な事情のために子供が望めない夫婦を対象に、大学の付属病院がそういう医療を行っていることは、以前から知っていました。精子提供の協力者が常に男子学生の中から選ばれることも。

——これは人助けだ。

僕に話を持ちかけた日、狐塚教授は真顔で言ったものです。

——君ともう一人、別の学生にも協力を頼んでいる。最終的にどちらを用いるかは僕が決め、その結果は君たちには報告しない。無論、君たちの個人情報がレシピエント側に伝えられることも、レシピエントに関する情報が君たちに明かされることも一切ない。

　返事はひとまず保留にして、僕は校舎を出ました。池の傍らを歩いていると、錦鯉の一匹が、水面にぴょんと跳ねました。なんの変哲もないその光景に、僕は何がおかしいのか小さく笑いを漏らし、自分がどこか愉快な気分でいることに気づいたんです。僕はどうやら、義務からも責任からも免れたまま自分の遺伝子を投擲する機会を、役得だと感じているらしい。

　僕は汚い。

　そう悟った途端、畏れが生じてきました。教授はこの協力を人助けだと言っていたが、善行の範疇に括るべき行為であるとは到底思えなかった。赤ん坊を望む夫婦にとっては確かに助けにはなるだろう。だが、誕生せしめられる子供の将来の懊悩を、一体誰が想像できるだろうか。少なくとも、僕にはできない。

　奈良街道を目的もなく歩きながら、だんだんと僕は、この世界のすべてが生きている者たちの都合で回り続け、未生の者が常に無力である現実に理不尽さを感じてきたんです。萬福寺の、いかにも中国風の総門の前で足を止め、もと来た道を引き返すうちに、徐々に気持ちも固まってきました。

　狐塚教授には断りの返事をしよう。そう心に決めて、黄昏の気配が漂い始めた空の下、僕は再び大学に足を向けたんです。

　だが、プールのフェンスの前を通りかかった時です。夕陽を受けて輝く水面に、端正な泳跡がひとすじ伸びているのが目に入り、自然と足が止まりました。熱心な水泳部員が、たった独りで練習しています。コースロープが張られていない四角い水甕の中央を、ペースの速いクロールで横切って行く人影は、瑛子先輩、あなたでした。

プールを一往復して顔を上げたあなたは、大時計でタイムを確認し、秒針が真上に来ると同時に、また壁を蹴って泳ぎ始めます。一途な泳跡から水面にきらきら広がっていく光の襞が、花嫁の面紗のように見えました。プールを往復してはタイムを確認し、また往復しては確認するという一連の動作を、あなたはどこか切実な様子で、フェンス越しの不躾な視線にも気づかずに延々繰り返しています。常行三昧。僕は声に出して呟きました。ここは水が張られた四角いお堂だ。水の中をただ行き来し、ひたすら反復動作を積み上げるあなたは、如来像の周りを果てしなく巡り続ける僧侶そのものだ。目に映るのはプールの底のみだとしても、内観の景色はきっと無限に移り変わり、さまざまな想念が、絶えず泡沫のように浮かんでは消えているのだろう。

そんなことを考えながら、僕は恍惚としてあなたの姿を見つめ続けていたんです。

だが徐々に、違和感のようなものが生じてきました。泳ぎ続けるあなたは美しかった。しかし同時に、醜さをはらんでいた。懸命というよりは闇雲で、真剣でありながら非効率で、力学的に何かが間違っているのに、自分の誤謬にさっぱり気づいていない——それが確信されてきたんです。僕は無性に歯痒くなり、フェンスに額を押し当てました。さっさと立ち去ればいいのに、できなかった。

やがて陽が落ち、天地が藍錆(あいさび)色に染まり始めると、あなたはようやく水から上がり、ゴーグルと水泳帽を外してプールを振り返りました。法隆寺の百済観音(くだらかんのん)像に少し似ている。それが陸に上がったあなたの印象でした。百済観音、見たことありますか。長身で柔和(にゅうわ)で、静止しているのに揺らめいているような、全身で微笑みながら一途に燃えてもいるような、不思議な佇まいの仏様です。あなたは鍛えた観音像のようだった。だが明らかに、まだ造りかけの、半ば木に埋まったままの仏像でした。自力で木から這い出せずにいる、いや、自身が木に埋まっていることにすら無自覚でいる、のんきで愚昧な菩薩(ぼさつ)です。この手で引きずり出し、力ずくで木屑を削ぎ落とし、あるべき姿に導いてやったらどれほど楽しいだろうと、僕はほとんど暴力的な興奮とともに空想したんです。父から受け継いだ仏師の血が疼いたってわけです。

まだ小さく揺れている水面に向かって、あなたは深々と、長く真摯な黙礼をしました。

胸を衝かれました。美しいものを見た気がした。

完敗です。僕はあの時、不意打ちのように悟らされてしまったんです。この世には、美しいものがあるってね。人生の希望に襲われるようにして、悟らされてしまった。

あなたが水を滴らせながら更衣室へ去り、プールの水面がすっかり静まった後も、僕の胸中はなお波立っていました。その波間から、ふいに新しい考えが生じました。

汚い人間になろう。そう思い立ったんです。僕は自分の汚さと下劣さを認め、その上で、愛情で結ばれた一対の男女に協力しよう。僕がどれほど醜い存在であっても、この世には美しいものがある。断固として、それは在る。今、僕はそのことを知っている。

それなら、許されてもいいのではないか。生きている者の都合で世界を回し続ける所業の、その一端を僕が担うことは、許されてもいいのではないか――」

猫堂はそこまで語ると立ち上がり、紅潮した頰を風にさらして冷ますように、白縹の空をしみじみと仰いだ。

「学園祭の日は、綾部さんと二人で、狐塚教授から最終の同意確認を受けることになっていました。その前に、ちょっとした健康診断をしておこうと思った。運動率と奇形率に異常がないことを、自分の目でも確かめておきたかったんです。その場をあなたに覗き見られてしまった」

「……ごめんね」

瑛子は猫堂の後ろ髪を撫でた。

「首筋の方が気持ちいい」

真顔で注文をつけてから、青年はまた語り始めた。

「学生から提供された体液は、液体窒素で凍結されて六ヶ月以上保存されます。その間、提供者は遺伝性のウイルスに感染していないのを証明するため、さまざまな抗体検査を受けるんです」

そのことは瑛子もすでに調べて知っていた。提供から母体への施術までは最短で六ヶ月。仮に保存期間のすぐ後で施術が行われ、それが一度で成功したとすれば、猫堂あるいは綾部の子供は、今まさに母体内で人間の形に成長しつつあるのだ。胎児はやがて生を受け、切実にわが子を望んだ両親のもとで深く愛されて育つだろう。そしておそらく、いつか自分の出生の事情を知ることになる。

戸籍上の父親の愛情を充分に感じながらも、若者は考えることだろう。自分の生物学上の父親はどんな人物なのか、父親は、一体誰なのか。

それは解くのが許されない謎だ。ＡＩＤの協力者は永遠に秘匿されると定められている。若者が知り得るのは、自分に血肉を授けた父親が、施術の行われた病院に隣接するキャンパスで青春時代を過ごしたという事実のみである。

若者はまだ見ぬ父を想い、ある時、学園祭で賑わう大学を訪れるのだ。父親のかつての学び舎を歩き、その青春時代に思いを馳（は）せつつ、医学部校舎に足を踏み入れることだろう。

そして、校舎の壁に黒々と書きつける。

——お父さん、どこにいるの。

あの一文は、生物学上の父親を探し求める誰かの、痛切な慕情の吐露だったに違いない。

また同時に、新たに提供者（ドナー）となる学生たちへ向けられた、暗号めいた訴えでもあったはずだ。

——忘れるな。自分が一柱（ひとはしら）の命をこの世に在らしめた事実を、その子が自分を慕（した）い続けている事実を、一生涯、忘れるな。

「罪深い父親——」

猫堂が呟き、偽悪的な笑みを向けてきた。瑛子は空想を中断した。

「僕とあなたは同類なんですよ、瑛子先輩。あなたは北里舞に架空の命を孕ませ、僕は現実の命の出現に手を貸した。そして互いに平然と暮らしている」

わずかに紅潮した猫堂の顔が、瑛子の目には好もしく映った。この青年は、義務や責任を引き受けることなく遺伝子を残すという行為の、本質的な罪深さを自覚している。そして呵責を感じている。それは貴い心情であるように思われた。

だが、もう一人の提供者は——綾部蓮は、どうなのだろう。

もし綾部が、自分の行いは善行だったと無邪気に信じているのであれば……血を分けた赤ん坊の存在をいつしか忘れ去り、その子に恥じない人間になろうと思うこともなく、刹那的で享楽的な青春を、この先も送り続けるのであれば……彼はきっと、いつか報いを受ける。人生に対する不実の罪で、必ず天与の王冠をもぎ取られる。

妄想ばかり膨らむのは強い日差しのせいだろうか。額の汗を拭って街を見下ろすと、明るすぎる絵画のような眺望が、かえって無常感を誘ってきた。真昼は決して永遠ではない。綾部に内蔵された太陽も、いつかは南中を過ぎ、徐々に光を弱め、翳りを帯びていくはずだ。あらゆる輝きは、いつかは消え去るのだ。

瑛子は両腕を空に伸ばした。水色の大気を支える姿勢を取り、じっと静止して、不安が流れ去ってくれるのを待つ。

「猫くん、あれやって」

振り返って乞うと、猫堂は黙って頷き、瑛子の正面に回り込んだ。頭上に掲げられた瑛子の二つの掌に、自分の掌をぴったりと重ね合わせる。互いの精気が快く行き来するのが分かった。

自分の中の何かが流出して猫堂に流れ込み、猫堂の何かが自分に流れ込んでくる。至近距離で見る猫堂の睫毛は、蜻蛉の翅のようにちらちら顫えていた。

　相変わらず冷たい掌が、瑛子の両腕から胸、脇腹、骨盤を静かに撫で下ろす。この儀式をこれから先、猫堂と二人でいくたび繰り返すことだろう。それを考えると出し抜けに胸がときめき、鼓動が大きくなった。

「やっぱり観音像だな。木に埋まったままの」

「……褒めすぎよ」

「知ってますか、観音様は変身する菩薩なんですよ。衆生を救済するため、状況に応じて三十三種の形態に身を変じる」

「頼もしいね」

「その通り。とはいえ、菩薩というのはまだ悟りを開いてはいません。トレーニングの身なんです。すなわち修行者」

　修行者、と瑛子は復唱した。その言葉を、以前もどこかで猫堂の口から聞いた気がする。

「スラマナは沙門の語源です。サンスクリット語で『努力する者』という意味。菩薩の修行には、六波羅蜜といって、精進、禅定、智慧、布施、持戒、忍辱の六種がある。これらを繰り返し繰り返し、果てしなく修練して、やがて悟りが開かれると――」

　立ち上がった猫堂は、いつかと同じように、瑛子の頭に手を置いた。

「ここに、千弁の蓮が開く」

「……なにそれ」

「瑜伽の考えでは、肉体に備わった霊的エネルギーの中枢輪は七つ。最も高次のものは頭頂のさらに上、体外に存在する。この最後のチャクラが開いた時、修行者は覚者になるそうです」

「難しくて分からない」

「ふふ、僕にも分からない」

お互い暗愚なものですね、と呟き、猫堂は瑛子の頭に柔らかく爪を立てた。

○

異国の水泳場の選手控え室で、瑛子はあの頃の日々を追想する。

美山さんに泳ぎのフォームを撮影してもらったのは、仏徳山に登った数日後、午後の練習の最中だったはずだ。しかし瑛子の記憶の中では、朝一番の、真新しい太陽のもとでの出来事に変貌している。なぜか朝の思い出に変わっているのである。

ひそかに予行練習をしていたのか、美山さんは少しの滞りもなく水中撮影をこなしてくれた。収穫された映像はどれも、映画の一場面かと見紛うばかりに美しいものだった。猫堂はその映像をパソコンの上でこねくり回し、瑛子の体幹の傾斜やキックの角度、推進力の効率などをいちいち数値化した。

「あなたにふさわしい完璧なフォームを探ります。至上の解をね」

職人が丹念に作品を造り上げるように、猫堂はその細い手指で、瑛子のフォームを隅から隅まで作り直そうと試みるのだった。独自の練習メニューを拵えては瑛子に消化させ、動きに文句をつけてはさらに徹底的に泳ぎ込ませ、また仔細に動きを分析することを繰り返した。

練習の量と密度は加速度的に増していった。瑛子がどれほど疲労困憊しても、しかし猫堂は、フォームが乱れるのを決して許さなかった。疲れ切ってプールから這い上がろうとする瑛子に、すかさず近づいては爽やかに微笑み、

「まだ木屑が落ちない」

水泳帽の額をぐいと押し、水に突き落とすこともたびたびあった。

瑛子が泳ぐ。一心に泳ぐ。猫堂がまたフォームを分析し、動きを矯正する。彼にしか見えない鎚（つち）と鑿（のみ）で、菩薩像を彫り進めていく。怖いほどの安心感に満たされながら、瑛子は白衣の仏師に身を委ね続けた。

やがて見えない錘（おもり）を次々と切り離していくように、瑛子の身体は日に日に軽やかに水中を飛ぶようになった。五体の肉置（ししお）きは以前とは見違えるように整い、自己ベストタイムは立て続けに更新された。

果てしなく繰り返すラップスイム。無限に連ねる腕の回転動作。筋トレ。耐乳酸トレ。修行の苦しみと、水に撫でられる皮膚のよろこび。酸素を貪（むさぼ）る肺胞のよろこび——あの頃の練習の場面のすべてが、今はなぜか、清々しい朝の記憶として心に焼き付いている。プールサイドに佇む猫堂の背景に、いつも紺碧（こんぺき）の朝空が広がっていた気がするのである。

だが、ある日の一場面だけが、太陽が昇り終えた午後の思い出として、今も胸の片隅に残っている。

あれは、いつだったろう。

その日、高強度練習を終えて水から這い出た瑛子は、プールサイドを数歩歩いた所で、疲労のあまり膝から崩れ落ちてしまった。四つん這いになって目を閉じ、体力が回復するのを待っていると、誰かが正面に立つ気配がした。

顔を上げた。綾部だった。早々に練習を切り上げて帰ろうとしているのか、大きなタオルをマントのように肩に纏っている。傑出して長い腕。頑丈な胴。泳ぐために生まれて来たような、見事な肉体。瑛子は陶然とし、そして悲しみに包まれた。太陽を背にしているため、綾部の表情は逆光で翳ってよく分からない。ただ、瞳だけがけだるい明るさを湛えて、ほのかに光っている。王様。胸中で叫んだ。わたしの大好きな王様。

四つん這いの瑛子の前を、綾部は無言で横切ろうとした。

「綾部」

震える声で呼びかけた。大きな背中が振り返る。這いつくばったぶざまな体勢のまま、瑛子は拳で涙を拭った。

「……あなたは恵まれてるね」

言葉を絞り出すと、綾部は美しい目を見開いた。次の瞬間、端整な顔を仰向けて笑い出した。傲慢な哄笑を誰憚(はばか)りなく放ってから、瑛子を見下ろし、言った。

「恵まれてちゃいけないか？」

あれは現実だったのだろうか。それとも夢だったのか。

わたしの王様は、わたしの夢だったのだろうか？

「――綾部さんが落書きの犯人ですよ」

定食屋の窓辺で宇治川を眺めながら、猫堂が淡々と語っていたのも、今となってはもう、夢の中の出来事のようだ。

「あれは一種の伝統なんですよ。同じ一文が書いては消され、書いては消されるのを昔から繰り返している。何度も何度もね。

最初はAIDで生まれた子供の誰かが、やむにやまれず大学を訪れて書きつけたものだったんでしょう。――お父さん、どこにいるの。

その文字が消された後、同じ言葉がまた同じ場所に書かれていたそうです。今度はおそらく、提供者（ドナー）に選ばれた男子学生が書いたんですよ。自戒、自嘲、あるいは自己批判を込めたのか、そのあたりの心理は知る由（よし）もありませんが。とにかく、今では提供を受諾した学生が、あの壁に同じ言葉を書きつけるのが伝統になっているんです。

綾部さんにそのことを話すと、翌日には、さっそく壁に文字が現れていました。

あなたが見たのは、綾部さんが書いた文字なんですよ」

別の日、同じ定食屋の窓辺で、瑛子は子供時代の痛恨について猫堂に話して聞かせた。ウサギを想像妊娠させた原因が、ほかならぬ自分自身にあったことを。

猫堂はおっとりと茶を飲みながら、

「それはあなたの前世譚（ジャータカ）だ」澄ました顔で言ったものである。

ウサギの夢は今もたまに見る。だが瀕死のウサギと対峙しても、瑛子は今では眠りの中で、
これは夢だとはっきり認識することができる。そして正しく反省することができる。

自分を自分たらしめる、無数の懐かしい傷たち。そのひとつも手放したくはない。

控え室を出て、戦いの場に向かう。

水泳場の高らかな天井に、異国語の歓声がこだましている。

両腕を頭上に掲げ、目を閉じた。

選手団のジャージは白地に赤いモザイク模様が広がり、優美な錦鯉のようだ。なめらかな生地の上を、猫堂の二つの掌が滑り降りる感覚を瑛子は想像する。冷ややかで骨ばった掌が、腕から肩へとまっすぐに流れ、体内に埋まった二塔に沿って、足先まで進む。二塔の上には筋肉が完璧なかたちで乗っている。猫堂の指導も、北里舞から受けた愛情も、かつて解いた謎も、解き損ねた謎も、今はすべてが正しい血肉となって自分の中に在る。


——Eiko Toyama. Japan.

名を呼ばれ、目を開けた。両手の五指の間を見つめる。わたしの縵網相。

ジャージを脱ぎ、足先を見つめる。四肢の末端まで張り巡らされた、運動感覚の回路を意識する。体内で輝きを放つ双塔を、今一度、強く知覚する。

スタート台に立った。クラウチングの体勢を取り、心を鎮め、合図を待った。

いつかの猫堂の確信を、誰かに向けて証したかった。
——この世には美しいものがある。

ヴェロニカの千の峰

姿を消す、その前日も、森江絹子は祈っていた。

――『理解されるよりも理解することを、愛されるよりも愛することを、私が求めますよう』

それは絹子がもっとも好んだ祈りであった。聖フランシスコの平和の祈り。修道院の前庭の、色とりどりに咲く蔓薔薇の茂みの傍らで、絹子はいつも凜と背筋を伸ばして立ち、東方の峰を仰ぎつつ、花々に囁きかけるような小声で祈っていた。華奢な腕に、一塊の新雪のような白ウサギを抱いている時もあった。

「シスター森江。あなたは山に向かって祈るのが好きですね」

いつだったか、北里舞は慈愛を込めて指摘したことがある。すると絹子は、罪を咎められたようにうろたえ、紅潮し、ほとんど涙ぐまんばかりの様子で、「申し訳ありません」と謝るのだった。その激しすぎる反応に舞は驚いた。

「なぜ謝るのです。わたしも時折、あの峰に向かって祈りたくなることがありますよ。オリーブの山のように思えて……いつの日か、主イエスが頂上に降り立つ気さえするのです」

絹子を微笑ませる意図で言いながらも、舞は自分の言葉に少しばかり陶然とした。あの峰がオリーブの山であるならば、それを東に望む京都の街は聖地エルサレムであり、山の麓に位置するここ愛心マリア修道会岩倉修道院は、イエスが祈ったゲッセマネの園ということになる。

「オリーブの山……」

また東の峰を仰ぎ、絹子も心なしか夢みるような表情になった。濁りのない若い瞳には、わずかに疲労の色が漂っている。一途な魂は、神の声に真剣に耳を傾けようとすればするほど、自分の弱さや矮小さを思い知り、疲れを背負うのだ。舞自身にも覚えがある。無口でものに感じやすい絹子の、絶えず懸命に何かを思い詰めているような風情を舞は愛していた。自分が絹子のよき理解者となり、彼女のより積極的な、より自由な選びに手を貸してやらねばと、人知れず気負ってもいた。

だからこそ、絹子が書き置き一枚で姿を消した時、舞は少なからず傷ついたのである。

――『修練を放棄することをお許しください。わたしの魂は汚れていました』

書き置きはベッドの枕元で見つかった。十月二日の肌寒い夜半、同室のシスターたちが眠ったのを見計らって、絹子はそっと部屋を抜け出し、洛北の闇に姿を消したのだ。上弦の月がすでに沈みきった夜空の下、たった一人で彼女はどこへ向かったのか。

「あの子のことは心配していたのです」

修院長のシスター堀之内は、皺の深く刻まれた理知的な顔を翳らせて言った。

「修練期も残りわずかというのに、心が定まらない様子でしたから。あの子は神の善き道具となる決心がつかずにいたのです」

「すでに誓願の決意をしたものとばかり……」

「そう思うのも無理はありませんね。あの子は会憲を深く理解し、使徒職にも一心に励んでいましたから。しかし、もっとも大切な日課——主への祈りが、疎かでした」

疎かという強い語句に舞は驚いた。絹子はあれほど日々熱心に祈っていたではないか。

舞の内心を見透かしたように、修院長が嘆息する。

「薔薇の傍らでの祈りは一生懸命でしたけれど……礼拝堂での朝夕のミサの折、あの子はいつも上の空でした。心ここにあらずといった様子で窓の外を眺めていたものですよ。あなたは気づかなかったでしょうね」

確かに気づかなかった。瞑目して神との対話にのみ心を傾けていたのだ。気づくわけがない。

「あなたはあの子に熱心でしたね」

黙り込んだ舞に、修院長はごく薄い笑みを向け、慰めるように言った。

庭へ出て蔓薔薇の茂みに近づき、舞は絹子がそうしていたように、東の峰に対峙して聖フランシスコの祈りを呟いてみた。愛されるよりも愛することを私が求めますよう。だが絹子の内面は少しも見えてはこない。小さく首を振って山から視線を外した。薔薇の一輪に顔を寄せてみたが、香りはごく弱く頼りなかった。人の手で編まれた品種であろう二季咲きの薔薇は、秋空の下に小ぶりの花を遠慮がちに並べている。礼拝堂前の夏蜜柑の木の根元では、放し飼いのウサギたちが悠々と朝寝を楽しんでいる。

所在なく逍遥しながら、舞は先刻の修院長の証言について考えた。神は唯一無二だというのに、その神への祈りが、ある場所では熱心になり、別の場所では疎かになることなどあるだろうか。

風景の一隅に違和感をおぼえ、足を止めた。普段は閉じられている正門が、今日はなぜか、わずかに開いている。門の傍らでは、修練期に入ったばかりの少女が竹箒で落ち葉を掃いていた。

「門の様子がいつもと違うようですね」

近づいて声をかけると、少女は愛らしく頬を染め、伏し目がちに理由を告げた。

「あの、修院長がこのままにするようにとおっしゃいました。子羊がみずからの手で開けた門を、羊飼いならぬ者が閉めてはならないと」

舞の中に小さな疑問が生じる。

「この門は、シスター森江が開けた状態のままということですか」

「そう、だと思います」

横引きの門扉の隙間から外に出てみた。かろうじて身体を捩らずとも通ることができる。再び隙間を通り抜けて中に戻り、舞は錆色の鉄柵を握って考え込んだ。

昨夜、絹子はこの門扉を開け、これを閉めることなく修道院を去っていった。――何かがおかしい。

愛心マリア修道会は比較的戒律が緩やかであり、その気風は開放的なことで知られている。とはいえ、修道院というものが世間一般から区切られた聖域であり、観想の場所である事実に変わりはなく、外出の際に門を開け放したままだらしなく放っておくシスターというのはまず居ない。聡明で気遣いに長けた絹子が、うっかり閉め忘れて去ったとはどうも考えにくい。彼女はおそらく、何らかの明確な意図をもって、あえて門扉を開け放した状態で姿を消したのだ。これ見よがしにがさつな行動を取ることで、修練を放棄する意思を示そうとしたのだろうか。

少女が不安そうに自分を見ている。舞は取り繕うように微笑んだ。

「あなたはシスター森江と同室でしたね。ゆうべ、彼女に変わった様子はありませんでしたか」

一瞬考えてから、少女は答えた。

「ベッドに入る時、『秘密のロザリオ』を抱いていました」

○

秘密のロザリオ。

舞がその宝物の存在を知ったのは二年前である。

岩倉修道院のシスターの多くは、神の善き道具として、上賀茂にある愛心マリア修道会病院での使徒職活動に日々励んでいる。朝の祈りと掃除、朝食を終えた後、シスターたちは二台のマイクロバスに分乗し、朝陽に輝く山々を車窓から眺めつつ病院に向かう。

その朝、初めての使徒職活動に臨む絹子は、朝食の時から張り詰めた面持ちであった。無理もないことだと舞は思い、絹子が喜びと光栄に満ちて奉仕をやり遂げられるよう、細やかに導いてやらねばと自分に言い聞かせた。

朝食の後、身支度を済ませてバスに乗り込んだ絹子は、シートに腰を下ろすなり、私物入れの手提げから巾着袋を取り出し、膝に載せ、愛しさの籠もった手つきで撫で始めた。西陣織と思われる布地は、朱色や紅蓮、真紅や紅梅など、幾種類もの赤が複雑に絡み合い、炎の波濤のごとき美しい波模様を作っている。やがて絹子は巾着袋の口を開き、そっと中身を覗き込もうとした。舞が隣のシートに腰を下ろすと、慌てて袋の口を閉じたが、一瞬早く、青い紐状のなにかが垣間見えた。

——大事なもののようですね。

声をかけると、絹子はビクッと身を竦ませ、

——ロザリオです。

ひどく口ごもりつつ答えた。

数珠玉も十字架も見えませんでしたよ、との指摘を、しかし舞は口には出さなかった。ちらりと覗いた青い紐は、大方、携帯電話のストラップであろう。岩倉修道院では携帯電話の所持を認めてはいるものの、使用できる時間と場所は限定されており、原則として奉仕活動に持って行くことは禁じられている。だが年若い絹子にとって、携帯電話はすでに身体の一部のよう

なものなのだろう。今日のところはひとまず見逃して彼女の自省を期待し、今後、二度三度と続くようなら注意しようと舞は考えた。

その日、絹子は終始緊張しながらも、懸命に、滞りなく病院での奉仕をつとめ終えた。患者を介助する手つきはぎこちなさを含んでいたが、病める人々に真摯に寄り添おうとする心情は舞の目にもはっきり見て取れた。帰りのマイクロバスの中で、再び巾着袋を膝に載せて撫でている絹子を見守りつつ、舞はその袋の中身が携帯電話であるという今朝の憶測を打ち消した。絹子は教会の規律を破るようなことはしまい。彼女はすでにシスターとしての自覚を持ち、福音的使命に基づいて自らを作り上げようと懸命に努力している。あの袋の中身はおそらく、絹子にとって心の拠り所となる何か――誰かの形見だとか、思い出の品だとか――なのであろう。精神を整え、自らを励ます一助となる、それこそロザリオのような宝物であるに違いない。

あえて穿鑿するのはよそうと舞は考えたが、絹子が奉仕活動の際に絶えず持ち歩き、折に触れて愛撫する巾着袋の存在は、やがて他のシスターも知るところとなった。同朋の誰かが袋の中身を尋ねると、絹子は決まって、「わたしのロザリオです」と短く答えるのみで、それ以上の説明もせず、宝物を披露することもせず、叱られた子供のように俯いてしまうのが常であった。

――主イエスの御言葉こそを、我々は宝としなければいけませんね。

ある時、修院長が絹子を呼び出してやんわり注意したらしい。以来、絹子は巾着袋を無節操に持ち歩くことはなくなったが、就寝前の祈禱のひとときには必ずそれを膝に載せ、また、薔薇の傍らで祈るおりにも、たびたび袋を携えては胸に押し当てていた。

絹子が消えた部屋から巾着袋は見つからなかった。昨夜、彼女は秘密のロザリオを伴ってベッドに入り、おそらくはそれを愛撫しながら、みなが寝静まるのをじっと待ったのだ。そして聖書も携帯電話も残したまま、宝物だけを手にして神の庭を去っていった。

病院へ向かうマイクロバスの中で、舞は目を閉じ、あの巾着袋の図柄を正確に思い出そうとした。さまざまな諧調の赤色が激しく絡まり合った、炎の波濤のような、あるいは地獄の業火のような、苛烈な波模様。瞼に思い描くうちに、あれは絹子の内面の風景だったのではという気がしてきた。

「シスター、シスター」

ロビーで野々宮さんに声をかけられた。入院着の右ポケットが重たげに垂れているのは、おおかた剪定鋏を隠し持っているのだろう。桂離宮の近所で半世紀近くも造園業を営んできたというこの老翁は、医者や看護師の目を盗んでは、前庭の植え込みや垣根を始終いじり回している。

「今日は絹ちゃん見かけんなあ」

薄い霜のような白髯をまとった顔に、野々宮さんは気遣わしげな表情を浮かべた。舞は大急ぎで嘘を練った。虚言は罪だが、病める人の心を乱すのもまた罪のはずである。

「シスター森江は、しばらくの間、こちらでの奉仕はお休みです」

「おや、そりゃまたどうして」

「彼女は今、識別の時期を迎えています。よりよき選びのためには、職務から離れて自分自身と向き合う時間が必要ですから」

「ああ、あれだね。神様に誓いを立てるってやつだね」

「はい。彼女にとっては、今回が初めての有期誓願なのです」

「シスターになるのも大変だ。わたしゃてっきり、志願すりゃすぐになれるもんだと思ってた」

舞もかつてはそう考えていた。ガリラヤ湖のほとりに網を打ち棄て、迷うことなく主イエスに随（したが）ったペテロとアンデレの兄弟のように、情熱のままに過去の自分を放棄し、神の懐（ふところ）に飛び込むことができるものだと信じていた。

「……あ」

唐突に新たな疑問が芽生え、思わず小さな声が漏れた、その時、

「わたしゃ心配しててな。あの子、泣いてたもんだから」

溜め息まじりに出た老翁の言葉に、舞の思考は中断された。

「泣いていた？」

「ああ。一人でこっそり、風呂場でだよ」

入院患者用の浴室は、シスターたちが一週間交代で清掃を行うことになっている。絹子の掃除当番は先週だったはずだ。修道院に帰るバスの中で、洗剤で荒れた手にクリームを塗ってやったのを覚えている。

「詳しくお話しいただけませんか」

促すと、野々宮さんは大きく頷いて語り始めた。

先週、小学生になる野々宮さんのお孫さんが学校帰りにお見舞いに来てくれたという。お孫さんは「元気が出るプレゼント」と言って、吉田山で見つけたカブトムシの幼虫をジャムの空き瓶に入れて持ってきてくれた。病院では生き物の持ち込みは禁止されているが、野々宮さんはありがたくそれを受け取った。

談話室でふたり楽しく話をした後、野々宮さんはロビーまでお孫さんを見送り、ガラスの瓶を隠しながら病室に戻ろうとした。すると廊下で絹子と鉢合わせた。掃除用具を手に浴室を出てきた絹子は、目鼻を赤く染めており、直前まで泣いていたことが一目で知れた。野々宮さんが驚いて涙の理由を問うと、彼女は慌ててかぶりを振ったという。

――なんでもないのです。ただ、一人でいると、急に悲しみが込み上げることがあるのです。自分がひどく罪深い、神に仕える資格がない存在のように感じられて。

老翁はそんな絹子を哀れに思い、ガラスの瓶を見せながら語った。

――絹ちゃん、ご覧。カブトムシの幼虫だよ。今はこんなに小さいが、脱皮を繰り返して少しずつ成長して、来年の初夏には蛹室を作るんだ。それから一ヶ月もすれば羽化して、立派なカブトムシになって出てくる。つまり、なんだな、生き物ってのは、ずっと同じままってワケじゃあないんだな。人間だって、きっと少しずつ変わっていくんだよ。成長して、脱皮して、羽化して、やがて別のものになっていくんだ。

赤い目を瞬いて、絹子はカブトムシの幼虫を見つめた。

――別の何かに、なれるものでしょうか。

――ああ。あんただって、いつかは望む姿になれるよ。

掃除用具を手にしたまま、絹子は長いこと幼虫に見入っていた。その横顔が、やがて若々しく紅潮した。

――人ではないものにも、変身できるでしょうか。

予想もしなかった言葉に野々宮さんが面食らうと、絹子は我に返ってうろたえ、しどろもどろに礼を述べて、逃げるように去っていったという。

「妙なこと言うもんだなあと気になってたんだ。聖書にそんな話でも出てくるのかね?」

問われて、舞は考え込んでしまった。主イエスや諸天使が、別の何かに姿を変えた逸話など思い浮かばない。変身はむしろ悪魔に属する能力ではなかったか。『ミカエル及びその使(つかひ)たち龍(たつ)とたたかふ』――そうだ、黙示録の悪魔は龍の姿に化けていた。

その日はずっと、変身という語句が頭から離れなかった。X線があぶり出す患者たちの病巣を見据えながら、舞は大学時代にゼミの教授から聞いた言葉を思い出したりした。

――正常な細胞が変身して癌腫になる。たとえ命を奪うものでも、その正体は自分自身なんだ。

細胞シート作製の実技の時だったろうか。狐塚教授は囁くような口調でそう言ったものだ。

大学の医学部を中途退学した舞は、その後、シスターとして歩み出す傍ら診療放射線技師の資格を取り、現在はその資格を生かしてレントゲン技師の職務に励んでいる。医療現場での経験はすでに十余年を数え、最近は医師たちからＸ線写真についての私見を求められることも少なくない。電磁波が映し出す臓器のあやしげな陰影と対峙し、誤りなくその正体が見極められるようになった自分を、この頃はずいぶん頼もしく感じていた。

だが傲慢だった。患者の体に目を凝らすことに専心して、自分はこれまで、身近な同朋の心に少しも視線を向けてはいなかった。絹子の失踪を知った時、裏切られたように感じ、いたく傷つきもしたが、本当は傷つく資格などありはしないのだ。絹子の控え目で内省的な、物思いに沈みがちな気質を自分は好み、昔のわたしに似ているなどと一人で喜んでは、彼女を通じて自身の青春時代を遠望してばかりいた。その心のありようは、自らの喜びに彼女を利用していたと言えはしまいか。愛ではなく愛玩だったのではないか。そんな有り様だったからこそ、彼女の胸に渦巻く懊悩に少しも気づかなかったのだ。いや、薄々気づいていたのかもしれない。だが、その深刻さを見くびっていた。

それにしてもおかしい、と、舞は職務を終えて修道院に戻ってから考えた。なぜ今なのか。なぜ有期誓願を控えたこのタイミングで、絹子は修道院から姿を消したのか。

その疑問は今朝、老翁についた嘘が呼び水となって芽生えたのである。

修道会は、終生誓願までの過程を会憲で細かく定めている。シスターを志す者はまず、それまでの社会生活を維持した状態で教会とさまざまな関わりを持つ、一年から二年にも及ぶ「志願期」を経験せねばならない。その後さらに二年間、使徒職を通じて神と対話する「修練期」を過ごし、ゆっくりと学びを深めていくのである。そのようにして自分自身の心を見つめ、福音的使命の決意を固めたのち、初めてシスターとしての誓願を立てることになるが、それは前もって六年から八年の期間が定められた有期誓願である。神に生涯を捧げる終生誓願を立てるのは、有期誓願を二回繰り返した後と会憲ではっきり規定されている。

人は弱く、心は移ろいやすい。若い胸の炎は激しいが頼りなく、信仰への情熱は、他者に対する愛と同様、時として揺らぎ、燃え尽きることもある。修道会はその事実を見越しているのだろう。終生誓願への道程には、引き返す道がいくつも用意されている。

それを思えば、絹子の行動はいかにも奇妙なのである。修練を放棄したいのであれば、ただ引き返せばよかっただけの話だ。その道はきちんと整えられているではないか。彼女は有期誓願を立てることなく、還俗の意志を修道会に伝え、去りさえすればよかったのだ。誰もそれを咎めはしないし、妨げ（さまた）もしない。何の問題もなくすべては解決したはずだ。

なぜ絹子は、失踪などという激烈な手段をあえて取る必要があったのか。

「……早く見つけなければ」

蜜色の半月を仰ぎながら、舞は声に出して呟いた。

早く捜し出さなければ。

あの子が、自分自身の炎の波濤に呑まれてしまう前に。

○

絹子の行方は丸一日経っても分からなかった。修道院には戻って来ず、神戸の実家にも姿を見せず、残された携帯電話に不審な通信の痕跡は見当たらない。舞は修道院の近隣住民に話を聞いて回ったが、洛北の夜道で真夜中にシスターを見た者は誰一人いなかった。

「『秘密のロザリオ』の正体が判りましたよ」

ステンドグラスに色づけられた朝陽を浴びながら、修院長は戸惑いの口調で語った。

「あの子と同室のシスターたちに話を聞きました。その中の一人が、以前、あの子が袋の中身を取り出しているところを見たと言っていました。――青いサングラスだったそうです」

「それは確かなのですか」

反射的に舞は聞き返した。二年前、自分が目にした巾着袋の中身は青い紐であった。

「確かとは言い切れませんね。見えた途端、すぐに隠されてしまったそうですから。第一、青いサングラスというのはなかなか奇矯な代物です。世界が青く見えるのでしょうか」

シャルトル大聖堂に居るがごとく、と冗談を添え、修院長は口をつぐんで考え込んだ。

思考を一旦整理しようと、舞は礼拝堂を出た。朝空の下を歩きながら、今回の事件の要素を頭の中に羅列する。誓願を控えての失踪。開かれたままの門扉。庭での熱心な祈りと、ミサでの疎かな祈りの矛盾。浴室の掃除をしながら泣いていたという証言。彼女が口にした「変身」という意味深な単語。秘密のロザリオ。

「ロザリオといえば……」

敷地の最奥にひっそり佇む、修道院には少しばかり不釣り合いな白い建物を見やる。大正末期の建築と伝わる、まばゆい白壁の蔵。去年、降誕祭ミサの準備のために、修練期のシスターを三人ほど伴ってあの蔵から燭台や香炉を運び出したことがあった。そのとき自分は、「とっておきの秘宝をご披露しましょう」と口上を述べ、唐草模様の桐箱を手に取ったのだ。

——愛心マリア修道会の教義をこの国に伝え、この国で生涯を終えた、ファーザー・ニコラスの形見です。

桐箱の蓋を開けると、三人が一斉に息を吞むのが分かった。秘宝は一環のロザリオであった。それは長年の摩耗によって激しく変形していた。木製の数珠は塗りがすべて剝げ落ち、十字架のキリストもすでに原形を保ってはおらず、目鼻がすっかり失われてしまっている。

——ご覧なさい、ファーザーの祈りの痕跡を。

ロザリオの祈禱はたゆまぬ反復動作である。主の祈り、栄唱、十五玄義（聖母マリアの生涯の十五場面）を瞑想しながらひたすら繰り返す天使祝詞。信徒は朝な夕な、数珠を繰っては祈りの言葉を果てしなく連ね、キリスト像を撫でては主の受難に思いを馳せるのだ。百余年前の宣教師のロザリオは、清い指先によって無限に繰られ、無窮の祈りを吸い続けた結果、浜辺の岩が徐々に波足に削り取られるようにして、もとの姿を失っていったのである。

——なぜ、ここまで。

みなが感極まって涙ぐむ中、声を発したのは絹子であった。

——なぜここまで……なぜこうして……祈らねばならないのでしょう。

絹子の疑問がどういう心情からくるものか、このとき舞は判じかねた。祈りとは神との対話そのものであり、祈りを疎かにすることは信仰から自分を遠ざけることに他ならない。それは志願期をすでに終えたシスターであれば誰もが理解している事実のはずだ。絹子が今になって、祈りの意義について疑問を投げかけるのはいかにも奇妙に思われた。

とはいえ、若い娘の心というのは波立ちやすいものなのかもしれない。舞は頬に笑みを乗せ、噛んで含めるようにして答えた。

――サムエルの言葉を思い出してみましょう。『祈りをやめて神に罪を犯すことなど出来ない』……彼はそのように言っていますね。そう、祈りとは信仰の心臓であり、祈りを忘れた魂は、たやすく躓き、堕落するのです。

絹子が当惑したように睫毛を伏せるのを見て、舞はおやと口をつぐんだ。もしや、自分は思い違いをしているのではあるまいか。絹子はなにも祈りの意義について異存を差し挟もうというのではなく、ただ祈りの鋳型の絶対性と、執拗なまでの反復動作に改めて不思議を感じているだけなのかもしれない。そういえば、自分もかつては不思議であった。シスターたちが一様にロザリオを繰り、一律の祈禱を無限に反復する様子に、何か腑に落ちないものを感じていた。祈りとは、もっと自由な営為だと思っていたのだ。一人一人が自由に神の国を観想し、自分の言葉で、それぞれ好きなように主イエスを称えて良いものだと考えていた。だが現実には、すべてに型があり、形式があった。祈りの語句も、意識の動きさえもあらかじめ事細かに定められており、信徒は同じ天使祝詞を唇に乗せ、同じ十五玄義を心に描き、決められた道すじに沿って祈禱を重ねる。

——以前、あるオリンピック選手のインタビュー記事を新聞で読みました。口調を軽くして舞は言った。

——かれはこう話していました。学問に王道がないように、身体の訓練にもまた王道はないと。肉体のパフォーマンスを別次元まで高めてゆくには、正しいフォームと、気が遠くなるほどの反復訓練しか道はないのだと。魂を作り上げるという営みも、また同じなのではないでしょうか。わたしたちが神の善き道具となるには、正しい型に則って、一心に祈りを反復するよりほかに術はないように思います。そして、我々が知る祈りの様式と語句は、長い歴史の中で形作られ、整えられてきた貴い宝です。それは神の国への最も正しい道すじであるはずです。わたしたちは先人の叡智を頼りに、一途に自らを高めていこうではありませんか。ねえ、ヴェロニカ。

洗礼名で呼びかけると、絹子は顔を上げ、はい、と得心したように呟いた。思慮深い瞳は、内面からの陽が射したように穏やかな光を湛えており、その明るさは舞を安心させた。

安心してしまった自分を、今は悔いている。

○

午後遅く、自分の職務を済ませてから、舞は掃除用具を手に入院患者用の浴室に入った。

先週、絹子がここで泣いていたのは、日頃抑え込んでいた感情が一人になった瞬間に溢れ出したためなのか、あるいは彼女の悲しみを喚起させる何かが、この乳白色の空間に存在していたのか――それを見極めようと、注意深く周囲に目を走らせる。

浴槽も鏡も、天井も洗面用具も、シスターたちの篤実な手で磨（みが）き上げられ、ひっそりと輝いていた。だが床の隅にごく小さく、水回りにはよく見られる黒黴（かび）が貼り付いているのに舞は気づいた。用具の一式から、強力そうな洗剤を選んで手に取る。膝を折り、おそらく絹子もこうしていただろうと思いつつ、とろりとした液体を黒い染みに垂らした。

薬草めいて清々（すがすが）しい、独特の香りが鼻孔を打った。その香気に接した瞬間、屈強な天使の手で心臓を掴（つか）まれたように、胸が痺（しび）れた。澄んだ火のような感情が燃え立ち、その火に炙（あぶ）り出されて、一つの風景が鮮烈に浮かび上がる。それは直方体の巨大な水甕（みずがめ）であった。

大学時代の、ある初夏の黄昏（たそがれ）。自分はその日、図書室で辞書を引き引き英語の科学誌を読み終えてから、茜色の空の下を校門へ向かっていた。

プールのフェンスの前に、見慣れた長身の後ろ姿を見つけた。逆光でもないのに、その背中は薄むらさきの影をまとい、世界より一足先に夜に包まれているようだった。

――狐塚教授。

近づいて声をかけると、教授は待ち構えていたごとく振り返った。

――見てごらん。美しいよ。

三白眼を妖しく光らせ、顎（あご）を上げてプールを示す。なみなみと張られた蒼い水の中を、一人の美しいけものが猛然と泳いでいる。

――ああいうのを修行者と言うのだろうね。朝に夕に、ひたすら往復している。

その修行者は、懸命なクロールで水面を横切っては、くるりと前回転して壁を蹴り、また飛ぶように水面を横切ることを繰り返していた。終わりのない巡礼のような、狂おしく連ねる天使祝詞（ヴェ・マリア）のような、果てしない往来。無限の反復動作。修行者が生み落とした航跡から、コースロープの張られていない水甕に金銀のさざなみが広がっていく光景が、舞の目には、まぼろしの蓮の花が無数に散っては咲き、散っては咲きを烈々と繰り返しているように見えた。抗（あらが）う術もなく見入るうちに、隣にいた狐塚教授はいつしか立ち去っていた。

やがて修行者が水から這い上がった。水泳帽を取って水面に一礼する。

去りぎわ、火を宿した瞳で、フェンスの外を見た。

目が合った気がした。

世界が一変した。

――我に返り、舞は浴槽の脇の蛇口をひねった。ほとばしる水でばしゃばしゃと顔を洗う。束子（たわし）を手に取り、遮二無二（しゃにむに）床をこすった。懐かしい香気が胸奥に触れないよう、浅い呼吸を繰り返しながらせっせと手を動かす。小声で何度も祈禱の文句を唱え、思い出を懸命に心の奥底に沈めようとした。

突如、ある発想が生じた。

「もしや――」

絹子と心が同期したかのような感覚。呆然と目を上げ、壁の鏡を見つめる。少しばかり目鼻の赤らんだ顔が映っている。絹子もこの香りの中で涙を催していたのだ。水底の森林を思わせる、この独特の香気の中で。

夕刻、舞は修道院に戻るなり、廊下を小走りして修院長室に駆け込んだ。

「シスター堀之内！　見つかりました、手掛かりが――」

「神の庭の生活に興奮はふさわしくありませんね」

書類から顔を起こし、修院長は窘める言葉を手短かに口にしたが、

「手掛かりとは？」と、すぐに身を乗り出してきた。

「プールです」

「……なんですって？」

「シスター森江の心を探る鍵は、プールです。水泳場なのです」

数秒の間、修院長は無言で睫毛を上げ下げした。

「『主はわれを憩いの水辺に伴いたまう』……」

詩篇の一節を口にし、椅子の背に寄りかかる。

「分かるように話してください。シスター北里」

「愛心マリア病院の患者さんから気になる話を伺ったのです。シスター森江が、浴室の掃除をしながら一人で泣いていたと。その涙の理由を推察するため、わたしは今日、同じ浴室で、彼女の心に思いを馳せつつ、掃除道具を手に取りました。床磨きの洗剤を使い始めた時です。わたしはまるで予想しなかったことに、自分自身の青春を……かつて通っていた水泳場の風景を

思い出したのです」

　修院長は黙って聞いている。

「プールは独特の匂いがします。水を消毒する薬液の匂いです。浴室用の洗剤の一つが、プールの薬液とよく似た匂いを持っていました。その香気がわたしの記憶を刺戟（しげき）し、遠い日の風景を思い出させたのでしょう。この出来事は聖霊のみしるしに違いありません」

「なぜ、そう思うのです」

「わたし自身の記憶のおかげで、ある可能性に思い至ることができたのですから。――シスター森江の心のうちには、わたしの青春時代と瓜二つの風景が刻まれているのではないでしょうか。つまり、彼女もあの香りによって、水泳場に関する何らかの思い出を呼び起こされたのでは」

「……いささか強引なこじつけのようですが」

「それは承知しています。ですが、仮にシスター森江の記憶に水泳場の風景が存在するとすれば……『秘密のロザリオ』の正体にも見当がつくのです」

　修院長が眉を上げる。舞は続けた。

「彼女と同室のシスターの証言では、『秘密のロザリオ』は青いサングラスだったそうですね。しかしわたしが見た巾着袋の中身は、青い紐でした。この二つはきっと、別個の物ではありません」

「どういうことです？」

「同じ物体の、別の部分なのです。そしてそれは、水泳に用いる道具です」

なぞなぞですか、と呟き、修院長は腕を組んでしばし黙考した。

「……水中眼鏡？」

「そうです！　水中眼鏡（ゴーグル）のグラスは、一見、青いサングラスのように見えても不思議はありません。そしてわたしが目にしたのは、ゴーグルのゴム紐だったのではないでしょうか」

「あの子はなぜ、そのようなものを——」

「ここに知恵が必要です。——わたしが中学生の頃、クラスメイトの数人が、卒業の折に意中の男子生徒から制服のボタンを譲（ゆず）り受けていました。人は誰しも、愛する相手を偲（しの）ぶよすがを求めるものです。シスター森江の宝物がもしゴーグルだとすれば、それはきっと——」

何かを予感したのか、修院長の白い頬がこわばりを帯びた。言葉を継ぎかねて舞は一旦口を閉ざし、数拍置いてから、慎重に言った。

「『愛されるよりも愛することを私が求めますよう』——シスター森江がたびたび口にしていた、あの聖フランシスコの祈りの文言こそが、今思えば、彼女の苦しみを正確に示唆していたのかもしれません」

「……あの子が、特定の誰かに愛されることを激しく希求していたと？」

「ゴーグルは、その人物に縁（ゆかり）ある品なのでは」

「シスター北里」

両手の指で目頭を押さえ、修院長は苦艾（にがよもぎ）でも口に含んだような表情になった。

「あなたは、あの子が男性のもとにいると思いますか」

率直な問いに、舞は返答が憚（はばか）られ、「そこまでは……」と言葉を濁して窓外に視線を滑（すべ）らせた。花壇に咲き揃う竜胆（りんどう）の、冷たい湖水のような紺青色が目に沁（し）みる。

「わたしは泳げないのですよ。シスター北里」

沈黙の後、修院長がぎこちなく口辺を上げた。平静を装ってはいるが、緊張した頬からは激しい動揺が見て取れる。

「あなたに泳ぎを教えてもらいたいものです。得意種目は何だったのですか」

「……じつは、溺れる方が得意でした」

調子を合わせて微笑んでみたものの、修院長室を後にした途端、心の一隅がちくりと痛んだ。庭に出て、竜胆の花壇に近づく。鐘形の花は秋風を受けて玲瓏（れいろう）と鳴り出しそうだ。俯いて乳房の谷間に手を置いてみる。虚言を口にしたわけではなかったが、それでも修院長を欺（あざむ）いたような心苦しさがあった。

確かに、水泳場は自分にとって青春の風景ではある。しかし若い頃、自分が足しげくプールに通っていたのは、泳ぐためではなく、修行に励むかれ（い）の姿を見守るためだった。かれ（い）が身を撓（しな）らせて水中深くを這う間、自分もじっと息を止め、かれ（い）の息継ぎ（ブレス）に合わせて息を吸い、かれ（い）が壁際でターンする瞬間には、すばやく目を閉じ、四方がくるりと回転する光景を想像したものだ。そうすることで、かれ（い）の修行に寄り添っているつもりでいた。

つくづく、炎の波濤を抑え込む努力に心身をすり減らすだけの、不毛な青春時代だったように思う。だが絶え間ない意志の圧を受けた激情は、地層に圧せられたマグマが凝固し、やがて鉱石に結ばれるように、いつしか一個の宝石に変じて胸の中で輝きを放つようになった。青春時代が遠ざかれば遠ざかるほど、それはますます力強く、かれが泳いでいた水の色で、燦爛と胸底を照らすのである。

○

京津線上栄町駅で路面電車を降り、琵琶湖方面へ歩くと、三分とかからず長等スイムクラブの白い建物が見えてきた。例の清々しい香気が風に乗って届き、天使に心臓を摑まれたような、あの切ない痺れが胸奥から全身へと広がっていく。

子供向けの水泳教室が始まる時間らしく、スポーツバッグを提げた小学生たちが白い建物に次々と吸い込まれている。かつては絹子もこの子供たちの一人だったのだ。修院長が絹子の母親に電話で聞いた話によれば、彼女は小学一年の秋から中学一年の夏頃までこのスイミングクラブに通っていたという。

幼い頃の絹子は水が苦手だったらしい。物心ついた時分から風呂を厭いがちで、幼稚園の水遊びでは一人ワアワア泣き散らし、小学一年のプールの授業でもやはり泣いて水を怖がった。多少強案じた両親は、あるとき策を講じてスイミングクラブの一般開放に娘を連れていった。多少強引に水に慣れさせようとの思惑だったが、そううまく事は運ばず、絹子はプールサイドにしゃがみ込んでイヤだイヤだと訴えるばかりで、決して水に近づこうとはしなかった。

だが、両親が途方に暮れた時、ふいに一人の少年が近づいてきて、絹子の目の前でするりと水に入った。少年は真顔でプールサイドを振り返り、

「乗りな」

それだけ言って、絹子に背を向けた。

この時、絹子は両親の目にも不思議なほど、ためらいなく少年の背中に近づいたという。父親の手を借りて少年に負ぶわれた絹子は、細い首筋にしがみついて固く瞼を閉じていたが、少年がゆっくりとプールの壁沿いを歩き始めると、こわごわ目を開け、周囲を眺めた。

少年の歩みにつれて、絹子の強張(こわば)っていた表情が徐々に和(やわ)らいでいくのが両親には分かった。プールを半周した所で少年は中腰になり、自分と絹子の肩先まで水に浸(ひた)しながら残りの半周を進み、やがてもとの場所に戻ってくると、今度は壁から離れてプールの中央へ進み出た。背中の絹子に何か囁きながら、彼は中腰から立ち上がり、また沈み、顎まで水に浸(つ)かって左右に揺れたり、絹子とともに一瞬だけ水に潜(もぐ)ったりした。少年の背で、絹子はいつしか笑顔になっていた。

後から分かったことだが、少年は長等スイムクラブの選手育成コースに所属する中学生で、この日は午前中の練習を終えて採暖室で友人たちと雑談していた時、プールサイドで泣いている絹子の姿が目に入ったらしい。彼は絹子より七つ年上で、仲間からは「シンちゃん」と呼ばれていた。絹子の母親の記憶によれば、どこかのお寺の家の子だったという。

翌週、絹子は自分からプールに行きたいと言い出して両親を驚かせた。長等スイムクラブの建物に入るなり、彼女はきょろきょろと少年を探し始め、やがてプールサイドで姿を見つけると、目を輝かせて駆け寄った。少年はその日も、絹子を背に乗せて水の中を行ったり来たりしてくれた。同じことが何週か続いた後、絹子はとうとう自分もクラブに通いたいと言い出し、再び両親を驚かせた。彼女の水嫌いは、少年のおかげですっかり克服されていたのだ。

子供クラスと選手育成コースは同じ時間に別のレーンで練習が行われていた。週に一度の練習の前後、絹子がもじもじと少年にまとわりついていた姿を母親は今でも覚えている。絹子の一家は三井寺（みいでら）の近くに住んでおり、長等スイムクラブまでは子供の足でも五分ほどだったため、やがて絹子は一人でプールに通うようになり、練習があった日には決まって、夕食の席で嬉しそうに「シンちゃん」の話をした。

だが学年が上がるにつれて、「シンちゃん」の名が絹子の口から出ることはなくなっていった。初恋が冷めたのだろうと母親は簡単に解釈し、それ以上は深く考えなかった。その後、一家は父親の仕事の都合で神戸に引っ越すことが決まり、絹子は長等スイムクラブを退会した。引っ越し先ではもう水泳を習いたいとは言い出さなかった。

絹子の両親から得られたこれらの情報を、修院長は舞に伝え、

「あなたは、この少年がシスター森江の失踪に関係していると思いますか」

不安そうに尋ねてきた。絶対の自信は持てないながらも、舞は、「おそらく」と頷いた。少なくとも、秘密のロザリオの正体が水泳のゴーグルであり、それが意中の人物から譲り受けた

品だという自分の仮説に、ある程度の裏打ちがなされた気はする。成長するにつれて絹子が「シンちゃん」の話をしなくなったのは、初恋が冷めたためでは決してなく、むしろ子供らしい純朴な好意が、自分でも取り扱いかねる本物の恋情に変わったことの証左だったのではないだろうか。絹子は神戸に引っ越す際、思い出の印として「シンちゃん」からゴーグルを譲り受けたのでは？　そして彼女がその後も、何らかの形で「シンちゃん」と接点を持ち続けていたとしたら……。

　しかし、そうなると新たな疑問が生じる。絹子はそもそも、なぜ修道院に入ったのか。「シンちゃん」に恋していたのなら、なぜ神との結婚など望んだのか。

「少年の本名も現住所も、ご両親はお分かりにならないそうです」

「長等スイムクラブは今でも在るのでしょうか」

「ホームページが見つかりましたから、現存はするようですね」

「では、そこから少年に辿（たど）り着けるかもしれません。——御心（みこころ）ならば」

「御心ならば、ね」

　そのような会話を経て、舞は久々に自由外出を申請し、琵琶湖のほとりの街を訪れたのである。

　建物の前でじゃれ合う子供たちの間を抜けて正面玄関を入り、階段を上ると、ロビーのすぐ左手が受付になっており、その奥にこぢんまりした事務所があった。事務仕事をしている女性に声をかけてみる。このクラブに通っていた少年の連絡先を調べています、過去の会員名簿など拝見できませんか、と頭を下げると、女性はあからさまに困った顔になった。会員のデータベースは定期的に更新され、退会した会員の情報はいつまでも残ってはいないという。

「仮にデータが存在するとしても、クラブの規則で、個人情報の開示は一切できないことになってまして……」

出鼻をくじかれてしまった。重ねて訴えたところで無駄だろうが、ここで諦めては絹子を探す手掛かりが潰えてしまう。ひとまず引き下がり、どうしたものかと考えながら、舞は子供たちで賑わうロビーを眺めた。何となしに奥のガラス壁に近づいてみる。ここからプール全体が見下ろせる構造になっている。アーチ状の高い天井を具えたプールは、対面の壁もガラス張りのため、採光性に優れ、水面は金粉を撒いたようにまぶしく輝いていた。手前のレーンではビート板を手にした小さな子供たちがバタ足の練習をしており、奥では高学年とみえる少年少女が、達者なクロールや平泳ぎでレーンを行き来している。

プールを眺めていると青春時代を思い出す。心奥の宝石が青々と発光する。

追想に傾きがちな自分を内心叱咤し、水面から視線を外すと、ロビーの中央のテーブルに「アクア通信」と冠された冊子が積まれているのが目に入った。手に取って開いてみる。クラブの会報らしく、記録会の結果や親睦行事のレポート、コーチの紹介、次の大会のスケジュールなどが掲載されている。

一案が頭に浮かび、舞は再び受付に向かった。先刻の女性にアクア通信のバックナンバーが見たいと伝えると、今度は簡単に許可が下り、事務所の中に案内された。

ご自由にご覧くださいと言って示された戸棚には、背表紙に西暦が記されたファイルがずらりと並んでいる。絹子が入会した時期のファイルを手に取った。十一月号、十二月号、翌年一月号と、順番に中身を確認していく。三月号は大会に関する記事が大半を占めていた。

『キャナルスポーツ春季スイミング大会　ジュニアの部　日程&出場者一覧』

それぞれの種目ごとに、出場する選手の氏名が小さな字で並んでおり、名前の横には学年も記されていた。選手育成コースだった「シンちゃん」は、まず間違いなく大会には出場していただろう。絹子より七つ年上だったということは、この年には中学二年生のはずだ。

ページを埋める選手名に注意深く目を凝らし、「シンちゃん」と呼び得る名を持つ中学二年生の男子のみ、慎重に拾い上げては手帳に書き写していく。該当者は三名いた。

五十メートル自由形　百メートル自由形　瀬古真弥（せこしんや）　中二
百メートル背泳ぎ　二百メートル平泳ぎ　梅原慎吾（うめはらしんご）　中二
二百メートル個人メドレー　福知信一郎（ふくちしんいちろう）　中二

シンヤ、シンゴ、シンイチロウ。絹子が恋していた相手は、この三人のうちの誰かに違いない。しかし、ここからどうやって絞り込んでいくか。ひとまず電網（ネット）で名前を検索してみようと、舞は携帯電話を取り出し、検索サイトにそれぞれの氏名を打ち込んだ。いずれの名にも数件のヒットがあったが、瀬古真弥と梅原慎吾の名で現れたSNSは、年齢からみて明らかに同姓同名の別人のものである。福知信一郎という名前のみ、本人の可能性のありそうな人物が京都の美術組合のサイトで見つかった。

　その人物は、骨董街で南天堂という古美術店を営んでいるらしい。

○

　呆れた子羊です、と、修院長は利休色に霞む山影を眺めつつ嘆いた。

「教会にもご実家にも相変わらず連絡を寄越しません。今ほどソロモンの知恵を得たいと願ったことはありませんよ」

「ソロモンならぬ身は、足と根気で子羊を探すほかなさそうです」

「自由外出の許可が再度欲しいというわけですね」

「できれば三日ほど。病院での職務はすでに調整済みです」

「是非もありません。——頼みますよ、無原罪のマリア」

　洗礼名で励まされ、舞は柔らかな煙雨の中、乳色の傘をひろげて建物を出た。放し飼いのウサギたちは、今日は小屋の藁の上にのどかに集っている。一時期はとめどなく繁殖してしまい、引き取り手を探すのに苦労したものだったが、今は去勢や避妊手術を適宜行っているため、個体数の調整はうまく行っている。郊外の修道院にウサギは不思議とよく似合う。

　叡山電鉄の駅へ向かった。長雨になりそうだが空気は暖かい。鼠色の空を仰ぎつつ電車に揺られ、出町柳を経由して祇園四条に出る。繁華街を歩くのはずいぶんと久しぶりで、人の流れに身を預ける技術を体がすでに忘れてしまっていた。おぼつかない足取りで人波に揉まれ、アーケードの下を歩き、傘の中で縮こまりながら祇園北部のごみごみした一角を抜ける。骨董街の静寂にようやく辿り着くと、我知らず安堵の吐息が漏れた。濡れた軒端の風情が美しい。どこかの門口から漂ってくるお香の薫りが、雨の匂いと絡み合い、深山の霧を思わせる芳香に変じて、ゆっくりと知恩院の方へ流れ去っていく。

　昨日、南天堂の連絡先を調べて福知信一郎氏に電話した。彼はやはり「アクア通信」に名が載っていた人物であった。長等スイムクラブには小学校から高校まで通っていたそうだ。だが森江絹子という少女については記憶がなく、実家は代々古美術店で、身内に寺院関係者もいないという。お寺の息子だった「シンちゃん」とは明らかに別人である。

　空振りだったかと舞は内心気落ちしたが、福知氏はすぐに、

「ぼくと同じ学年で、お寺の息子っていえば……」

　と記憶を手繰ってくれた。

「――瀬古じゃないでしょうか」

　瀬古真弥。冊子から拾い上げた名前の一つだ。舞はその人物の連絡先について尋ねた。

「それはちょっと判りませんね……なにしろ二十年近く経ちますし、会員名簿もとうに処分してしまいましたから。でも昔の写真が残っているかもしれないな。探してみましょうか」

「お願いします」

電話越しに頭を下げ、明日にでも店に伺いたい旨を伝えると、若き店主は人の好さそうな口調で、「瀬古について色々思い出しておきますよ」と言ってくれた。

南天堂はすぐに見つけることができた。店の隅で茶の支度をしていた福知氏は、丸顔で若禿の、どこか幸福招来の縁起人形を思わせる風貌の人物であった。

「ロンドンで美術専門職員をやっていたんですが、父が楽隠居を決め込んだおかげで、急に店を継ぐことになってしまいまして」

緑茶を淹れながら、福知氏はほのぼのした調子で語った。店内には日本画、書軸、茶器、イスラム文様の壺、銀のアンデレ十字架など、国内外の美術品が分け隔てなく並べられている。そのすべてが一点のひずみもなく調和しているさまが心地良い。奥の別室には、古時計やアンティークカメラ、真鍮製のカンテラや鬱金色の顕微鏡などが整然と陳列されており、そこのみ古美術店というより古道具屋といった趣である。

「実家が御陵だったので、長等スイムには京津線で通っていました」

福知氏は事務机から数枚の写真を取り出した。

「瀬古も電車通いでしたが、大津駅の方から来ていたと記憶しています。――これ、近畿大会の時の写真です。右端の仏頂面がぼく、隣が瀬古です」

差し出された写真には、大きな水泳場を背に、揃いのジャージを着た少年が五人ばかり並んで写っていた。十代の福知氏は斜に構えた表情をしており、今とはだいぶ印象が違う。隣に立つ瀬古真弥は、眉が濃く唇に愛嬌のある、いかにも純朴そうな面立ちの少年であった。

「長等スイムでは、夏になると琵琶湖で遠泳をするのが恒例でした。泳いだ後は決まって湖岸でバーベキューです。子供クラスの子はバーベキューだけ参加していました」

二枚目の写真は、楽しげにバーベキューの鉄板を囲む少年少女たちを写したものだ。福知氏は水着姿のまま、飲み物を片手に嬉しそうにピースサインを作っている。背後に瀬古の姿が写り込んでいるが、その傍らでは小さな女の子が、瀬古のTシャツの裾を懸命に握りしめて直立している。平凡だが愛らしい顔立ち。

「昨日、電話でおっしゃっていた森江絹子さんというのは――」

「この子です」舞は即答した。「間違いありません」

「やっぱり。電話の後で思い出したんです。瀬古には確か、いつも小さな女の子が貼り付いていたってね。その子、小学生クラスの練習が終わると、必ずロビーで瀬古を待っていたものです。あいつの顔を見るなり飛んできて、学校のことや練習のことをあれこれ話して――」

その光景が舞の目にも浮かぶようだった。

「瀬古にとっては妹みたいな存在だったと思いますよ。ただ……あいつはあいつで、当時、追いかけ回してる相手がいたんです。あいつの頭の中はその人で一杯だった」

「好きな女性がいたのですね」

「それが女性じゃないんです。――見てください」

三枚目は大判の集合写真だった。長等スイムクラブの白い建物の前で、揃いのジャージの男女が二十人ほど、前後三列に並んで若い瞳をカメラに向けている。

「選手育成コースの集合写真です。瀬古が追いかけてたのは、この人」

そう言って福知氏が指差したのは、前列の中央に主役然として座を占める、異様に整った顔立ちの青年であった。不吉なほど魅力的なその造形に、舞はふと、見覚えを感じた。

「当時、長等スイムのエースだった綾部蓮さんです」

「綾部、蓮……」

「自由形が専門で、全国大会では常にトップテンに入っていましたね。注目の十代として水泳の専門誌で特集されたこともある人です。ぼくらより四つ年上でしたから、長等スイムで一緒だったのは二年間だけでしたが。瀬古はこの人に夢中でした。あいつが専門種目に自由形を選んだのも、綾部さんの影響だったと思います」

写真の中の瀬古は、綾部蓮の右隣で、いかにも気負った様子で体全体を力ませているが、表情はどこか恍惚(こうこつ)として、微酔でも帯びているようだ。

「もっとも、綾部さんに心酔していたのは瀬古だけじゃありませんでしたが……。男も女も、みんながあの人には夢中だった」

「……魅力的なかただったのですね」

「そりゃもう。ぼくだって憧れていた」

古美術店のあるじは、陶然としたまなざしを写真に落とした。そして福々しい丸顔を翳らせ、静かに語り始めた。

「綾部さんは、とにかく目立つ人でした。見た目がよくて泳ぎが速いってだけじゃなく、存在そのものがすごく華やかで、どこにいても人目を引かずにはいない特別な人種だった。大会の時なんか、他のクラブの女の子たちが、キャアキャア騒ぎながら綾部さんを追いかけ回しては写真を撮りまくるんですよ。ほとんど芸能人みたいなものでしたね。ですが、あの人は女の子にもてるだけじゃなく、同性にも不思議と人気があった。みんなが綾部さんの視界に入りたい、声をかけてほしいと常にソワソワしていたように思います。かく言うぼくも、綾部さんに笑いかけられると、まるで王様に褒められた家臣みたいに、光栄で舞い上がりそうな気分になったものです。あれはもう、本人の意思とは無関係に放出される魔力でしたね。この人は特別なのだと周囲に思わせずにはおかない、独特の高貴なオーラが綾部さんにはあった。

　あの頃、みんなが綾部さんに憧れていましたけど、特に瀬古の惚れっぷりは物凄くて、いつもあの人の後を追いかけるようにして泳いでいました。性格がまっすぐで水泳の素質もある奴でしたから、綾部さんの方でも瀬古を可愛がって、練習の後にはよく二人で飯を食べに行ったりしていましたよ。なんだか妬けたものです。

　綾部さんが長等スイムを辞めた後も、二人はよく会って遊んでいました。綾部さんと一緒にいると、女の子がいくらでも引っかかると瀬古が話していたのを覚えています。ドライブやらガールハントやら、なかなか派手に楽しんでいたようですね。まあ瀬古も普通の男ですから、最初は嬉しそうでしたけど、そのうちに飽きてきたんでしょうね、綾部さんと二人であれこれ話したいのに、何かにつけて女の子が割り込んで来ると文句を言うようになりました。

瀬古は、キャナルスポーツに籍を置くよう綾部さんを説得したかったんです。

キャナルスポーツは、長等スイムの母体になっている大手スポーツクラブです。所属選手にはオリンピック出場者が何人もいて、綾部さんが長等スイムの会員だった頃には、いずれはキャナルスポーツに入るものだと誰もが信じていました。だけどあの人は、高校卒業と同時にクラブを辞めて、大学の水泳部に拠点を移したんです。特に強豪ではない大学だったので、それを知った時には少し意外でしたが、おそらく綾部さんには、青春のすべてを水泳に捧げる気は毛頭なかったんでしょう。努力嫌いと言うと言葉が悪いですけど、あの人はなんというか、石に齧(かじ)りついてでも勝利を目指すような、ガムシャラな面をまったく持ち合わせていなかった。傑出した肉体をたまたま持って生まれたというだけで、気質は運動選手向きではなかったのだと思います。

どんなスポーツでも、頂点を目指すにはやはり、練習内容から生活面、精神の在りように至るまで、修行僧のようにストイックに自分を構築していかなければならないでしょう。ですが綾部さんは、どんな時も心の赴(おもむ)くままに過ごしていました。トレーニング量はいつでも気分次第で、気持ちが乗らない日は、傍目にもそれと分かるくらい練習を流していた。そんな態度に苛立(いらだ)ったコーチが、「やる気がないなら帰れ」なんて叱(しか)り飛ばしている時もありましたけど、本人は至って平然としたものでしたね。それが瀬古には、宝の持ち腐れのように見えて歯痒(はがゆ)かったんでしょう。だがこればかりは仕方ありません。

綾部さんは本当に遊ぶのが好きだった。色々な人と賑やかに交流して、軽やかに女の子を口説いて、のびのびと青春を満喫するのが信条のようでしたし、それが誰よりも似合っていた。禁欲とか修行とかいう言葉はあの人の辞書にはなかったんです。それでも大会では決まって上位に食い込んでいましたから、やはり生まれ持った素質は人並み外れていたんでしょうね。

あの人の魅力と欠点は、根っこを同じくしていたように思います。常に余力を残している感じ、どこか余裕のある感じが、独特の色気に変換されて周囲を魅了していた。不思議な人でした。美しくて、うつろだった。——ええ、うつろだったんです。

あの頃、綾部さんほど輝いている人もいなかったけど、結局、輝くだけで終わってしまったというか……流れ星が一瞬だけ人目を引いて、光が消えると同時にその存在自体も失われているように、あの人はあくまで視覚的な存在で、実（じつ）があるわけじゃなかった。

しかし魅力とは本来そういうものかもしれません。綾部さんの内蔵する何かが輝いていたわけじゃなく、輝くという現象そのものが綾部さんだった。本当にまぶしかった。

すみません、瀬古について聞きにいらっしゃったのに、綾部さんの話ばかりしていますね。

瀬古のことを思い出すと、どうしても、彼が綾部さん綾部さんと言って懐いていた姿ばかりが目に浮かぶんです。二人の交流がいつまで続いていたのかは知りません。綾部さんの消息が摑めれば、あるいは瀬古の連絡先も判るかもしれませんが、少なくともぼくがネットで調べた限りでは、綾部さんに関する情報は何ひとつ見つかりませんでした。あんなに目立っていた人なのに、なんだか寂しい感じがします。

ぼくが最後に瀬古と話したのは、あれはいつだったかな……。二人とも大学受験を機に長等スイムを辞めて、それから一、二度くらいは会って遊んだこともありましたけど、そのうち自然と縁が切れてしまいました。ぼくがロンドンに渡ったこともあいつは知らないはずです。

ただ、これも昨日の電話の後で思い出したんですが……確か一度だけ、瀬古の消息を偶然耳にしたことがありました。十年以上前の話です。四条大宮の地下街で、長等スイムのコーチの一人とばったり再会して、喫茶店であれこれ話をしたんです。コーチはしばらく瀬古と交流が続いていたそうで、あいつが坊さんになる際、報告の葉書を受け取ったと言っていました。

ええ、瀬古は実家の寺を継いだようですね。高校生の時には、坊さんになるなど真っ平だと話していたんですが。何か心境の変化があったのかもしれません。

あいつに心境の変化を起こさせる人物というと、やはり綾部さんしか思い浮かばないんですが、あの人が彼に坊さんになるよう勧めたとも思えませんし……何をきっかけに仏の道に進んだのか、一度、本人に会って聞いてみたい気もします」

霧の粒子がみずからの重さで崩れてくるような、ごく繊細な雨が骨董街に降り続いている。アヤベレン、アヤベレンと口の中で繰り返しながら、舞はほの明るい雨雲の下を漫然と歩き続けた。綾部蓮。その青年を自分は知っている。同じ大学に彼は居た。キャンパスの中でたびたび見かけた、外国の俳優のように華やかな顔立ちの若者を、自分は確かに覚えている。地区大会の表彰台に立っていた彼の、優雅でけだるげな佇まいも記憶の片隅にある。

福知氏の知るところによれば、綾部蓮は溢れるほどの資質に恵まれながら、ついぞ修行に邁進することのない若者だったという。

美しく魅力的で、しかし何に対しても没入できない青年の姿を、舞は仔細に思い出そうとした。常に人の輪の中心におり、賑やかな交流と手軽な享楽にのみ日々を費やし、やがて埋もれ、忘れられていった青年。限られた青春時代に、限定されたコミュニティの中でのみ主役の座を与えられ、しばし燦爛と光り輝いたのち、静かに燃え尽き、消滅した流星。ちっぽけな王様――

王様。その発想に舞は苦笑を催し、歩調をゆるめて傘の中で俯いた。思えば自分もちっぽけなお姫様だった。少女時代から誰彼なしに容姿を褒められ、ちやほやされるのが煩わしくてたまらなかった。十代の半ばともなると、街を歩くたびに茶色や金色に髪を染めた若い男に声をかけられたが、そういう好色連は大概、よほど背筋が弱いのか始終ぐらぐらと体を揺らしており、顔つきの卑陋さは無惨なほどだった。常に全身に覇気を満たし、日々ひたむきに鍛錬を重ねるかれと、同じ時代の、同じ国に生息する若者とは到底信じられなかった。

練習もそこそこに遊びに精を出していた綾部も、じつは希有な美質をたまたま持って生まれただけの、平凡で卑陋な若者だったのではないだろうか。瀬古少年は、そんな綾部の本質に気づかずに熱を上げていたのではあるまいか。

――大学に行ってみよう。

唐突に思い立った。母校の水泳部に確認すれば、綾部蓮の連絡先が判るかもしれない。福知氏の言葉通り、そこから瀬古真弥の消息も摑める可能性がある。

逸る気持ちで駅へ向かった。年相応に容色が褪せ、薹が立った今となっては、賑わう繁華街を歩いていても男性から声をかけられることは一向になく、街は昔に比べてずいぶんと快適な場所になってくれた。

足早に駅の階段を降りていると、バッグの底でアンデレ十字架がコトコト鳴った。さっき南天堂で購入したものだ。福知氏の話によれば、この一風変わったX形の十字架は、元和の頃、京都の隠れキリシタンがひそかに所持し、信仰の拠り所としていた品であるという。

恋も一種の信仰なのだろうと舞は思う。秘匿すればするほど激しく燃え立ってしまう。瀬古への恋心を隠して、あるいはそれを葬り去ろうとして修道生活を営んでいた絹子は、結局、内なる火勢に負けてすべてを投げ出し、出奔という過激な行為に至ってしまった。極から極に走ったように舞には思える。しかし瀬古は、七つ年下の娘が突如懐に飛び込んできたとして、その娘を一体どのように遇したのだろう。受け容れたのか、それとも。

地下を走る京阪本線の車中で、舞はアンデレ十字架を握りしめて目を閉じ、絹子と瀬古、そして綾部蓮の奇妙な三角関係の図を思い描いてみた。長等スイムクラブの白い建物の前で、瀬古が頬を上気させて綾部に話しかけている。小さな絹子が瀬古のシャツの裾を握りしめ、可愛い唇を尖らせて、つまらなそうに地面を蹴っている。絹子は愛する少年を綾部から引き剝がしたいのだが、その術が分からない。幼い胸を力いっぱい嫉妬に焦がして拗ねている。絹子の傍らで、中学時代の南天堂主人が、憧憬のまなざしで綾部を見ている姿も目に浮かぶ。

先刻、綾部蓮の本質をうつろと評した際、店主の柔和な瞳の奥が鋭刃のように光ったことに舞は気づいていた。世界中の美術品や骨董品と切り結んできた眼なのだ。しかし真贋を見極めるその眼を手に入れる以前には、店主もまた綾部蓮という青年に魅せられ、彼の魔力に捕らえられていた。

○

宇治駅に降り立った途端、遠い記憶が次々と脳裏をよぎった。改札口から大学までの五分ほどの道のりを、舞は青春の残照を遠く眺めやる心持ちで、一歩一歩踏みしめて歩いた。朝練に励むかれの姿を見守るため、早朝の陽を浴びて急いだ道は、家々の佇まいから、路上に漂う煎茶の香りまで、すべてが昔のままである。

大学の校門を入ると懐かしい藤棚に迎えられた。だが校舎の何棟かは建て替えられたようだ。プールもすっかり新しくなっており、かつては淡い空色だった床が濃いマリンブルーに変わっている。それでもかれを見つめていた定位置に立ち、フェンスに指をかけ、薬草めいた香気を吸い込むと、たちまち苦しいほどの郷愁が心を吹き過ぎた。

暖かい霧雨の中、二十人ほどの水泳部員たちが練習している。もう少し気温が下がれば、昔と同じように公営の室内プールに練習場所を移すのだろう。ここへ来た目的も忘れて、舞は暫時、飛沫（しぶき）を上げて水面を行き交う男女の逞（たくま）しい軀（からだ）を見つめた。居るはずのないかれの姿を無意識に探してしまう。慌てて首を振り、深呼吸した。日々の習慣という代物は、消しがたい刻印となっていつまでも体の奥に刻まれ続けているものらしい。

ジャージ姿の男性がフェンスの通用口を出てきた。舞は駆け寄って声をかけ、不躾を詫びてから、ある水泳部ＯＢに連絡が取りたいのだと切り出してみた。男性はひょいと片眉を上げた。

「遠山瑛子でしょう？　ちょっと定かじゃないなあ」

早合点して語り始める。

「ＯＢ会の集いに最後に顔出してくれたのは、ありゃ引退直後だったからね、もう十年近く前ですよ。取材なら連盟を通してくれた方がいいんだけど、でも今頃、どうして？」

勘違いも無理はなかった。この水泳部の出身者について調べていると言えば、誰もが遠山瑛子のことだと思うだろう。遅咲きのオリンピアン。自由形の女王。舞はつい俯いた。

「いえ、そうではなく……綾部蓮というＯＢの連絡先を調べております」

「アヤベレン？」

「遠山瑛子さんと同期の男子学生で、たびたび全国大会の決勝レースまで進んでいたはずです」

携帯電話の画面を男性に見せる。福知氏の言った通り、綾部蓮についてネットで調べても、消息につながる情報は何ひとつ得られなかったが、かろうじて過去の水泳大会の履歴が引っかかってくれた。百メートル自由形の上位記録者一覧に連なる、砂粒のように小さな綾部の名を見て、男性はきょとんと首を傾げた。

「へえ、こんな選手いたんだ。知らないなあ。ぼくがここの顧問に着任したのは、遠山瑛子が一番活躍してた頃でね――」

興味を持つ風もなく、さっさと自慢の卒業生に話題を移す。

「母校ってことで取材もずいぶん来たけど、話せるネタがなくて弱ったもんですよ。何しろ直接指導したわけでもないし、前の顧問の話じゃ彼女、三回生の頃まではまったくパッとしない選手だったらしくてね。どうして急にケタ違いのスイマーに変身したのか、こっちが尋ねたいくらいでしたよ。ただまあ、誰よりも練習熱心だったってのは聞いてるけど」

微笑みを作って傾聴しながら、舞は自分の体温が上昇するのを意識した。——知っている。遠山瑛子の物語なら知っている。はじめての有期誓願を控えた夏、新聞の特集記事で読んだのだ。記事は丁寧に切り抜いて、今も聖歌集に挟んで持っている。

二十歳を過ぎるまで無名の選手だった遠山瑛子は、しかし三回生の秋を境に、突如脱皮を遂げたように立て続けに自己ベスト記録を更新し、めきめきと頭角を現し始めた。卒業後はキャナルスポーツに所属、チャンピオンシップの自由形二種目で派遣標準記録を突破して表彰台に食い込むと、初の海外での戦いでは決勝まで駒を進めて五位入賞を果たす。舞台が大きくなればなるほど力を発揮するタイプだったのだ。水泳は比較的、選手として活躍できる年齢のピークが早い競技と言われるが、遠山瑛子の飛躍はその常識を軽やかに覆(くつがえ)し、一分の乱れもない端正なフォームは、「動の彫刻」と国内外で称えられた。一年後、二十四歳で出場した世界大会では、百メートル自由形で三位、二百メートル自由形で四位の健闘を見せる。そして上り坂の頂点で迎えたオリンピック。レースの直前、遠山瑛子はいつものように、両手を頭上に掲げて静かに精神統一した。その独特の瞑想(メディテーション)については、ヨガの太陽礼拝のポーズだという解釈がネット上で広まったが、本人は多くを語らなかった。ただ、「変身の儀式です」と冗談めかして笑うのみだった。

「――綾部蓮さんも、大学時代はそれなりに名が知れていたはずです」

追想から自分を引き剝がして、舞は言った。

「ある事情で綾部さんに連絡を取る必要がありまして……。卒業生の名簿を見せてはいただけないでしょうか」

「そういうのは作ってないなあ。ま、OB会のSNSでちょっと聞いてみましょう」

「ありがとうございます。助かります」

頭を下げ、連絡先のメモを顧問に渡し、重ねて礼を述べてからプールの前を離れた。

急に手持ち無沙汰になった。用件は早々に済んだものの、このまま帰るのもなにか惜しい気がする。傘の中から雨空を仰ぎ、舞は濡れた芝生（しばふ）をゆっくりと歩き回りながら、絹子の消息を知る別の道筋はないかと考えを巡らした。妙案が浮かぶまでこうして逍遥していよう。

気づくと、かつての学び舎である医学部校舎の方へ足が向いていた。自らの足に運ばれるまま、キャンパスの奥へと分け入っていく。

医学部の建物は、乳白色の外観も薄暗い正面入口も、外壁に寄り添うアカシアの枝ぶりも昔のままだった。入口の前の小さな池で、色とりどりの錦鯉が泳いでいる様子も当時と変わらない。その一匹一匹の模様さえ記憶のままのように思われるのは、あながち気のせいでもなく、当時の顔ぶれが今なお生き長らえていて、十年一日のごとく同じ水に漂い続けているのかもしれない。鯉は存外に寿命が長い生き物なのだと聞いたことがある。——狐塚教授がそう言っていたのだ。池の鯉を飼っていたのは教授だった。

今もこの大学に居られるのだろうか。

原始の湖水のようにあやしく翳る、恩師の思慮深い双眸を思い出すと、同じゼミの友人たちの顔も次々と脳裏をよぎった。膝を折り、指先を池の水に浸してみる。雨はかろうじて止んでいるが、雲はさらに層を重ねて重苦しく垂れ込めている。大気は相変わらず生暖かく、水の冷たさに心地良さをおぼえる。手首まで浸したいくらいだが、鯉たちを驚かせてしまうだろう。

——『ピラト水を取り、群衆の前に手を洗ひて』……

水の感触に連想を促されたのか、聖書の文言が頭を一閃した。イエス・キリストに死刑判決を言い渡し、すかさず手を洗って責任放棄の意を示した、古代ローマのユダヤ総督、ピラト。だが彼は、磔刑に処するべき何の罪科もイエスに見出してはいなかったのだ。イエスを殺せと叫ぶエルサレムの群衆を恐れ、わが身に危害が及ぶことを懸念して、本意ではない判決を嫌々下したに過ぎない。そして神の御子は十字架を負わされる。

「……ヴェロニカ」

絹子の洗礼名が唇から滑り出た。

ヴェロニカは聖書に登場する人物ではない。十字架を背負って歩むイエスに駆け寄り、御顔の血と涙を拭ったとされる伝説上のエルサレムの女性である。彼女の献身は、一歩間違えれば群衆の憎悪の余波をその身に浴びかねない、きわめて危うい行為であったはずだ。しかし彼女は危険を顧みず、いかめしく居並ぶローマの兵卒をかき分け、自らの愛と信念に従ってイエスの苦しみに寄り添った。その勇敢な女性の名を絹子は洗礼名に選んだのだ。理由は何だったのだろう。ヴェロニカのごとく信仰篤く生きたいという、彼女なりの決意の表れだったのだろうか。

あるいは、もしかしたら――

にわかに生じた憶測に戸惑いつつ、舞は曇天を仰いだ。濡れた手で自分の喉に触れてみる。不安で呼吸が浅くなっている。

もしかしたら絹子は、イエスの涙を拭うがごとき、何か崇高な献身のために修道院を飛び出したのではないだろうか？　そしてそれを行うことは、彼女がヴェロニカという洗礼名を選んだ時から、じつは人知れず心に決めていたことなのでは？

では、その献身とは何か。彼女は何を決意していたのか。

胸騒ぎに搦め捕られていると、突然、視線に射られた。医学部校舎の二階の窓辺に、狐の面をつけた白衣の人物が立っている。

「狐塚教授――」

一瞥するなり確信した。異様な風貌の人物は、かつての恩師に違いなかった。思考や物思いに没頭する時、狐塚教授は伏見稲荷で買ったという狐面で顔を覆い、外界を遮断してひとり窓辺に佇んでいたものだ。

教授、と舞は呼びかけようとしたが、巧みに水を差すように携帯電話が振動した。窓を見上げたまま電話を耳に当てる。

「ああ、さっきはどうも。まだ構内にいらっしゃいますか？」

先刻話したばかりの水泳部顧問だ。

「今ね、総務課の古株にちょっと聞いてみたんですよ。例の綾部蓮って学生について。そしたら——」

狐塚教授がゆっくりと窓に背を向ける。

「亡くなっていました」

「え？」

白衣の背中は窓辺を離れ、奥の暗がりへ滑り込んでいった。

「その職員も噂で聞いた程度らしいんですがね、どうも事故で亡くなったようです」

鯉の池から立ちのぼる霊気のようなものが、足先から膝へと血液を冷やしていく。ぞっとして水を見下ろし、舞は我知らず一歩、二歩と後ずさった。

「事故というのは……どのような」

「それがどうも、琵琶湖疏水に落ちたらしくて——」

再び医学部校舎を見上げると、狐塚教授のいた窓がどれだったか、すでに分からなくなっていた。

○

　橋の下を流れる琵琶湖疏水は、曇天よりもなお重い色をしている。小波（さざなみ）をまとった水面は静かだが、鉛色の深い流れの底には、泳ぎに秀でた若者すら喰らう凶暴な水流が奔（はし）っているのだろう。水の濁りに舞は目を凝らした。

　さっき総務課で聞いた話が、まだ頭の中で残響している。

「綾部さんは、本当に華やかな人で、人気者でした」

　年配の女性職員は、綾部蓮の在学中、何度か大学広報の取材をしたことがあったそうだ。

「あの頃、水泳部では綾部さん一人が飛び抜けて活躍していました。まさか同期の遠山さんが、卒業してからあんなに凄い選手になるなんてねえ……」

　一瞬、遠山瑛子の神話を語り出しそうになった職員は、しかしかろうじて軌道を戻し、綾部の死を知った経緯（いきさつ）について話してくれた。

「あれはオリンピックの前年でしたか、理事会の総会で、遠山さんに同窓会の特別賞を授与することが決まりましてね。水泳部ＯＢの激励メッセージを一緒に贈ろうという話になったんです。そこで手分けして卒業生たちに連絡を取ったんですが、その時にＯＢの何人かが、綾部さんが亡くなったことを教えてくれましてねえ……」

　あくまで噂に過ぎませんけど、と信憑性の危うさを強調してから、職員は綾部蓮を死に至らしめた事故の内容について教えてくれた。大学卒業から二年後の夏の夜、綾部は深草(ふかくさ)駅近くの橋から誤って琵琶湖疏水に転落し、翌朝、すでに息がない状態で下流で発見されたという。

絹子の探索には既に関係ないと知りながらも、修道院への帰り道、舞は深草駅で京阪(けいはん)線を降り、転落現場の橋を訪れた。じっと水面を見つめていると、瀬古真弥もいつかこの場所で、こうして疏水を見下ろしたに違いないという確信が持たれた。

大好きだった先輩の突然の死は、若い心にどれほどの打撃を与えただろう。それが契機となって、瀬古の心に得度(とくど)の決意が生じたとは考えられないだろうか。綾部の後生を祈るためというのは言い過ぎにしても、この橋を訪れて花を手向け、一人ひそかに涙するうちに、彼は生まれて初めて、人の命のはかなさと浮世の無常とを身に沁みて感じたのではなかろうか。

だが、憧れの人物の死が瀬古にいわゆる菩提(ぼだい)心を起こさせたのだとすれば、それは絹子にとっては痛烈な失恋だったはずだ。瀬古は綾部をどこまでも慕(した)い、追いかけ続け、ついに綾部の死によって自らの人生を決定づけてしまった。絹子は、完膚なきまでに綾部に負けたのだ。

それにしても、と歩き出しながら舞は考えた。この橋はごく一般的なコンクリート橋である。きちんとした欄干(らんかん)を備えており、危険な箇所はどこにも見当たらない。ここから水に落ちるというのは、なんとも奇怪な事故ではないか。酔って身を乗り出しでもしたか、もしくは——

自殺だったのではないだろうか。

そんな疑いがふと芽生えた時、携帯電話がメールを受信した。

「北里様
　本日はお買い上げありがとうございました。

　また、わざわざご足労いただいたにもかかわらず、あまりお力になれず申し訳ありませんでした。

　瀬古真弥について、新たに判った情報がありますのでご報告します。

　瀬古が僧侶の道を選んだ際、長等スイムのコーチに報告していたのは今日お話しした通りですが、そのコーチの名前をネットで検索した所、現在、東京のスイミングスクールで校長をしている事が判りました。

　今しがた連絡を取りまして、瀬古について聞いてみた次第です。

　彼の記憶によれば、瀬古の実家の住所は吉祥院（きっしょういん）だったとの事です。また当時の葉書には、出家得度のため比叡山（ひえいざん）で何ヶ月か修行する旨が書かれていたそうです。

　実家の寺の名が判ればいいのですが、残念ながらそこまでは確認できませんでした。

　もし瀬古に連絡がつきましたら、いずれ南天堂に顔を出すよう私が申していたとお伝えいただければ幸いです。綾部さんの思い出話などで盛り上がりたく思います。

　北里様も、骨董街にお越しの際にはぜひまたお寄りください。

南天堂　福知信一郎拝」


帰りがけに購入した市内地図を、薔薇の茂みの傍らで広げた。

吉祥院と名のつく地域は南区の広範囲に亙っており、一帯の下京区寄りには西大路駅がある。大津駅まではここから電車で十分程度のはずだ。瀬古はこの駅から県境を越えて長等スイムクラブに通っていたのだろう。そして比叡山で得度したということは、実家の寺は天台宗と考えて間違いなさそうだ。

だいぶ瀬古について判ってきた気がする。だが――

地図から顔を上げ、舞は東方の峰と対峙した。曇天のせいで日暮れが早く、山はすでに巨大な影絵に変じつつある。胸の中にまで墨色の影が忍び込んでくる。

「シスター北里。何かあったのですか」

舞の佇まいに不穏なものを見たのか、修練期の少女が心配そうに近づいてきた。

「……何でもありません。子羊を案じていたのですよ」

「まだ見つからないのですね……」

少女も東の稜線に目をやった。

「あの山に居るのではないでしょうか」

他意のあるはずもない一言に、しかし不安の核心を衝かれた。舞が目を見開いて少女を見ると、少女は自分が失言をしたと思ったのか、肩を縮こまらせて謝った。

「申し訳ありません。シスター森江が、あの山をよく眺めていたのを思い出したものですから。……軽率でした。あれは異教徒の山でした」

異教徒。その寂しい言葉を、舞は静かに首を振って退けた。

「ファーザー・ニコラスには僧侶の友人も多かったそうです。祈る者はみな同胞、そう考えておられたのかもしれませんね」

少女がほっと表情を緩め、足元のウサギを抱き上げる。

「わたしには、時々……あの山がファーザーのように思えるのです」

「分かりますよ。美しくて逞しい山ですからね。今日は少しばかり強面(こわもて)ですけれど」

舞の軽口に少女が笑みをこぼした。その桃色の頰に雨粒が降りかかる。舞の顔にも一粒二粒と降ってきた。昼間の暖かい霧雨と違って、驚くほど冷たい水滴である。

「ああ、比叡山が霞んでいきます……」

少女が呟く。——比叡山。そうなのだ。絹子が日ごと夢見るように眺め、自分がオリーブの山を連想し、その頂上に主イエスが降り立つ姿さえ夢想していたあの峰は、しかし比叡山なのだ。京都の鬼門を今なお守護していると言われる、天台宗の総本山。

瀬古はあの山で修行し、得度して僧侶になった。そして今も、あの霊峰のどこかに居るのではないだろうか。もしそうだとすれば、絹子が瀬古のゴーグルを胸に抱いて山を仰いでいたことも、山に向けて愛の祈りを繰り返し口にしていたことも、難なく腑に落ちるのだ。絹子の魂は日々、洛北の空を奔放に飛翔し、ひそかに比叡の峰に降り立っていた。そして初恋の相手に寄り添っていた——

絹子は比叡山に行ったのだろうか。恋情を抑えかね、瀬古に会いたい一心で、異教の聖域である山に分け入ってしまったのだろうか。だが修行中の僧侶に会うことなど出来るものなのか。

どうも釈然としない。何かを見落としている気がする。絹子は大胆だが無節操ではない。尊い結界を無神経に冒す真似をするとは、どうしても思えないのだ。

彼女は一体、何処へ。

瞼を閉じ、両頬を雨粒にさらした。比叡の裾から流れてくる霧の香を深く吸い込むと、自分がここ数日、主への祈りを怠っていたことが急に自覚され、ああ、と舞は喉の奥で呻いた。

○

夜半になると雨脚が強まり、風も出てきた。いななくような風雨の音に、舞は幾度となく目を覚まし、そのたびに絹子が危地に陥っている予感に胸をざわめかせた。

翌朝は驚くばかりの快晴であった。大気にわずかに残っていた夏の粒子がすっかり一掃され、さえざえと澄んだ涼風が神の庭に吹きわたっている。蒼穹の下、礼拝堂の屋根の十字架が、吉兆のごとくひときわ輝いている。

自由外出期間はまだ残っているが、舞は同朋のシスターとともにマイクロバスで病院に向かった。車を降りると、探すまでもなく野々宮さんの姿が目に入った。敷地の一隅に佇む梅の木を、いかにも庭師らしい顔つきで矯めつ眇めつして眺めている。

「野々宮さん」

声をかけられた老翁は、手にしていた剪定鋏を慌てて背中に回した。

「いやね、枝ぶりがどうも気になってね。勝手に伐っちゃいけないのは分かっているんだが……ひとつご内密に」

「心得ております。それよりお聞きしたいことがあるのです。野々宮さんのお住まいは確か、桂離宮のお近くでしたね」

「いかにも。離宮の庭木はみな顔なじみですよ」

「桂川の向こうでお仕事をなさることもありますか。その、吉祥院の方へ行かれることは」

「もちろん行きますよ。東は吉祥院、西は松尾に嵐山」

庭さえあればいずこでも、と言い添え、野々宮さんはにやりとした。

「じつは、あるお寺さんを探しているのです」

「ほう」

「吉祥院の、おそらく西大路駅の近くにあるお寺さんなのですが、ご住職の姓が瀬古さんとおっしゃいます。野々宮さんは、お寺さんの庭木もよくお手入れなさると伺いましたから、ご存じではないかと思いまして」

「ご住職の姓は……何だって？」

「瀬古さんです」

好々爺然とした野々宮さんの顔から微笑が消え、初めて見るような神妙な面持ちが現れた。

予想外の変化に舞が驚いていると、老翁はしばし黙り込んだのち、ごく静かに、「峰の白鷺……」と呟いた。

「……今、何と？」

「いや、あなたが何を調べているのかは知らんが――まあついていらっしゃい」

剪定鋏をポケットに納めて歩き出す。その様子に少しく不思議なものを感じながらも、舞は黙って後を追った。

自分の病室に戻った野々宮さんは、ベッド脇のキャビネットを開き、丁寧に畳まれた数日分の新聞を取り出した。

「隅々まで読まないと落ち着かないものでね、つい溜め込んで女房に怒られる。さて、どれだったか」

新聞の日付を確認し、「これかな」と一部をベッドに広げ、ゆっくりとページをめくり始める。やがて地域面が開かれると、見出しの「比叡山」の三文字と、お堂の写真が舞の目に飛び込んできた。写真には大勢の僧侶が写っており、粛々と儀式を執り行っている最中のようである。儀式の中心には際立って強い眼をした壮年の僧がいる。

比叡山延暦寺(えんりやくじ)△△院住職の瀬古真栄さんが、十月二日、千日回峰行の最大の難行である「堂入り」を迎えた。「堂入り」は九日間、断食・断水・不眠・不臥で真言を唱え続ける荒行で、これを終えた行者は生身の不動明王(ふどうみようおう)になると言われている。

記事には瀬古の簡単な経歴が添えられていた。京都市南区出身、大学時代に比叡山の教義と出会い、卒業と同時に入山。本名の真弥から一字取って法名を真栄とする——

言葉を失っていると、野々宮さんがいつになくおごそかな声音で言った。

「このかたのご実家は浄土真宗のお寺でね、秋になると紅葉がそれは美しい。ご住職から、息子さんが天台宗で得度したと聞いた時は驚いた」

「……なぜわざわざ、別の宗派で？」

「さあ、なぜだろう。修行者になりたかったのか……自力で救われたかったのか」

「それは、どういう……」

「浄土真宗ってのは、ほとんど一神教だからね。一切衆生を救うと誓った阿弥陀様の本願にお縋りして極楽に往くわけでしょう。キリスト教の日本版のようなものですよ」

いささか乱暴な喩えを口にしてから、野々宮さんはしみじみと写真に見入った。

「千日回峰行——回峰地獄とも言われているらしいね」

それは比叡山の山中を一日に約三十キロメートル、道中に二百六十数箇所ある礼拝所で祈禱を捧げつつひたすら歩き、七年かけて約四万キロ——地球一周に匹敵する距離を踏破する荒行であるという。この山廻りは「不退行」といって途中で止めることが許されないため、行者は常に白装束に身を包み、行が中断した際にみずから命を絶つための短剣と、首吊り用の死出紐を持って山道を行く。黎明の空の下を飛ぶように過ぎる清廉な白装束を、里の人々は尊敬を込めて「峰の白鷺」と呼んでいる。

山廻りが七百日目に達すると、最大の難行である「堂入り」が行者を待つ。これは無動寺谷の明王堂に九日間籠もり、食も水も一切断ち、不眠不臥で不動真言を一洛叉、すなわち十万回唱え続けるという壮絶な行である。この堂入りの終盤では、行者は生きながら死臭を発し始め、その瞳孔は死体のごとく開くのだという。

——人ではないものにも、変身できるでしょうか。

絹子が口にしていた言葉の意味が、舞にはようやく理解された。人ではないものとはすなわち仏の謂だったのだ。堂入りを終えた行者は生ける不動明王になるとされ、修行は自らを鍛えるための「自利行」から、他者を教化し導く「化他行」へ意味合いを変える。瀬古は今まさに、御堂の形をした蛹の中で、人から不動明王へ命がけで羽化を遂げようとしているのだ。絹子はそれを知っていた。彼女は最初から何もかも知っていた。初恋の相手が千日回峰行に挑んでいることも、その先に堂入りという死を賭した難行が控えていることも、すべてを知って、それゆえに祈っていた。——そして姿を消した。

背中の毛孔から汗が噴き出す。今一度、舞は写真の瀬古を見つめた。

「山廻りは、七年かけて行うのですね」

「うん。最初の三年間は百日、四年目からは二百日歩くと言うね」

「そして七百日目で堂入りを迎える。つまり……」

頭の中でせわしなく足し算をする。

「行を始めてから堂入りまで、満五年……」

鼓動が速度を増していく。瀬古が千日回峰行を始めたのは、今から五年前。絹子が最初に岩倉修道院に来たのはいつだったろう。修道女になることを反対する両親の説得を続けつつ、彼女がかなり長い間、日曜ミサに一人粛々と通い続けていたのを覚えている。そして今、絹子は一年間の志願期と二年間の修練期を経て、初の有期誓願の時期を迎えているのだ。そこから逆算すると、彼女が初めてシスターになろうと心を定めたのは、瀬古が回峰行に挑み始めたのと同じ、今から五年前だったように思われる。

——愛されるよりも愛することを……

東方の峰に向けて祈っていた絹子。狂乱のエルサレムが再び目に浮かぶ。上衣を剝ぎ取られ、茨（いばら）の冠を載せられ、十字架を負わされて群衆の間を歩む主イエス。危険を冒してまで彼の痛苦に寄り添おうとした聖女ヴェロニカ。その覚悟と、捨て身の献身——

「……まさか」

激しい動悸に息を乱しつつ、舞は目を剝（む）いて記事に記載されている日付を凝視した。

同じ日だった。

瀬古の堂入りは、絹子の失踪と同じ日であった。

「ど、どうした？　シスター？」

ぐらりと地面が揺れたように感じ、舞は思わずよろめいたが、野々宮さんがとっさに腕をつかんで支えてくれた。大丈夫です、大丈夫です、と震える声で繰り返し、ふらふらと病室を後にする。自分の考えに慄然としながら廊下を小走りし、正面玄関を駆け抜け、転げ込むようにタクシーに乗った。

岩倉修道院の場所を告げ、後部席でじっと蹲(うずくま)っていると、熱泉のような感情が突き上げてきた。瞼をきつく閉じ、組んだ両手を額(ひたい)に押し当て、ヴェロニカ、と胸中で呼びかける。シスター森江・ヴェロニカ・絹子。あなたの心には、最初から信仰など存在しなかった。主イエスも、聖母も、聖霊もいなかった。ただ、初恋の男性だけが――瀬古真弥だけが、常に居た。

タクシーを降りて走り出すなり、足がもつれ、門のすぐ前で転倒してしまった。痛みで立ち上がることができない。両手を地面について歯を食いしばっていると、青空を背にした大比叡が涙でぼやけた。無情な山。緑の懐で何百年も行者たちを抱擁(ほうよう)しながら、誰を救うでもなく、誰を扶(たす)けるでもなく、ただ超然と輝くだけの、残酷な山。祈りを叶えてはくれず、かといって拒みもしない、美しく無慈悲な、あの峰――

四つん這いで嗚咽(おえつ)を噛み殺している所へ、修院長が駆け寄ってきた。

「シスター北里？」

花壇の手入れでもしていたのか、修道衣に花びらを何枚も付けている。小さな蝶たちを侍(はべ)らせているようだ。

「大丈夫ですか？　一体どうしたのです？」

「……愚かでした。少しも気づかなかった」

「はい？」

「開けられたままの門は、偽装だったのです。自分が教会の外に去ったと信じさせるための」

修院長は一瞬、理解しかねたように眉根を歪(ゆが)めたが、すぐに、

「シスター森江が、この修道院のどこかにいると言うのですか？」

珍しく声量を上げて尋ねてきた。

ええ、ええ、と涙声で呻き、舞はどうにか立ち上がって走り出した。修院長は呼び止めて問うことはせず、黙って後を追ってきた。ウサギたちを驚かせつつ庭を突っ切り、一目散に敷地の奥へ向かう。去年の暮れ、降誕祭ミサの準備のために絹子を連れて行った、白壁の蔵をめざした。あの蔵ならば、夜を日に継ぎ、祈りの文言を唱え続けていても誰にも聞かれずに済む。あの場所ならば、九日の間、誰にも邪魔されずに瀬古の苦行に寄り添うことができる。

蔵の扉に飛び付き、舞は無我夢中で真鍮の取っ手を引いた。

「シスター森江！」

扉を開け放つと同時に、異様な臭いが鼻孔を刺してきた。死臭だ。そう察した瞬間、修院長が細い悲鳴を上げた。奥の暗がりに華奢な背中が倒れている。舞は飛ぶように駆け寄った。絹子の細い胴を抱いて大声で呼びかけたが、衰弱した体はぴくりとも動かない。息をしているかどうかも定かではない。しかし体温はある。生きている。

舞は蔵を飛び出した。庭の水道に駆け寄ったが、水を汲むための器が見当たらない。震える両手に受けた水は、指の間からあえなくこぼれ落ちてしまった。一瞬考えてから、口いっぱいに水を含んだ。蔵に駆け戻ると、修院長が携帯電話で救急車を呼んでいた。気を失って倒れているのです、何が起きたのかは分かりません、とにかく措置をどうか、と存外しっかりした声で訴えている。舞は絹子の上半身を抱え起こした。覆いかぶさり、紙のように乾いた口元に、慎重に自分の唇を重ねた。

——『我が与ふる水は彼のうちにて泉となり、永遠（とこしへ）の命の水湧き出づべし』

主の言葉を心のうちに唱え、ゆっくりと水を注ぎ込む。絹子の喉が微動した。臓腑がわずかに蠢（うごめ）くのが分かる。安堵して顔を起こすと、絹子の手が巾着袋を握っていることに初めて気づいた。幾種類もの赤色が絡み合った、炎の波濤のごとき模様の西陣織。生きながら死臭を発してなお、この娘は秘密のロザリオを放さずにいる。

絹子の頬をさすり、髪を愛撫し、思いのたけを込めて体を抱いた。背後で修院長が祈り始める。主よ。主よ。一心不乱の声が、低くはげしく蔵に響いた。瀬古もまた祈っているのだろう。絹子の献身など夢にも知らず、決然と生死の境に歩み寄り、ただ一人、烈々と、羽化に向けて祈り続けているのであろう。

○

——地球一周分は泳いだかもしれません。

かれの引退直後のインタビューを、その一語一句まで舞は記憶している。

——物心ついた頃から泳ぎ続けていましたから。素質が人並み以上だったわけではないので、誰よりも練習しなければ一流選手にはなれないと自覚していました。ですが、昔はずいぶん散漫に泳いでいた気がします。水泳とは無関係の悩みを水の中に持ち込んで、あれこれ思い煩いながら練習していることに無自覚だったんです。自分の心身と、今ここという現実に集中できるようになったのは、大学生活も終わりに近づいてからです。

秋の薔薇を伐りながら、瀬古もそうだったろうかと舞は考える。白装束に身を包んで比叡の峰を歩きつつ、仏道と無関係の雑念に呑まれたり、綾部蓮と過ごした青春の日々にとりとめなく想いを馳せたりすることもあっただろうか。

綾部の死をきっかけに僧侶の道に進んだ瀬古が、いかなる精神の道筋を経て命がけの修行に身を投じたのか、舞は知らない。この先も永遠に知ることはないだろう。ただ、奇妙な発想が頭の片隅に生じている。

その死によって瀬古に菩提心を起こさせた綾部蓮という青年は——美しい容貌と強靭な肉体を持ち、誰よりも魅力的で、それでいて何に対しても全身全霊を傾けることができなかったうつろな青年は——ただ瀬古の魂を稼働させるために、その使命のためだけに現世に生まれ出たのだという、突拍子もない発想である。

天は一人の修行者を作り出すために綾部を地上に遣わし、以て瀬古の魂に点火した。

『我は火を地に投ぜんとて来れり』——主イエスの言葉が頭をよぎり、埒もない妄想だと舞は首を振った。

伐った薔薇を食堂のテーブルに並べ、鋏で丁寧に棘を切り落としていく。香りが弱く姿も慎ましい秋薔薇は、棘さえ除けば病室に飾っても差し支えないだろう。薄紅や淡黄の優しい色合いが、きっと絹子の慰めになってくれる。

病院に搬送されて点滴治療を受けた絹子は、半日後にようやく意識を取り戻した。駆けつけた両親にどれほど問い詰められても、何日も飲食を絶って蔵に籠もり続けた理由について、彼女は一切語ろうとはせず、ただ涙ながらに謝罪の言葉を繰り返すのみだったという。舞もまた、何ひとつ語らなかった。絹子があの蔵にいるのが判ったのはなぜかと、修院長や同朋たちにしつこく問われても、聖霊の導きですと誤魔化したきり、ネポムクの聖ヨハネのごとく黙秘に徹し続けた。絹子が必死で隠している恋情を、自分の口から漏らすことだけは絶対にしまいと決めていた。

手ずから拵(こしら)えたブーケを抱いて病院に向かう途中、舞はふと、ロザリオという言葉が薔薇の冠を意味することを思い出した。祈りはすべて花であり、果てしなく繰り返す天使祝詞(アヴェ・マリア)は、主に捧げる花冠を粛々と編む営みである。百の薔薇、千の薔薇と、神を信じる者は一生かけて祈りの花々を連ね、聖なる花冠を編み続ける。それは決して完成することがない花冠だ。

病室のベッドで、絹子は心細げなまなざしを窓の外に向けていた。部屋に入ってきた舞に気づくと、縮こまるようにして頭を下げ、

「……申し訳ありませんでした」

かぼそい声を絞り出し、そのまま顔を起こそうとしなかった。舞はゆっくりとベッドに近づき、絹子の膝に薔薇を載せ、その傍らに巾着袋を置いてやった。置くが早いか、絹子はむしゃぶりつくようにそれを摑んだ。行方を案じていたのだろう。

「中身は見ていませんよ。安心なさい」

絹子は巾着袋を胸にかき抱き、さらに深々と、ほとんど突っ伏すように頭を下げた。

「瀬古さんは、無事に堂入りを終えたそうです」

絹子の上体がばね仕掛けのように跳ね起きた。黒々とした双眸が裂けんばかりに見開かれる。その瞳に涙の粒がみるみる膨らみ、こぼれ落ちるかと見えた瞬間、美しい娘は布団を引っかぶって丸まってしまった。押し殺した啼泣のような声が漏れてくる。

糾弾の口調にならないよう注意を払いつつ、舞は静かに言葉を紡いだ。

「あなたがはじめて岩倉修道院を訪れたのは五年前の春でしたね。瀬古さんが千日回峰行に挑み始めたのを知ったあなたは、彼と同じように、自分もまた聖なる結界に身を置き、祈りの生活を送ろうと考えたのではありませんか？　比叡山を間近に望む聖域で、あなたは瀬古さんのために祈り続けていた。この五年間、あなたの魂はずっと、命がけの荒行に挑む瀬古さんに寄り添っていたのですね。瀬古さんが果てしなく比叡を歩く間、あなたはその峰に向けて祈禱し、瀬古さんが修行の最難関である堂入りに挑む際には――」

布団越しに絹子の背中を撫でた。火照りと震えが伝わってくる。

「自分もまた、九日の間、飲食と眠りを断って彼に寄り添おうとした」

撫でるほどに、清らかな生き物はますます小さく固まっていく。

「あの蔵に籠もる直前、あなたは修道院の門をわずかに開けて放置しましたね。自分が敷地の外に出て行ったと見せかけるために。あなたは何よりも、修道院の内部を探されることを恐れていた。でも結局、命がけの献身をわたしの手が遮ってしまいましたね。申し訳ないことをしました。でもね、あなたの信念よりも、あなたの生命の方が、わたしにとってはよほど尊いのです」

　そこまで語ると、舞は絹子を包んでいる布団に接吻し、窓に近づいた。ここから比叡山は望めない。舞が名を知らぬ峰々が遠方で波打ち、濃緑の襞（ひだ）の間には、誰かが慎重に立てた蠟燭（ろうそく）のように、純白の塔がひょろりと佇んでいる。

　長い沈黙の後、絹子はやっと体を起こした。

「……水泳のゴーグルなのです」

　赤面した顔を俯けて、巾着袋をまた胸に押し当てる。

「彼が山に入る時、一番手放し難いものだから、わたしに引き取ってほしいと。——彼には憧れの先輩がいました。その先輩から譲り受けたゴーグルだそうです。大切な試合には、彼はいつもこのゴーグルをつけて挑んでいました。……昨日のことのようです」

　秘密のロザリオの正体がゴーグルであるのは見当がついていたが、それが綾部蓮の形見だとは思いもしなかった。視界の隅で何かが揺れるのを感じ、また窓外に目をやると、純白の塔の先端から、淡墨色の煙がゆらゆらと立ち昇っていた。煙は流し旗のごとく秋風にたなびき、はかなく蒼穹に溶けていく。あれは火葬場だろうか。焼かれているのは、生前、輝くような美貌を誇っていた、王様めいた青年の肉体かもしれない。

「戻ってきてくれますね、シスター森江」

「その資格はありません」

「戻ってくれなければ困ります。礼拝堂の前の夏蜜柑に実が生ったら、わたしが毎年、マーマレードを作ることは知っているでしょう。来年はあなたに手伝ってもらおうと思っているのですよ。ウサギたちも、きっとあなたの帰りを待っています」

ウサギの温かさを掌に思い出したのか、両手を組み合わせて肩をすぼめた絹子を、舞は壊れるほど強く抱きしめたい衝動を堪えて、出来るかぎり柔らかく抱擁した。優しく絹子の背を撫でてやりながら、ひそかに唇を引き結んだ。油断すると、絹子の全身全霊の愛情を否定するような、残酷な一言を口走ってしまいそうだった。命の危険を冒してまで瀬古の苦行に寄り添ったとて、何にもなりはしない。あなたの献身を瀬古は永遠に知りはせず、たとえ知ったとしても、その愛に応えることはないのだ。決して。——そう言ってしまいそうだった。

だが、たとえ真実を突きつけたところで、火焔と化した魂を矯めることなど出来はしないのを、自分は重々分かってもいる。

「——明日も来ます。よくお休みなさい」

南天堂で購入したアンデレ十字架を取り出し、絹子の汗ばんだ手に握らせてやった。何か言おうとする彼女の頰を今一度撫で、潤んだ瞳に見送られて病室を後にした。

建物を出ると、さっきの白い塔は何かに遮られているらしく、どこにも見当たらなかった。晴れ渡った空を仰ぎ、舞は聖書の一節をそっと唇に乗せた。罪とは知りつつ、登場人物の名を書き換え、自分自身に言い聞かせるようにして、呟いた。

「『無くてならぬものは多からず、唯一つのみ、絹子は善きかたを選びたり。此はかれより奪ふべからざるものなり』――」

舞が日々開くのはファーザー・ニコラスの時代の聖書である。美しい文語体の聖書では、女性のことも「かれ」という人称代名詞で表現する。この国の言の葉はかつて、性別で三人称を分断したりはしなかった。

舞の心に住むかれも、だから、女だったかもしれない。

○

絹子の失踪事件から一年半が過ぎた春、舞は後にも先にもただ一度だけ、瀬古の姿を見た。千日回峰行が六年目を迎えると、行者は一日に約六十キロの道のりを歩くようになり、七年目すなわち最終年には、比叡山中と京都市中、合わせて八十四キロにも及ぶ「京都大廻り」が百日課せられる。回峰行の最終段階であるこの行程に入ると、加持を授かろうと望む人々が、行く先々で行者を待つようになる。

京の街の善男善女に混ざって、舞もまた瀬古を待った。桜の花が降りしきる路上に跪き、絹子がその命を賭した徒労を懐かしく思い出しながら、生ける不動明王を待った。

やがて現れた瀬古は、何人もの僧侶を伴っていた。春陽に映える白装束は目に沁みるばかりにまばゆく、清浄を越えて悲痛でさえあった。宝剣を佩き死出紐を肩にかけ、地球一周の距離を歩き通した足には草鞋を履いている。跪いた人々の頭と肩を、瀬古は数珠で丁寧に撫でては加持を施した。その横顔に、細長いひのき笠が薄みどりの影を落としている。あの笠は半開の蓮を象っているのだと何かで読んだ。いまだ開かない蓮の花は、いまだ成道に達しない修行者自身の姿を表しているのだという。千日回峰行は九百七十五日で満行を迎える。あえて二十五日を残すのは、生涯かけて修行せよという意味であるらしい。生きる限り、祈りの道行きは終わらない。そしてそれは、どこまで行っても不退行なのだ。後戻りは許されない。青春時代に何かを置き忘れたとしても、取りに戻ることは許されない。過去の痛恨にとどまることは許されない。前へ。ただ、前へ。

輝く白装束が、やがて舞の正面に立った。異教の人という印象は少しもなかった。だが生き仏とも思えない。純白の裳裾が露に濡れている。舞い散る桜が草鞋に降りかかる。

数珠に優しく頭を撫でられた瞬間、舞は、自分の中の宝石が嬉々として光るのを感じた。

同時に、花の香りを感じた。

完成することのない薔薇の冠の香りを、確かに感じた。

ジブリルの千の夏

朝子はどんな虫も怖くなかった。

これまでの人生で、殺虫剤というものをついぞ必要としたことがない。部屋の中で虫を見かけた時は、そっと捕らえて窓から逃がしてやるし、害虫でなければ放っておいて気にも留めない。

夫の孝之は虫が大の苦手である。生きた蟬やカブトムシを捕獲することはおろか、その死骸に触れることすらできない。生活空間に蠅が一匹入ってきただけで、暴漢の闖入にでも遭ったように仰々しくうろたえる。生理的な恐怖感が如何ともしがたいのは理解できるが、将琉の前であまり大げさに騒がないでほしいと朝子は思う。親が虫を怖がる様子をたびたび目にすると、子供もまた虫嫌いになってしまうと聞いたことがある。

昨日も孝之は、リビングの壁に親指ほどの翡翠色の昆虫が止まっているのを見るなり、虫だ虫だと騒ぎ立て、将琉に遊びの手を止めさせた。

「これは玉虫よ」

金属質の光沢を放つ生き物をつまみ上げ、朝子はそれを将琉のまるい腿に乗せた。

「玉虫厨子って知らない？　奈良の法隆寺にある――」

「いいから追い出してくれよ」

「玉虫は縁起がいいんだけど」

「網戸は開けるなって言ったろ」

「開けてないわよ」

　虹の色を帯びた翅（はね）に興奮したのか、将琉が小さな尻を揺らし始めた。母親にしか判らない言葉で嬉しさを訴えている。孝之はブツブツと文句を言いながら寝室に退散してしまった。

　東京で玉虫など見るのは初めてだ。玉川上水（たまがわじょうすい）の緑道から飛んできたのだろうか。ふと思い立ち、朝子は戸棚から籐細工（とうざいく）の筆立てを取ってきた。中身を取り出して玉虫の上に伏せると、いい具合に即席の虫籠となった。孝之には悪いが、しばらく飼うことにしよう。将琉を昆虫に親しませてやりたい。

　インターネットで玉虫の生態について調べると、成虫は榎（えのき）の葉を食べるとある。明日さっそく上水緑道に榎の木を探しに行こう。初秋の木漏れ日を浴びながら、出来るだけゆっくりとベビーカーを押し、草の中からバッタやテントウムシを探し出して将琉に見せてやろう。榎の葉を手に入れた後は図書館に行き、昆虫が主役の絵本を読み聞かせてやるのだ。ホームセンターのフードコートに寄った後、将琉が午後のぐずりを起こすことなく、ベビーカーの上で首尾よく眠ってくれたら、目を覚ます前に夕飯の下ごしらえを済ませてしまおう。あとは幼児雑誌の付録のＤＶＤを見せておけばよい。

頭の中で計画が整うと、一作業済ませた心地がした。これで明日も無事にやり過ごせるだろう。わが子と二人きりで大半の時間を過ごす毎日は、朝を迎えるたびに何の予定もない長大な一日が目の前に横たわり、時にその量感に目眩がする。目を離してはならない愛しい存在は、愛しいゆえにいっそう疎ましく、遊びの時間はたやすく苦役の時間に変わる。それでも明日はきっと、今日よりは短い一日になってくれる。

　翌朝起きると外は小雨が降っていた。濡れた窓を目にした途端、腹の底から溜め息がこぼれた。なぜか玉虫が死んでいるような気がして、籐細工の虫籠を覗き込んでみたが、美しい生き物は静かに翅を蠢かせていた。

「マジ無理。飼う意味が分からん」

「将琉のためよ」

「そこから絶対に出すなよ。絶対にだぞ」

　情けない声で念を押してから、孝之は不機嫌に出勤していった。

　ベビーカーに雨除けカバーをかぶせてマンションを出る。散歩は諦めて、まっすぐ図書館に向かった。将琉はカバーを流れる雨粒を眺めるのが好きで、水滴の軌跡に指を当てては、しきりに楽しげな声を上げている。だがその声が単語に結ばれる気配はない。先月の乳幼児検診では発話が遅いと指摘されてしまった。夜、帰宅した孝之にそれを伝えると、彼は一瞬眉を顰めたが、

「そんなもんだろ」

考えるのを放棄するように、さっさと浴室に足を向けた。

「まあ、任せるよ」

何をどう任せるというのだろう。朝子は途方に暮れると同時に、わが子への申し訳なさを嚙みしめた。言語脳の発達は周囲がどれだけ話しかけるかで決まるのだと、以前インターネットの記事で読んだ。将琉の言葉の遅さは、一日のほとんどの時間を母親と二人きりで過ごすせいかもしれない。もっと家族以外の人間と接触させ、同年代の子供たちとも交流させるべきなのだろう。しかし近所の公園はいつも閑散として親子連れの姿はなく、支援センターや育児サークルに足を運べば、常連の母親たちがすでにグループを作っており、輪の中に入るきっかけがつかめない。居心地の悪さに辟易して、最近はすっかり足が遠のいてしまった。せめて自分がこの子に言葉を注いでやらねばならない。

雨の日の図書館には湿気と老人の臭いが籠もっていた。キッズスペースで将琉に小声で絵本を読み聞かせていると、音高い舌打ちが聞こえてきた。隣接する雑誌コーナーで、年配の男性がこちらを睨んでいる。どれほど声量に気を使っても耳障りに思う人はいるのだ。逃げ出したい気分になったが、ここを出た所で行くあてもない。なにか意地のようなものも芽生えてきて、朝子は男性に背を向けて絵本を読み続けた。子供向けの昆虫図鑑を開き、精巧なカラーイラストを将琉に示しながら、小さな耳たぶに虫の名を囁いてやる。モンシロチョウ、クワガタ、テントウムシ、カマキリ。図鑑には玉虫のイラストも載っていた。

「この虫さん、おうちにいるね。たまむし。言ってごらん、たまむし」

将琉は口真似をしてくれる様子もなく、きらきら笑って窓の外を指さした。雨が上がっている。厚みを失った雲の天幕が、たっぷりと光を含んで東へ流れていく。

図書館を出て玉川上水をめざした。途切れた雲の間から思いがけず強い陽が射し込み、雨露をまとった緑道の草木をまばゆく輝かせている。将琉はにこにこと機嫌が良く、愛らしいことこの上ない。榎の葉も難なく手に入れることができた。

――そんなもんだろ。

夫の口真似で自分に言い聞かせてみる。そんなもんだろ。子育てのままならなさも、日々の飽き足らなさも、まあ、こんなものだろう。このくらいが平均値だ。

わたしはきっと、幸福なのだろう。幸福とは大方、こんなものだろう。

フードコートに寄ってから買い物を済ませ、マンションに戻る道すがら、将琉はうまい具合に眠りに落ちてくれた。今日は黄昏泣きに悩まされずに済む。玄関に入れたベビーカーで将琉を寝かせたまま、朝子は久々に自分のためにコーヒーを淹れた。

玉虫をテーブルに持ってきた。翡翠色の胴を指先で挟んで裏返してみる。蠕動する六本の脚を観察していると、昔どこかのお寺で眺めた六臂の仏像が思い出された。あれは如意輪観音像だっただろうか。観世音菩薩の変化身といわれる仏様は、蓮の台に片膝を立てて座り、六本ある手の一本を頬に当て、そっと瞼を下ろし、永く清浄な眠りを眠っているようだった。残りの五本の手にはそれぞれ意味ありげな道具を持っていたが、どんな道具だったのかは覚えていない。いつ、どこで出会った仏像だったのかも忘れてしまった。京都で過ごした大学時代であることは間違いないのだが。

視界の隅で留守番電話のランプが点滅している。キッチンに立ったついでに再生ボタンを押した。

「――もしもし」

刹那、ぐらりと視界が揺れ、朝子は壁に手をついた。この声、まさか。まさか彼が。

「マツオアサコさんのお宅でしょうか。ええと、坂口(さかぐち)と申します」

違った。彼ではない。

当たり前だ。綾部蓮が連絡してくるはずがないのだから。

「突然すみません。あのう、マツオアサコさん宛てにお預かりしてるものがあって……ええと、明日またお電話します。それじゃ、失礼しました」

別人だと判っても、鼓動の乱れはしばらく鎮(しず)まらなかった。再び再生ボタンを押し、かつての恋人の声質にひどく似た、低いが通りのよい声に耳を傾ける。

「もしもし。マツオアサコさんのお宅でしょうか。ええと、坂口と申します」

坂口という人物に心当たりはない。何者だろう。どうして自分の旧姓を知っているのか。預かりものがあると言っているが、何のことだろう。

五回ばかり続けざまに録音を聞いてから、消去ボタンを押した。再び玉虫を手に取り、むなしく空(くう)を掻く六本の脚を見つめる。もう二度と訪れることもないであろう、大嫌いな京都の風景が次々と心を通り過ぎると、いつかの如意輪観音像が持っていた道具が、すべて刃物であったような気がしてきた。

○

綾部蓮の顔を、朝子はうまく思い出すことができない。あまりにも欠点のない美相は、かえって記憶からこぼれ落ちやすいものなのだろうか。彼は異常なほど端整な顔立ちをしていた。しかし今となっては、目に浮かぶのはただ金色ににじむ横顔の輪郭ばかりである。

夕陽が差し入るホテルの窓辺で、朧なまなざしで遠い山並みを見つめていた綾部。黄褐色に染めた髪が燦然と燃えていた。水泳で鍛えた体がヘレニズムの神像のようだった。後にも先にも、あれほど魅力的な男を朝子は見たことがない。

綾部とはじめて言葉を交わしたのは、大学のイベントサークルが主催した飲み会の席だった。もっとも、それ以前から彼の存在は知っていた。学生がひしめく昼時の学食でも、賑やかな午後のカフェテリアでも、見上げるような上背と完璧な顔かたちを持つ綾部の姿はいつも際立ち、ほかの学生たちから切り離されて発光しているようだった。言葉も交わさないうちから彼の魅力に呑まれていた女は、自分のほかにも大勢いたはずだ。

飲み会はサークル幹事のご用達だという伏見のビストロで行われた。貸し切りの店内に集った男女は、みな垢抜けた、遊び慣れたタイプの学生ばかりだったが、その中でも綾部の華やかさは群を抜いていた。綾部は決して饒舌ではなかったが、低く艶のある声は不思議とよく通り、彼がひとこと発するたびに、同じテーブルの全員が楽しげに笑いさざめいた。女も男も、みなが綾部に気に入られようとしている。みなが綾部に傅き、綾部の寵を得ようと頑張っている。

ビストロを出た後、一同は二次会の店に向かってぞろぞろと歩き出したが、綾部はふいに風に当たりたいと言い出し、集団から離れて琵琶湖疏水の方へと足を向けた。すかさず十数人が後を追い、朝子もその流れについて行った。ささやかな王国を引きつれて、初夏の満月の下を綾部は逍遥した。

疏水にかかる小さな橋の袂まで来ると、綾部は何を思ったか、口笛を吹きながらひょいと欄干に登り、酒など一滴も入っていないようなしっかりした足取りで、鉄製の手すりの上を一歩、二歩と歩き始めた。

何人かの男子学生が追随しようと欄干に手をかけた、その時、

「綾部さん」

哀訴めいた声がした。一同が振り返ると、水の香りをはらんだ夜気の中、頭を五分刈りにした少年が肩を力ませて立っている。

「昼間、大学のプールの方に行ったんですけど、いなかったから……」

囁きつつ、少年はおずおずと綾部に近づいた。

「また練習サボったんですね。どうして……」

欄干の上に仁王立ちした綾部は、何も言わず、ただ黙然と少年を見下ろしている。その表情に不興を見たのか、男子学生の一人が、「きみ誰よ?」と乾いた笑いを少年にぶつけた。だが

少年は何も聞こえなかったように、両手を拳に結んでさらに欄干に接近する。綾部を見上げる横顔は恍惚として、宗教画の人物を朝子に連想させた。罪人が神の子を仰いでいるようだった。

「綾部さん、クラブに戻ってきてください。せっかく才能があるんですから」

せっかく、と呻くように繰り返し、少年はゆっくりと前傾した。綾部の靴先に接吻しようとしている風にも見えて、朝子は息を呑んだ。

「シンヤ」

綾部の鋭い声に、少年は弾かれたように顔を上げた。

「俺が好きか」

抑揚のない口調で問われて、少年は濃い眉の下の双眸を見開いた。一拍置いてから、顔全体をくしゃっと歪め、好きです、と泣きそうな声で呟いた。

「じゃあ飛び込んでみろ」

綾部が顎で疏水を示す。夜の水面は波打つ鉄だった。月明かりを乗せてぬらぬらと輝き、地殻が動くような重い質感で流れていく。少年は気の毒なほど硬直していた。唇を噛みしめ、喉を引き攣らせ、切り絵のように明晰な満月の下で、許しを乞うごとく憧れの人を仰いでいる。冷然と少年を見下ろす綾部の、どこか仮面のように酷薄な顔。その酷薄さが装われたものなのか、本性によるものなのか朝子には分からない。分からないままに、なぜか性的な興奮を感じるのだった。ほかの皆も同じだったのかもしれない。誰もが息をひそめて二人の成り行きを見守っていた。

突然、綾部が月に向けて哄笑を放った。自分の残酷さも、少年の真摯さも、すべてを冗談に帰結させようとする、容赦なく明るい笑い声であった。綾部の態度に迎合して、路上の男女も一斉に笑いを発し、張り詰めていた空気はたちまち弛緩した。少年だけが、なおも真顔で綾部を見上げている。澄んだ瞳に激情の液が満ちている。

綾部は欄干から路上に飛び降り、たまたま近くに立っていた朝子の肩に、ごく自然に腕を回してきた。朝子の心臓が跳ねた。

「おやすみ、シンヤ」

打って変わった優しい口調で少年に囁きかけ、呆然と立ち尽くす少年をそのままに、朝子の肩を抱いて歩き出す。一同がぞろぞろと後に続いた。ブラウス越しに感じる綾部の掌は、おそろしく大きく、熱かった。自分が甘やかな水の底に落ちるのが朝子には分かった。

「……今の子は？」

「前に通ってた水泳クラブの後輩」

「もし飛び込んだら……どうするつもりだったの」

「俺が助ける」

綾部はあっけらかんと言い放ち、朝子の肩を自分に引き寄せた。女の体の扱いを完璧に心得た力加減。女子学生たちの殺気を背中に感じたが、その感触は一種剣呑な快さを伴った。

二次会の店で、朝子は聞かれるままに綾部に連絡先を教え、次の週末に二人でデートした。その次の週末には綾部の車に乗り、三回目のデートで体を許した。

黄昏のホテルの部屋で、まどろむ綾部の胸板に頰を寄せながら、朝子はふと寂しいことを思った。先夜、欄干から飛び降りた綾部の近くに立っていたのが、もし別の女だったなら……。綾部はきっと当然のようにその女の肩を抱き、今、その女が綾部の肌の香に包まれているのだろう。彼はあの時、少年の純情から逃れるために、もっとも手近にいた女の背後に軽やかに退避したに過ぎない。自分は雨宿りの軒端(のきば)のようなものなのではないか。

「……また夢を見た」

まどろみから覚めた綾部が、けだるく瞼を上げる。

「プールを延々……飽きもせず、行ったり来たり」

あの少年のことを言っているのだろうか。ひとりごちる表情は切なげで、むしろ彼自身が片恋に苦しむ人のようである。泳ぐ少年の残像を拭(ぬぐ)い去ろうとするように、綾部はごしごしと目を擦って大息をついた。朝子は黙って窓の外に視線を向けていた。カーテンの隙間からは遠い山並みが見渡せ、その緑の襞(ひだ)の間に、人差し指ほどの長さの白い塔が、夕焼けを背にして端然と立っているのが見える。逆光の山々はすでに鈍色(にびいろ)に沈んでいるのに、塔の白さだけは背景から浮き上がってあざやかに映え、なにかこの世の建造物ではないように感じられた。

あの景色を、朝子は今でもはっきりと思い浮かべることができる。綾部の顔はもう思い出せないのに、あの日いつまでも眺めていた光景と、愛する男の傍(かたわ)らで噛みしめた寂寥(せきりょう)は、心の深層に染めつけられて、おそらく一生、消し去り得ないのである。

◯

綾部と似た声の若者から、翌日再び電話があった。

「坂口と申します。あの、マツオアサコさんはいらっしゃいますか」

別人だと分かっているのに、いまいましいほど鼓動が乱れる。

「私です。松尾は旧姓ですが」

「ああ、よかった！　探しました。ええと、探すって約束したんです。ライラ先生と――」

ライラ？

思いがけない名前を突き付けられ、一瞬、思考が停止した。

「ライラ・ミシャール。あの、覚えていらっしゃいますか」

「……ええ」

低く答えたものの、それ以上の言葉が続かない。

「僕、ライラ先生にはすごくお世話になって――あ、先月まで海外を旅してたんです。それで、ライラ先生から松尾さんのことを伺って――」

青年の一語一語は魔法の鐘となって朝子の全身にこだまする。祇園祭の山鉾(やまぼこ)が瞼を横切る。

「先生から預かってるものがあるんです。どこかでお会いできませんか？」

現実感のないままに、朝子は最寄りの駅名を告げていた。青年は大阪に住んでいるらしく、わざわざ新幹線で東京まで来てくれるという。明日、近所の喫茶店で落ち合うことになった。

「連絡がついて本当に嬉しいです！　ライラ先生が言ってました。アサコに会えるかどうかは、神様がお決めになるでしょうって。神様のゴーサインが出たんですね」

　受話器を置いた朝子の背後で、将琉がなにかを訴え始めた。テーブルの縁をつかんで立ち、鳥の仔のように顎を上げて小さな体をよじり、彼だけの言語でけたたましく発話している。玉虫を筆立てから出して見せてやると、大きな黒目に翅の翡翠色が映り込んで揺れた。ライラの瞳にも時折、こんなふうに日頃とは違う色が揺れることがあったのを思い出す。それは内側から照射される色であった。舞踏のような動作を伴った、あの貴い祈りの時間の後、魂の昂揚の名残なのか、漆黒の瞳の奥には極光のごとき彩りがたゆたっていた。

　玉虫は昨日より動きに覇気がなく、せっかく取ってきた榎の葉も一向に食べようとしない。成虫の寿命は夏の間の約二ヶ月だというから、そろそろ死期が迫っているのかもしれない。

　昨日、玉虫の生態についてインターネットで調べた際、意外な事実を知った。この美しい虫は、前半生では害虫であるらしい。幼虫は弱った老木を内側から食害するのだ。

　姿かたちが美しく、輝きを帯び、しかし害をもたらす存在。なぜか綾部を連想してしまう。

　さっき青年が発した神様という一語が、いつまでも内耳で揺れ続けている。神様に一方的に愛され、何かにつけて依怙贔屓されていた綾部と、一途に神を求め、神の前で常に真摯に頭を垂れていたライラ。対照的な存在だった二人の、そのどちらにとっても、自分は結局、欠くべからざる人間にはなれなかった。

わたしは明日、ライラの使者から何を手渡されるのだろう。——郷愁で胸がひりつく。朝子はせわしなくわが子の頭を撫(な)でた。

○

綾部蓮との交際期間は半年に満たなかった。その短い日々が、自分の青春でもっとも華やいでいた時間だったと今にして朝子は思う。綾部と腕を絡(から)め合ってキャンパスを歩いていると、女子学生たちの羨望の視線が痛いほど全身に刺さり、強烈な優越感で目が眩(くら)むようだった。プールの香りがする肌に頬を寄せてまどろむ時、いつも王様の寵姫(ちょうき)になった心地がした。出来過ぎた夢のように毎日は過ぎていった。

別れの予兆が訪れたのは突然だった。今でもよく覚えている。

あれは学園祭の二日目のことである。賑わうキャンパスの人波のただ中で、綾部はふいに立ち止まり、暑苦しい上着を脱ぐような冷徹な動作で朝子の腕を解(ほど)いた。

「……行かないと」

「え?」

「人を待たせてる」

言いながらきびすを返す恋人を、朝子は慌(あわ)てて呼び止めたが、綾部は振り返ることなく、焦燥さえ感じさせる足取りで群衆の中に分け入ってしまった。広々と逞(たくま)しい背中が、なぜか一瞬、はぐれた親を探す子供の背のように見えた。

夜、電話して昼間の行動を咎めてやった。誰を待たせていたのかと問いただしても、しかし綾部は面倒臭そうに言葉を濁すばかりで、要領を得た答えは一向に返ってこない。朝子は電話口で懸命に傷心をアピールしたが、感情的なふるまいはかえって彼を冷めさせたらしく、その頃を境に、綾部からはぱったり連絡が来なくなった。朝子が送るメールにも二回に一回の割合でしか返信が届かない。不安は募ったが、どうしていいか分からなかった。

ある日、ゼミの友人から、綾部が河原町でほかの女の子と歩いているのを見たと聞かされた。慌てて本人を問い詰めると、綾部はあっさりと事実を認めた。同じ学部の後輩に涙ながらに告白され、可哀想に思ってデートを重ねたあげく、流れに任せて肉体関係まで持ったという。

「生まれつきだからな」

恵まれすぎた若者は、悪びれる様子もなく妙なことを言った。

「俺をこんな風に作ったやつが悪い」

分厚い胸板を、朝子は衝動的に、力任せに突き飛ばした。大木の幹を叩いた感触である。綾部はよろめきもせず、眉を上げておどけた表情を作り、平然と手を伸ばして朝子の前髪を弄ぼうとした。そんな悪漢気取りの態度さえ震えるほど魅力的で、朝子はますます虜になりそうな自分に嫌気が差した。

「もう別れたい」

言い放って綾部の目を見ると、そこには感情の波風が起きた気配は微塵もなかった。倫理の観念が凡人とは違っているのだろうか。憎む糸口すらつかめない。朝子がもう一度、「別れたい」と今度は低く呟くと、綾部は不思議そうに首を傾げた。真意とは逆の言葉だと察してくれる様子もなく、了解、というように小さく頷く。言い訳も謝罪もないままに、朝子の傍らをさっさと通り過ぎていった。

勝ち目のない賭けに出てしまったことを朝子は激しく悔やんだが、もう遅かった。

翌週、秋晴れのキャンパスで、新しい恋人と腕を組んで歩く綾部の姿を偶然目にしてしまった。朝子から愛する男を奪い取ったのは、小作りな顔立ちと細い手足を持つ、洋服の趣味が洗練された女の子であった。柔らかくカールされた髪も、素顔風の化粧も、それがごく自然に見える分、かえって手間と時間をかけて作り込んだことが窺い知れて哀れだった。先日までの自分とまるで同じだ。自分も毎朝、鏡の前に何時間も座り込んでは、生来の美女に見えるように丹念に顔を拵えたものだ。綾部につり合う女性になろうと必死だった。

逃げるようにきびすを返し、朝子はキャンパスの中を遮二無二歩きまわった。無意識に人気のない方へ足が向いたのか、我に返って顔を上げると、普段は訪れることのない敷地の奥まで来ていた。目の前には医学部一号館と冠された建物、足元には小さな池がある。池の中では数匹の鯉がおっとりとたゆたい、水面に映る秋空をしずかに揺らしている。朝子は池の前のベンチに腰を下ろした。思うさま泣いて心を解したいのだが、白けた気分がまさって涙が出てくれない。何をするでもなく水を眺めた。

どのくらい時間が経ったのか、ふいに英語の会話が耳に届いた。芝生の間を縫う小径を、二つの人影がこちらに向かって歩いてくる。

一瞥した瞬間、目が離せなくなった。それは純白と漆黒の不思議な二人連れであった。

一人は長身の青年で、医学部の学生のようだ。細い体にまとった白衣が目を射るように眩しい。もう一人は中肉中背の、どうやら女性であるらしかった。頭から足先までを黒い布ですっぽりと覆い尽くし、布の間から目だけを覗かせた異様な風体をしている。人形浄瑠璃の黒衣のようだ。

二人が近づいて来るにつれ、会話の輪郭まではっきり耳に入ってきたが、その内容は半分ほどしか理解できなかった。朝子は英語が不得意ではないが、二人の会話は学術用語らしき語彙がひんぱんに飛び交っているようだ。臓器の形成がどうの、初期細胞がどうのという話をしているのがかろうじて判るものの、日本語で聞いても完全に理解するのは無理だと思われた。白衣の青年が話す英語は凄まじく流暢で、ほとんど母国語を操るようだったが、完璧な巻き舌や時おり欧米人のように肩をすくめる仕草が、どこか嫌味で鼻につく。一方、黒装束の女性が話す英語は、教材の音声のように明瞭で丁寧であった。理知と柔らかさの共存する、いつまでも聞いていたくなる心地良い声だ。

彼らが目の前を通り過ぎる時、女性の黒衣からか、あるいは黒衣に隠された肌からか、独特の香りが漂ってきた。みずみずしい薔薇の匂いと、太陽に灼かれた砂の匂いが混ざり合ったような、清潔でいて官能を刺激する芳香である。思わず朝子は女性を振り仰いだ。隠された貌はなぜ美しく感じられるのだろう。

二人が医学部校舎に入っていった後も、朝子は芳香の残渣を追うように、しばらく建物の入口に視線を留めていた。やがて何となく見上げた秋空に、滲んでぼやけた飛行機雲があった。寝覚めのすがすがしさに似た何かが、胸底を流れてゆくのが分かった。

この半年の間、自分にとっては綾部蓮が世界のすべてだった。綾部以外の人間に興味など持てなかったし、綾部が所有する小さな王国の外は、どんな場所も、どんな事象も、自分にとっては存在しないに等しかった。綾部とホテルの部屋で睦み合っている間、その部屋だけが地上の全域だった。壁の向こうに生息するはずの人々のことなど、意識の片隅にも浮かばなかったし、どうでもよかった。

綾部から離れて、やっと、王国の域外が戻ってきた——

異国の香りが、そんな思いを一瞬、朝子に与えてくれた。

だがそれは本当に一瞬のことだった。ベンチから立ち上がって池の前を離れた途端、また失恋の疼痛が心身を責め立ててくる。

その夜も朝子は、ここの所ずっとそうであるように、綾部の肌の感触ばかり思い出して眠れなかった。無性に月明かりを浴びたくなり、ベッドを這い出して玄関を出る。アパートの外廊下を蠢くものがいた。多くの節と多くの脚を持つ、中指ほどの長さの醜怪な生物であった。毒虫かもしれなかったが、慰め欲しさのあまり、手に取って長いこと弄んだ。持ち帰って部屋の植木鉢に放してやると、独りぼっちの寂しさが和らぎ、やっと少しだけ眠ることができた。

翌日、重い体を引きずって大学に向かったが、講義はさっぱり頭に入ってこない。友人と会話する気力も湧かず、昼休み、朝子は学食の前を素通りしてキャンパスの奥へ向かった。昨日と同じベンチに腰を下ろし、昨日と同じように池の鯉たちを眺める。狭小な池で楽しげに泳いでいる鯉たちは、綾部が世界のすべてだった頃の自分そのものだ。あの小さな王国で、いつまでも愉しみ、まどろんでいたかった。

「大丈夫ですか？(Are you all right)」

背後からやさしく声をかけられ、朝子は驚いて振り返った。珊瑚(さんご)色のショールを御高祖(おこそ)頭巾のように頭に巻いた、異国の女性がすらりと立っている。精悍(せいかん)な瞳と、艶のある褐色の肌。昨日の黒衣のひとに違いなかった。

「あなたは具合が悪そうです(You don't look well)」

「だ、大丈夫よ(I, I am okay)」

とっさに答えたが、女性は診察者の目になって朝子の表情を窺い、「失礼(Excuse me)」と言いながら手を伸ばしてきた。温かい掌が首筋の動脈を柔らかく覆う。予期しない所作に朝子はうろたえたが、母親に触れられたような安堵を感じもした。

「熱はありません。脈も正常です。目が充血していますね」

「……寝不足なの」

おずおずと釈明すると、異国の女性は、「Oh, dear」と品のよい感嘆詞を口にした。

「いけません。眠りは大切で不可欠なものです。祈りほど不可欠でないにしても、それでも……」

夜の闇を煮詰めたような黒い瞳が、しかし不思議な明るさを感じさせるのは、顔を縁取っている鮮麗な珊瑚色の効果だろうか。ショールに隠された毛髪の豊かさを暗示する、太い一文字の眉。きりりとした意志的な顔立ち。足首まである枯色のワンピースに、同じ色の上衣をゆったりと羽織った装いは、昨日の風貌とは段違いに親しみやすい。

「心配してくれてありがとう」

作り笑いを浮かべると、異国の女性は調子を合わせて相好を崩してくれた。

「どういたしまして。わたしは留学生のライラ・ミシャール。医学を勉強しています」

「わたしは、アサコ……マツオ・アサコよ」

「専攻は何ですか?」

「古典文学」

「源氏物語は読みますか」

臙脂(えんじ)色の唇が、「*The Tale of Genji*」と発した時、それは遠い国の冒険譚のように聞こえた。

「読むわ。もちろん」

「わたしも今、読んでいるところです」

池の水面をちぎれ雲が駆けていく。上空はよほど風が強いらしい。

「ライラ、ご出身は?」

そう尋ねた自分に小さな驚きをおぼえた。綾部以外の人間にわずかにでも興味を持ったのは、一体いつ以来だろう。ライラが嬉しそうに母国の名を口にする。その国について、朝子はなにも知らなかった。アジアとヨーロッパのあわいに位置する、広大な砂漠を擁した国であるということ以外、本当に何も分からなかった。無知を吐露するのが恥ずかしくて言葉が継げずにいると、ライラが腕時計に目をやった。

「お大事に、アサコ。今夜はよく眠れますように」

ふいに何かに追い立てられるようにして、足早に医学部校舎へ駆け込んでいく。朝子は唖然と見送りながら、物足りないような、もっと彼女と話していたいような心情になっていることに驚いた。ついさっきまで、誰とも口をききたくない気分だったのに。

今しがたのライラの仕草を真似て、自分の首筋にそっと手を当ててみる。確かな体温と、乱れのない脈拍が掌に触れる。萎れ切っていた心がわずかに息を吹き返しているのが分かり、朝子は綾部蓮に失恋して以来、はじめて少しだけ泣くことができた。

○

出がけに将琉がひどいぐずりを起こし、待ち合わせの時刻に十五分も遅刻してしまった。喫茶店の扉をおずおずと開けると、窓際の席にいた短髪の青年が弾かれるように立ち上がった。

「はじめまして、坂口清人です」

歯切れよく自己紹介をして、躾の行き届いた運動部員のように頭を下げる。坂口清人は堂々たる体格の若者であった。世間擦れをまったく感じさせない笑顔が気持ちよい。

「すみません、わざわざ来ていただいて」

「こちらこそ、遠い所をわざわざ……遅れてごめんなさいね」

「遅れたうちに入りませんよ。僕、あっちの感覚に慣れちゃってるんで」

「え?」

「ライラ先生の国では、みんな時間に大らかでしたから」

ああ、と朝子は思わず声を漏らした。いつかライラが同じことを言っていた。彼女の母国では、人々は待ち合わせの時刻に遅れそうになっても急がないのだ。時間に間に合わない事情が発生するのは、神の意志がそこに働いたためであり、人間はそれに抗(あらが)うべきではないとの考えであるらしい。そもそも、時刻を決めて待ち合わせるという行為自体が、ある意味傲慢な行いなのである。人間には確約できることなどありはしない。明日何が起きるかを定めるのは神であり、神のほかに、未来を決定できる者など存在しない。

「可愛いですね」

将琉に優しい微笑(ほほえ)みを向ける坂口清人は、なかなか整った目鼻立ちをしていた。しかし笑顔の人懐っこさが先に立ち、それほど美男子という印象は受けない。朝雲のように澄んだ白眼には幼さが残っているが、まなざしは強い。

店員が注文を取りにきた。朝子は自分のためにコーヒーを、将琉には氷を抜いたオレンジジュースを頼んだ。清人は一瞬迷ってから、「フルーツポンチください」と照れ臭そうに言った。

「それで、ライラから預かってるものって?」

清人の大きな手が、傍らのスポーツバッグから薄茶色の紙包みを取り出す。

「どうぞ受け取ってください。ライラ先生の伝言(メッセージ)です」

丁寧な仕草で差し出してくる。肌理(きめ)の粗(あら)い紙からは、乾いた砂と薔薇の香りがした。ライラの香りだ。朝子が震えそうな指で紙包みを開けると、現れたのは美しい時計であった。掌ほどの大きさの白磁の皿に、薬師寺の本尊の台座に見るような、ペルシャ風の蓮華(れんげ)模様が爽やかな青色で描かれている。先端がスペードの形になった銀の針は、七時を少し過ぎた時刻を示して止まっている。

「これが、伝言(メッセージ)?」

「先生はそう言ってました。『アサコにはきっと判る』って」

どこかに文字でも記されていないかと、朝子は白磁の皿を裏返したりさまざまな角度から眺めたりしてみたが、それらしきものは何もなかった。包み紙を手に取って調べてみても、走り書きなどは見当たらない。しつこく矯(た)めつ眇(すが)めつしている所へ注文の品が運ばれてきた。将琉がフルーツポンチに目を輝かせ、清人に何か訴え始める。

「そうか、そうか」

清人は将琉の言葉が判るのか、にこにこと頷いてスプーンを手に取る。

「果物がほしいみたいだ。あげてもいいですか」

「そんな、気にしないで。相手にすることないから」

「でもまあ、ちょっとだけ」

スプーンに載せた一口大のパイナップルを将琉に与え、

「果樹園で働いていたんです」

懐かしげに、ぽつりと呟いた。

「おかげで、ライラ先生と知り合えました」

そう切り出すと、生真面目な口ぶりで、ライラと出会った経緯(いきさつ)について語り始めた。

去年の秋、両親との関係や自分の将来について若者らしく思い悩んだ坂口清人は、これまた若者らしい無鉄砲さで、日本を離れて世界を旅してみようと唐突に思い立ったという。大学に休学届を出して上海(シャンハイ)行きの船に飛び乗った彼は、バスと列車を乗り継いで中国を横断し、半月かけてインドを巡り、気の赴(おもむ)くままヨーロッパに飛んだ。それから中東を歩き回った。砂漠の風景は悩める若者の心に安らぎを与えてくれたが、同時に、旅への倦(う)みを芽生えさせもした。国土の七割を砂の大地が占める国の僻村(へきそん)で、清人は寺院から聞こえてくる礼拝告知に耳を傾けながら、突然、もう動きたくないと思ったのだという。

「寺院を出てきた人たちをつかまえて、家に置いてほしいって頼みまくったんです。頼んでみるもんですね。資産家の男性が自宅に招いてくれました」

かの国の人々はきわめて信心深く、信仰心ゆえに旅人に対して非常に親切であった。男性には三人の妻と七人の子供がいたが、全員が快く清人を迎え入れてくれた。

「すばらしい家族でした。みんな仲が良くて、優しくて、幸せで。僕、その家に十日くらい置いてもらってました。居候も心苦しいんで、家族が経営する果樹園を手伝ってたんですけど、ある日、作業中に気分が悪くなって倒れちゃったんです。熱中症でした。畑にひっくり返ってうんうん唸ってたら、家の人たちが僕を医者に担ぎ込んでくれて……それが、ライラ先生との出会いでした」

村の唯一の医師であるライラの治療を受け、ほどなく青年は人心地を取り戻した。自分がキヨトという名の日本人であることを告げると、ライラは漆黒の目を潤ませて、昔、同じ名前の街で暮らしていたと語った。日本のキヨトで医学を勉強していたと。

外国人には京都をキヨトと発音する者が多くいる。熾火を思わせる臙脂色のライラの唇が、柔らかく蠢いてキヨトと発する時、それはどこか遠くの、まだ見ぬ幻想郷を指しているように聞こえたものだ。

——京都は恩寵に満たされていますね、アサコ。

「ライラ先生は村のみんなから頼りにされてました。あの国では、女性医師はありがたい存在なんです。医者が男だと、女の人はなかなか気軽に診てもらえませんからね」

知っている。ライラの国の女たちにとって、夫以外の男性に肌を晒すことは大きな禁忌なのだ。重い病に冒された女性が、男の医師による診察を受けるのを家族に禁じられたために命を落とす場合さえあるのだと、昔ライラが語っていたのを覚えている。語るライラの口調はごく静かで、ともすれば無感情に思えるほどだったけれど、あの時彼女は、一体どれほどの悲憤と痛切を抑え込んでいたのだろう。

「ライラは……結婚してるのよね？」

「僕が会った時は、お一人でした」

清人はざく切りのスイカを将琉の口に運ぶ。

「フルーツポンチって懐かしいなあ。子供の頃、お稲荷(いなり)さんの祭りで食べたなあ」

のどかに独りごちながら、グラスの中の果物を次々と将琉に譲(ゆず)っている。すっかり上機嫌になった将琉は、果肉を口に入れてもらっては嬉しげに手足をばたつかせて囀(さえず)るが、発する声は一向に言葉の形を成さず、無意味な音律のまま空中に散っていく。

ライラは今、どのように暮らしているのか。子供はいるのか。幸せなのか。知りたい事柄は次々と頭に浮かぶが、湧き上がる問いをすべて飲み下し、朝子はまた皿時計を見つめた。清人も朝子の手元に目をやる。

「判りましたか？　ライラ先生の伝言(メッセージ)」

「さっぱり。しばらく考えてみるわ」

「……僕が旅に出た理由は、これだったのかもしれないなあ」

「え？」

「ライラ先生に出会って、謎を預かるために……そのために、僕は呼ばれたのかもしれません。シルクロードの向こうまで」

一神教の国から帰ってきた青年は、無邪気にそう言って、また将琉に果肉を与えた。

朝子は皿時計のふちを撫でながら、もし自分に神のような能力(ちから)があり、時間が自在に巻き戻せるとしたら、一体どこまで巻き戻すだろうかと考えた。

ライラと出会う前か。綾部と出会う前か。

○

綾部蓮に失恋して以来、伏し目がちにキャンパスを歩くのが癖（くせ）になってしまった。彼と恋人の姿が偶然視界に入るのだけは避けたかった。

うつろな視線を地面に落として歩いていると、秋蝶の死骸を何度か見かけた。蛇目蝶（じゃのめ）の翅に黒々と刻印された、何も映すことのない擬態の瞳は、しかし確かな視力を持つもののように、青天に向けて見開かれていた。朝子が立ち止まって拾い上げようとすると、翅は綿雪のような脆（もろ）さでほろほろと崩れ落ちた。

何げなく手に取った大学の広報誌に綾部の写真があった。東京で行われた水泳大会のレースで五位に入ったらしい。五位。綾部はきっと、その順位をさしたる悔しさもなく受け止めたことだろう。自分と付き合っている間、彼は水泳部の練習にはそれほど熱心でなかった。生来の素質がよほど優れているのか、地区大会ではたびたび優勝を飾っていたが、全国の精鋭が集結する舞台となると、やはり栄冠には手が届かない。とはいえ本人はいたって恬然（てんぜん）としたもので、適当な所で練習を切り上げては友人たちと酒を飲み、朝子とかろやかに情交を重ねるのが常だった。

――せっかく才能があるんですから。
綾部の巧みな愛撫を受けながら、朝子は時折、あのシンヤという少年の言葉を思い出した。王様の享楽(きょうらく)主義を懸命に戒(いまし)めようとした、清らかで純真な少年。その少年を、お気に入りの奴隷でも弄ぶようにからかい、切実な諫言(かんげん)を笑いで屠(ほふ)った残酷な綾部。だが後日、彼はうかつにも朝子にだけ吐露したのだ。プールを延々往復し、練習に励(はげ)む少年の姿を夢に見るのだと。綾部の心は、じつはどんな時も、あの少年ただ一人に捕らわれていたのではないだろうか。少年の一途さから逃れるために、彼は今もなお、女の体から体へとむなしく逃避を続けているのではないか。

新しい恋人を作ろう。朝子は思い立ち、半年ぶりにイベントサークル主催のコンパに参加した。話術に長けた男女が集まったその席を、しかし少しも楽しむことはできなかった。楽しんでいるふりを装うため、飲みたくもない甘い酒を流し込んでいると、ものの輪郭が崩れて視界が波打ち始めたが、なぜか頭の芯までは酒精が届かない。冷ややかに周囲を観察してみる。空虚な笑い声を大げさに放つ男女の、それぞれの思惑を秘めた狡猾な顔。送ってあげると申し出てきた男子学生の、劣情で濁ったまなざし。また綾部のことを考えてしまう。奔放な下心を胸に秘めている時でさえ、綾部はいつも優雅で、どこか高貴でさえあった。どうして彼だけがあれほど美しかったのだろう。

何もかもが煩(わずら)わしくなり、逃げるように帰宅してベッドに倒れ込んだ。けだるい眠りに落ちる間際、朝子は無意識に首筋に手を当て、「大丈夫ですか？(Are you all right)」と自分に問いかけていた。もう一度、ライラに会いたいと思った。温かい掌を持つあの女性に、もう一度、会ってみたい。

週末はインターネットばかりして時間を潰した。画像検索で拾ったライラの母国の風景は、どれも不思議と心に沁み入った。隣国との国境に跨る砂漠と、芥子色の石で作られた積木細工のような家々。国民の九十七パーセントが信仰する一神教の、高い塔をそなえた寺院は、壁も天井も美麗な模様で華々しく装飾されていた。植物の蔓を思わせる曲線が一定のリズムで絡み合ったその模様は、遠い異国の意匠とは思えないほど慕わしく、懐かしく感じられた。

月曜日、朝子は講義が終わるなり医学部校舎へ急いだ。池の前のベンチに座ってしばらく待ってみたが、待ち人がそう都合よく現れてくれるはずもない。

逡巡した後、建物に入った。研究室の扉が整然と連なった長い廊下は、蛍光灯の無機質な光に照らされて皓々と明るい。まばらに行き交う医学生たちが不審の目で自分を見ている気がし、朝子は逃げるように階段を上った。二階に人影はなく、静止した空気にはごく淡く、なにかの薬品の香気が含まれている。綾部の肌がまとっていたプールの匂いに似ている——そう感じて動揺したが、次の瞬間には香気は流れ去るように消えてしまった。

ライラがどこにいるか見当もつかない。あてもなく廊下を歩き続けていると、朝子は見知らぬ袋小路に迷い込んだ心細さに捕らわれた。もう戻ろうかと思い始めた時、妙なものに出くわした。

狐の面であった。

ユーモラスで少し怖いその面は、風変わりな表札のように、研究室の扉のひとつにぶら下がっていた。足を止めて白い貌に見入ると、ある種の色気を湛えた金色の双眼が、自分の肩越しに、廊下の対面のドアを見つめているような気がしてきた。尋ね人の居場所を教えてくれているらしい。妙な発想だとは思ったが、不思議な確信に駆られて朝子は向かいのドアに近づいた。ノックをするという考えはなぜか起きなかった。ドアノブに手をかけ、そっと回してみる。施錠はされていない。少しだけドアを開け、隙間から室内を覗き見た。

部屋の中央に、藍色のワンピースの後ろ姿がこちらに背を向けて佇んでいる。同じ色のショールで頭髪を覆った装いは、ライラのほかにあり得ない。ライラ、と呼びかけようとして、朝子は声を飲み込んだ。ライラは猩々緋の小さな敷物の上に形のよい素足を並べ、凛然と背筋を伸ばして立っており、その一点の崩れもない直立の姿には、声をかけるのを憚らせる何かがあった。ドアが開いた音に気づいていないのか、彼女は心持ち顔を俯けてじっと静止し、ある対象に向けて一心に精神を収斂させている様子である。両手を胸の前で重ねているのが後ろ姿からも見て取れる。すでに夕陽の質感を持つ午後の日差しが、猩々緋の敷物をさらに燃え立たせ、炎の色を踏んで立つライラは、業火に降り立った菩薩像のように見えた。

祈っているのだ。朝子がそう察した時、ライラの体が動いた。上体がゆっくりと前方に傾き、しなやかな両手が膝に触れる。葉擦れに似た音がかすかに耳に届く。祈禱の文句を呟いているのだろうか。ライラは流れるような仕草で敷物の上に跪くと、額をうやうやしく床に接した。いつだったか、仏教のお坊さんが同じような頂礼をしているのをテレビで見たことがある。五体投地。朝子は息を呑んだ。

これは窃視しても構わないものだろうか。自分は禁忌を犯しているのではないだろうか。呼吸が浅くなるのが分かったが、どうしても目を離すことができなかった。ライラが上体を起こして正座の形になり、立ち上がってまた両手を胸の前で組む。一連の動作は悠然としているが決して緩慢ではなく、どこか舞踏めいてはいるが、そこに享楽の気配は一切ない。

　再び敷物の上に跪いたライラを見守りながら、朝子は自分の深い部分がさざめき立っているのを感じた。たおやかに床に額ずくライラの姿は、人生を愛し、生きることを喜ぶあまり、ありったけの慈しみを込めて世界そのものに接吻しているかのようだ。

　十分ほどで祈禱は終わった。朝子の気配に気付いたのか、ライラが俊敏な動作で振り返る。汗ばんだ顔が屈託なくほころんだ。

「狐塚教授かと思いました」

　頬を昂揚で艶めかせながら、朝子の知らない名を口にする。

「ごめんね。覗くつもりはなかったんだけど」

「いいのです。――この部屋は狐塚教授が与えてくれました」

　嬉しそうに室内を見回す。本来は資料室か何かであるらしい小部屋は、専門書の詰まった書棚が壁のほとんどを埋め尽くしている。

「心静かに祈れるようにと……。教授は慈悲深い兄のようです」

「毎日、ああやってお祈りするの？」

「はい。一日に五回祈ります」

明け方、昼過ぎ、午後、夕刻、夜と、祈禱はその時刻まで細かく定められているという。

「大変ね」

「善い人間になるためです」

「今でも充分、善い人間じゃないの」

本心から指摘すると、ライラは驚いたように濃い眉を上げた。

「わたしを診てくれたじゃない」

朝子は自分の首筋に手を当て、先日のライラの仕草を再現した。自らの善性に無自覚なライラは、かえって恥じ入るように黙ってしまった。赤面しているのかもしれなかったが、褐色の皮膚は顔色の変化が読み取りづらく、読み取ろうと目を凝らすと、闇の奥を覗き込むようなときめきをおぼえる。

「ね、何か奢らせてよ」

駆り立てられるように朝子は申し出た。

「診察のお礼に。大学のカフェテリアのケーキ、おいしいのよ」

異国の女性は朝子を見つめたまま、心底申し訳なさそうに眉尻を下げた。

「いろいろと制約があるのです」

朝子ははっと口をつぐんだ。ライラの母国で信仰される一神教が、食物に関してきわめて厳格な規律を持つことは知っていたはずなのに、すっかり頭から抜け落ちていた。

祈禱に用いた敷物を手なれた動作でくるくると丸め、ライラはそれを書棚の下段に収めると、窓に近づいて西風に吹かれた。

「源氏物語を読み終えたのです」

巻き雲を浮かべた宇治の空を見上げる。

「物語はこの地で幕を閉じました。ここはかつて貴族の別荘地だったのですね」

「宇治十帖まで読んだの？　長かったでしょう」

「はい。ですが、アルフ・ライラ・ワ・ライラほどではありません」

神秘的な語感を持つその単語は、恋歌の一節のように朝子の耳に響いた。

「アルフ——何？」

「アルフ・ライラ・ワ・ライラ。英語で千夜一夜（アラビアン・ナイト）物語と呼ばれる説話集です」

「それなら知ってる。……あなたの名前が二つも入ってるのね」

「ライラは夜という意味なのです」

え、と朝子は声を裏返した。

「わたしの名前は、朝という意味よ」

ライラが素朴な喜びで目を見開く。感情の微細な動きまで活き活きと表現するその瞳は、墨の塊のように壮烈に黒い。あまりに黒すぎて、かえって力強い光彩を発している。

「朝と夜——」

ライラが楽しそうに言い、朝子も、「夜と朝」と笑顔で返した。

二人で宇治川のほとりを逍遙した。夕陽を照り返す川面をまぶしそうに見下ろしながら、ライラは自分が国費留学生として日本に来ていることや、大学の女子寮で暮らしていること、日日の食材を専門店のインターネット通販で買うことなどをはきはきと語った。朝子に問われるまま、母国の家族についてもあれこれ教えてくれたが、腹違いも含めて兄弟姉妹が十二人もいるのだと語る時、その喜ばしい事実にもかかわらず、ライラの声はなぜか少しだけ小さくなった。

「父には妻が四人いて、わたしの母は四番目の妻です。父は母よりも三十歳年上です」

何と答えたものか朝子が迷っていると、ライラ、と明るく呼ぶ声が降ってきた。川沿いの定食屋の二階で、陽に灼けた女子学生がにこにこと手を振っている。ライラも笑って手を振り返した。

「同じ寮に住んでいる学生です。とても立派な人です。わたしが明け方の祈りを終える頃、彼女は水泳部の練習のために寮を出発します」

水泳部という単語に胸の痛みがぶり返す。

「わたしには分かります。彼女は自分にジハードを課しているのだと」

「ジハードって……」

「どういう意味か知っていますか、アサコ」

「聖戦……のことじゃないの？　異教徒に対する戦い……」

ライラは静かに首を振った。

「ジハードは本来、最大の努力という意味です。他者と戦うことではなく、自分自身と戦うこと。自分を正しく作り上げる行為こそが、真のジハードなのです」

強い瞳に見つめられて、朝子はこの時、自分の中に小さな願いが出現するのを感じた。

わたしにも何かないだろうか。

さっき垣間見たライラの祈禱のごとく、日々無心に、懸命に打ち込める習慣が、自分にも何かないものだろうか。信仰でなくてもいいのだ。崇高な行為でなくてもいい。ただ、どれほど内面が荒廃している時も、どれほど自分が無価値に思える時も、精神の状態とは一切関係なしに、ひたすら重ね続けていける強靱な日課。そういうものが何か欲しい。朝に夕にひたすら反復することで、魂を整え、わたしを少しだけましなものに変えていく、ささやかな修練(トレーニング)。わたしだけのジハード。

○

砂漠の国から届いた時計は七時三分を指して止まっている。この時刻が伝言(メッセージ)のヒントなのだろうか。ライラが日々繰り返していた祈りと何か関係があるのではと朝子はふと思ったが、祈禱の時刻は日の出と日没のタイミングに合わせて常に変動し、一定ではなかったはずだ。では七時三分を七月三日という日付に置き換えてみてはどうだろう。――いや違う。ライラにとって運命の日付は、七月三日ではなく、十七日だった。七月十七日。恨み深き祇園祭。

洗い物の手を止めて考え込み、祇園囃子(ばやし)の幽玄な音色を頭に響かせていると、ホワイトソーてしまった。我に返って鍋の中をかき混ぜたが、すでに底が焦げ付いてしまっている。ああもうっ、と吐き捨てて朝子はヘラを放り出した。先週、餃子を派手に焦げ付かせて孝之に呆れられたばかりだ。もともと料理は得意ではないが、最近ますます駄目になっている。キッチンに立つのが苦痛でならない。

――とても美味しいです、アサコ。

ライラの笑顔を思い出す。料理が楽しかった頃もあったのだ。

女子寮の小さな六畳間で、朝子が持参したちらし寿司をライラと二人で食べたのは、窓の外を小雪がちらつく早春の日曜日だった。彼女の信仰の教義に則って、酢もみりんも使わずに作ったちらし寿司は、もはや寿司とも呼べない珍妙な代物だったけれど、ライラは美味しい美味しいと言って頬張ってくれた。次に部屋を訪れた時には、胡麻の風味が豊かな母国の料理をふるまってくれた。

寮にいる時のライラはショールで頭髪を覆ってはいなかった。異性の目のない場所では、ことさらに髪や肌を隠す必要はないらしい。吹き込む風に波打つライラの黒髪は、薔薇の香りを放つ漆黒の雲海だった。その髪を高々とポニーテールに結わえ、Tシャツにハーフパンツという装いでてきぱきと料理をこなす姿は、賢く敏捷な妖精のようだった。

あれほど可憐な女性が寝起きしていたにもかかわらず、彼女の部屋はひどく殺風景であった。家具はどれも無機質なデザインで、室内には装飾のひとつもなく、本棚に並ぶのはいかめしい学術書ばかりだった。彼女が極めてストイックに、学問にのみ専心する生活を送っていることは、日々増えていくノートの冊数からも窺い知れた。

あの部屋で多少なりとも飾り気を感じさせたものといえば、壁に掛かっていたアンティークの振り子時計と、整理ダンスの上に置かれた、薔薇の香油が入ったガラスの瓶（びん）だけだった。ライラはその香油で髪を手入れしていた。瓶の傍らには英訳の源氏物語が常に置いてあり、若草色のソフトカバーの表紙は、朝子が部屋を訪れるたびに徐々に撓（しな）り、反り返っていくように見えた。

ライラが折に触れて源氏物語を読み返していることが、当時の朝子には不思議でならなかった。故郷を遠く離れた土地で学問に励み、逞しく人生の舵を取るライラと、御簾（みす）や屏風（びょうぶ）の陰に日がな一日身をひそめ、色恋と詩歌管弦にのみ日々を費やす源氏物語の姫君とでは、人生への関わり方があまりにも違いすぎる。共感を見出す余地があるとは到底思えなかったのである。

「……もしかして」

ライラの伝言（メッセージ）について、朝子は突如、ある仮説を思いついた。

隣室の押し入れを開け、段ボール箱を引っ張り出す。昔好きだったアーティストのCDや、何となく捨てられずにいる小物などが雑然と詰め込まれた中に、丁子（ちょうじ）色の背表紙の本が並んでいる。

注釈付き源氏物語、全六巻。

ライラの時計が指している七時三分という時刻は、もしや源氏物語の箇所を示しているのではないだろうか。七時三分を七帖三段と置き換えてみたら、あるいは何かが判るのでは？

第一巻を手に取り、逸る指先でページを開く。七帖三段は「紅葉賀」の章である。

幼くして母親を亡くした光源氏は、その母親に瓜二つだという実父の寵姫、藤壺女御に道ならぬ恋をしてしまう。二人はひそかに情を通じ、女御はやがて光源氏の子を出産する。そんなことは露ほども知らぬ父親の桐壺帝は、生まれたばかりの皇子を光源氏に見せ、言うのである。

――御子たち、あまたあれど、そこをのみなむ、かかるほどより明け暮れ見し。

(私には子供がたくさんいるが、おまえだけを、赤ん坊の時からいつも見つめていた)

父親の言葉に、光源氏は当然ながら胸をかき乱される。

――恐ろしうも、かたじけなくも、うれしくも、あはれにも、かたがた移ろふ心地して……

息を呑む場面ではあるが、ライラの伝言のヒントが隠されているとは思えない。

「……わからないよ、ライラ」

途方に暮れて皿時計を手に取った。ライラの国は今頃、やっと夜が明けた頃だろうか。彼女は早朝の祈りの最中だろうか。皿を撫でて想いを馳せていると、青春時代、やはりこうして、痛切な心情でライラのことを考えていた時期があったのを思い出す。

綾部蓮の体温が恋しくて眠れない夜、鎮痛剤を手に取るような心持ちで、ライラの姿を懸命に瞼に描いたものだ。綾部が新しい恋人と抱き合っている間も、自分が無益な後悔に苛まれている間も、ライラだけは、いつも自己の感情から毅然と距離を置いて、あの舞うような祈りの動作を愚直に繰り返している。そのことを思うと、なぜか少しだけ心が安らぐのだった。

あの頃の朝子にとって、ライラは綾部とは対極の存在だった。天来の恩寵に甘え、閉ざされた王国でのみ権勢を揮っていた綾部と、常に節制し、祈り、学び、広大な外界に向けて静かに挑み続けていたライラ。いつか母国の医療に貢献したいとライラは言っていた。日々たゆまず修行を続ける彼女の姿は、他者を助ける資格を得るにはまず自分自身を正しく構築しなければならないのだと、世界に対して無言で示しているかのようだった。ライラとともに過ごす時間は、朝子の心身をいつも温め、整えてくれた。綾部への失恋の傷を、朝子はライラによって徐に癒やすことができたのである。

それなのに。

それなのに、自分はライラとの友情を、一方的に、断ち切るように終わらせてしまった……。

キッチンの前を離れ、昼寝している将琉を見下ろす。寝覚めが近いらしく、将琉は汗ばんだ体を右に左に揺らしながら、サルビアの花冠のような、唾液に濡れた唇をもぞもぞと蠢かせている。目を覚ましたらまた遊んでやらねばならない。玩具の車をひたすら走らせ、プラスチックの飛行機に何十回も曲芸をさせ、ぬいぐるみ同士を果てしなく戦わせねばならない。

時計を包んでいた薄茶色の紙を手に取り、朝子は自分に治療を施すように、ざらついた紙地に顔を埋めた。薔薇と砂の香りを肺腑に入れる。

筆立ての玉虫を覗き込むと、相変わらず榎の葉を食べた痕跡はなかった。自らの意思とは無関係に光り続ける生き物を、朝子はこの時はじめて、無残だと感じた。

○

「狐塚教授が、ギオン・フェスティバルの観覧に招待してくださいました」

アカシアの花が降りしきる医学部校舎の入口で、ライラが声を弾ませた。萌黄(もえぎ)色の和紙の招待状は、香でも焚(た)き染(し)めてあるのか、古代の花のような雅(みやび)やかな匂いがした。

「友人を誘っても構わないそうです。一緒に行きませんか、アサコ」

「行く。行きたい」

二つ返事で承諾したが、招待状に描かれた地図を見て、朝子はおやと首をかしげた。観覧場所に指定されているのは新町御池(しんまちおいけ)近くの民家であった。

朝子は山鉾巡行というものを見たことがない。しかし大まかなルートは知っている。長刀鉾(なぎなたほこ)を先頭にした二十三基の山鉾は、四条烏丸(からすま)から大通りを東に向かって巡行し、河原町の交差点で豪快な辻回しを披露したのち、進路を北に変え、河原町御池で二度目の辻回しを行う。そこからは西に向かって進んでいき、新町御池での辻回しを最後に、およそ三・五キロの道程を終え、それぞれの町へ帰還するのだ。しかし招待状の地図に示された民家は、最後の辻回しの地点から南に入った場所にあり、正規の巡行ルートからは外れている。

不思議に思いながらも、祭りの当日、朝一番にライラと待ち合わせて奈良線に乗った。京都駅で地下鉄に乗り換え、烏丸御池駅から地上に出ると、さすがに大通りは凄まじい人出であった。巡行はとうに始まっているはずだが、このあたりはコースの最終地点に近いため、山鉾が現れるまでには間があるらしく、群衆はまだそれほど熱気を帯びてはいない。

七月の太陽に炙(あぶ)られながら、人波の間を縫って路地に入った。ここも意外なほどの混雑ぶりである。指定された民家は、犬矢来(いぬやらい)や出格子などをきちんと備えた、いかにも京都らしい造りの町家であった。門口に見覚えのある長身の青年が佇んでいる。

「やあ、ライラ。狐塚教授に会わなかった？」

嫌味なほど完璧な英語にも聞き覚えがある。ライラを初めて見かけた日、白衣をまとって彼女とともに歩いていた医学部の青年だ。

「あいにく、お会いしていませんが……」

「祇園囃子に浮かれたのかな、ふらりと出て行ってしまったんだ。――そちらは？」

「友人のアサコです。アサコ、こちらは同じゼミの猫堂さん」

「よろしく」

猫堂は欧米人のように手を差し出してきた。戸惑いながら握手すると、真夏の太陽の下だというのに、その掌は氷のように冷たかった。

「ここは穴場なんだ。最後の辻回しを終えた山鉾のほとんどが、この道を通って帰る」

なるほど、巡行コースから外れているにもかかわらず、路上に人がひしめいているのはそのためらしい。道が狭い分、大通りと違って山鉾を間近に見られるという利点もありそうだ。

「二階へどうぞ。席は早い者勝ち。長っ尻自由、解散も自由。好きに楽しんでくれ」

促されて門口を入ると薄暗い土間があった。京格子の窓の中に路上の光はほとんど差し込まないが、灼熱の外界は竪桟（たてざん）の向こうにあざやかに映えている。暗い映画館で銀幕でも見るようだ。しかし路上から室内を窺おうとしても、間隔の密な格子の奥は、きっと薄闇に沈むばかりに違いない。暗がりに身を置くことは絶対的な優位に立つことなのだ。

「ねえライラ。この家、初めて会った日のあなたに似てる」

「どういう意味ですか」

「真っ黒な服に隠れて、目だけ出して世界を見てた」

ライラはごく小さく笑い、格子窓の外に視線を投じた。源氏物語の姫君とライラとのささやかな共通項に、この時朝子は初めて気づいた。平安宮廷の女たちは、御簾の奥や屏風の陰に自らの肉体を隠しながら、扇（おうぎ）の縁から目だけを覗かせて常に外界を見つめていたのだ。容易に姿を現すことなく、しかし自らは世界の観察者であり続けた。

他者の視線からも、自らの美醜からも解き放たれたライラの黒衣は、考えてみればなんと自由だったのだろう。見られずに見ることはなんと自由なのだろう。

「狐塚教授も時々、姿を隠して世界を見ています」

階段を上りながらライラが言う。

「狐のお面をつけて、窓辺からキャンパスの庭を眺めるのです。教授は面白いかたです」

「この家、狐塚教授のご自宅なのかしらね」

「違うと思います。フシミに住んでおられるそうですから」

教授と縁ある人の住まいなのだろうか。だが、この京町家は生活感というものがまるで窺えず、一階で商売をしている様子もなければ、民宿として使われている気配もない。とはいえ手入れは行き届いている。どうにも不思議な家である。

通りに面した二階の部屋に入った。横幅のある大きな窓は広々と開け放たれ、簾もすっかり巻き上げられて、室内は一階とは別世界の明るさである。若いカップルの先客がいたが、朝子とライラに気づいて軽く会釈したきり、すぐに二人だけのお喋りに戻った。部屋の隅に積まれた座布団を二枚取り、朝子はそれを窓辺に並べた。

「ふふ、特等席ね」

「教授に感謝しなければなりません」

ほどなくほかの招待客が次々と部屋に入ってきた。留学生の姿も多い。黒人や白人、はしばみ色の肌のアジア人など、人種はじつにさまざまだが、みな若い。幾つもの言語が賑やかに飛び交い、プロフェッサー・キツネヅカという言葉が何度も聞こえてきたが、当の狐塚教授は一向に姿を見せない。

「アサコ」

ライラが突然、この場に似つかわしくない真顔を向けてきた。

「秋になったら、国に帰ります」

「え?」

「予定より早い帰国となりますが……。従兄弟(いとこ)の一人と結婚することが決まったのです。両親はすでに婚礼の準備を始めています」

体中の血がすうと引くのを感じ、朝子は自分のこめかみに手をやった。

「結婚なんて、どうして急に」

「以前から話は進んでいたのです。昨日、父から連絡がありました。従わねばなりません」

「勉強はどうするの」

「勉強は続けます。……夫となる人が許してくれれば」

彫りの深い顔に力ない笑みが浮かぶ。

「祝福してください。アサコ」

朝子は無言で俯いた。体内のどこかに鈍痛があるが、どこが痛いのか分からない。両手を拳にして膝に押し当て、やっとの思いで、「おめでとう」と絞り出した。

「……どんな男の人?」

ライラは何か答えようとして言いよどみ、うつろな目を窓外にやった。

「わたしは三番目の妻になります」

自分の一部がひび割れるのが朝子には分かった。会ったこともない異国の男に対する憎しみが、抗いようもなく胸を満たしていく。何もかもぶち壊したい衝動が心を呑み尽くす。

「ライラ!」

突如、部屋の数人が同時に叫んだ。自分の名を呼ばれたと思ったライラが、はっと身を竦(すく)ませて振り返る。

「来了(ライラ)！　来了(ライラ)！」

　中国からの留学生たちが、来た来たと叫んでいるのであった。新町御池の交差点に、長刀鉾がその壮麗な姿を現したのだ。辻回しが群衆を沸かせる。みなが一斉に窓から身を乗り出そうとする。祇園囃子の穏々として眠たげな音色が、一切の諦観を促すように朝子の耳底に波打った。掌に爪を食い込ませ、朝子はなんの昂揚もなく祭りと対峙した。

　山鉾が路地に入ってくる。金襴振袖の生稚児(いきちご)が人ならざるものに見える。全能で酷薄な天(あま)つ神に見える。緻密な花模様の綴織壁掛(タペストリー)が、手を伸ばせば触れられそうな距離で窓外を掠(かす)めて行くのを、朝子は浅い夢でも見るように眺めていた。いっそ何もかも夢であればいい。

　山鉾は次々と路地を流れていった。瞬(まばた)きもせず見入っていたライラが、ふいに、

「リベカ」

　どこか頓狂(とんきょう)な、しかし怪訝(けげん)そうな声を発した。

「なぜリベカが……」

　目の前を行く山鉾の前懸(まえがけ)には、水甕(みずがめ)らしきものを手にした女性の姿がある。

「リベカって？」

「イサークの妻です。イサークは、イブラヒムの息子です」

「イブラ……？」

「アラブとユダヤの祖だ」

　背後から答えが返ってきた。振り返ると、いつの間にそこにいたのか、猫堂が畳に胡坐をかいて扇を使っている。

「旧約聖書創世記二十四章、イサクの結婚の一場面。函谷鉾のタペストリーはベルギー産で、江戸時代に平戸から入ってきたと言われてる。ああ、次は白楽天山だ。オデュッセイア。トロイア城の陥落――」

　白楽天山、蟷螂山、菊水鉾、太子山。流れ去るタペストリーには、中国やインド、ペルシャの風物を題材にしたものが何点もある。やがて砂漠の風景のタペストリーが現れた。ライラが小さく感嘆の声を漏らし、掌に収まりそうな地平線にうるんだ目を凝らす。朝子はもう山鉾を見てはいなかった。ライラの横顔と、その瞳の若々しい光沢だけを見ていた。この子の眸はなんて黒いのだろう。夜明けの直前の、夜のうちでももっとも濃い闇の色だ。

　やっと分かった。ライラは源氏物語に息づく姫君そのものなのだ。一夫多妻が公然と容認された世界。その非対称で不均衡な男女関係の中に、隠されるべき肉体として存在する女性。瞳だけが自由な女性。平安宮廷の女たちの苦悩を、わが身の痛みとして理解できるのは、物語が編まれたこの国の女ではもはやなく、砂漠の国の女たちだったのだ。

「帰ることないよ、ライラ」

　火のような衝動に駆られ、朝子は愛する友に頬を寄せた。

「ずっと京都にいればいい。わたし、一緒にいるから」

ライラが目を見開く。ショールに隠された耳朶の起伏に向かって、朝子は縋るように囁いた。

「わたしたち、夜と朝なんだから。二人でひとつなんだから……」

濡れた唇を震わせてライラは何か言いかけたが、言葉は出なかった。朝子も口を閉ざした。すべての山鉾が通り過ぎるまで、それきり互いに一言も発せず、静かに寄り添って祭りを見つめていた。

やがて最後の船鉾が路地を過ぎ去ると、興奮の名残の中、部屋を埋める若者たちはみな思い思いに雑談を始めた。いつ誰が運び込んだのか、茶や酒、干菓子や果物の載った盆があちこちに置かれている。猫堂が何ヶ国語も自在に操って、みなに飲食を勧めている。

朝子は手近な果物の盆を引き寄せ、一個のライチを手に取った。

「ライチよ。あなたと似た名前の果物。剝いてあげる」

焦茶色の果皮を剝く朝子の手元を、ライラは黙って見つめていた。見つめながら、座布団の上で臀部をもぞもぞと動かしている。足が痺れてしまったらしい。

「立てそう?」

朝子が問うと、ライラは肩をすくめて笑い、弾みをつけて座布団から立ち上がった。思いのほか血流が滞っていたらしく、体重を支えきれずに後方によろめく。

あっと朝子が声を発した、その瞬間——逞しい腕がライラを支えた。

虚を衝かれたライラが、腕の主に引き寄せられるまま広い胸板に倒れ込む。

綾部であった。

ライラの大きな瞳に、悪魔のように魅力的な男の顔が映る。男のまなざしが至近距離からライラを射抜く。いけない――朝子は叫ぼうとしたが、間に合わなかった。ライラの全身が、激しく通電したかのようにわななき、双眸が尋常ではない輝き方をした。次の瞬間、ライラは顔全体をくしゃっと歪め、動物的な仕草で綾部の腕から逃れ出た。両手で顔を覆い、もつれる足で部屋を飛び出していく。

「ライラ、待って――」

立ち上がって追おうとしたが、哀れなライラは惑乱しながら階段を駆け下りてしまった。朝子は呆然と立ち尽くし、ほとんど恐怖に呑まれて、かつての恋人の顔を見た。

「よう」

絵のような眉を上げて綾部は微笑んできた。一体いつからこの部屋にいたのだろう。これほど人目を引く男なのに、今まで気配に気づかなかったのはなぜだろう。無言で棒立ちになっている朝子の前で、綾部は悠然と座布団に腰を下ろし、皿のライチをつまんで口に放り込んだ。朝子がライラのために剝いた果実は、綾部の舌を楽しませて屈強な喉を落ちていった。

「……あんたは化け物よ」

低い声で罵る(ののし)と、綾部は不愉快を示すでもなく、無邪気に誇るそぶりを見せるでもなく、ただ退屈そうに、

「そうか」

呟いて、掌に種を吐き出した。

「化け物か」

　ミニスカートの女性がつかつかと近づいてきた。朝子を強く睨みつけてから綾部の傍らに座り、頑丈な腕にこれ見よがしに寄り添う。朝子から綾部を奪った女子学生ではなかった。目鼻立ちの派手な、色っぽいがいかにも狡猾そうな女である。最新の恋人の肩を抱き、綾部は平然と酒を飲み始めた。

　朝子は二人に背を向けて部屋を後にした。足早に階段を下り、土間を抜けて表に出ると、山鉾巡行の熱気が冷めやらぬ路上で、ライラが放心したように立ち尽くしていた。世界の終末の風景でも見ているような表情だが、瞳だけが若い官能で潑剌(はつらつ)と濡れている。

「ライラ、帰りましょう」

　鋭く声をかけ、返事も待たずに歩き出すと、ライラは黙ってついてきた。その足取りは心もとなく、夏空を仰ぐ顔はまばたきも忘れて膠着(こうちゃく)している。自分の内部で起きていることが把握できずにいるのだ。

　姉小路通(あねやこうじどおり)をひたすら進み、堀川通(ほりかわどおり)を渡ってさらに歩き、清らかな空気を求めて神泉苑(しんせんえん)の鳥居をくぐった。池にかかる小橋の上で朝子が足を止めると、ライラも並んで佇み、胸の前で両手を重ねて水を見下ろした。その身体から日頃より強く薔薇の香りが立っているのは、全身を覆う布の下で、褐色の肌がふつふつと火照(ほて)っているためだろう。

「……水は神の贈りものです」

　懺悔(ざんげ)するようにうなだれる。

「京都は恩寵に満たされていますね、アサコ」

この池が湧き水であることを知っているのかいないのか、かぼそい声でそれだけ言うと、ライラは口をつぐんで瞼を下ろし、耳に残る祇園囃子に心を傾ける風情になった。朝子も倣(なら)って目を閉じたが、たちまち胸の中が逆巻くのが分かった。綾部への憎しみと、ライラを三番目の妻として迎える男への憎しみが、烈(はげ)しく絡み合い、溶け合ってひとつになっていく。

○

朝起きたら玉虫が死んでいた。取り立てて何の感慨も起こらない。

命を宿さなくなった翡翠色の昆虫は、腕のいい職人が拵えた繊細巧緻な工芸品のようだ。もともと生きてなどいなかったもののように、翅のおもてに虹の色味を浮かべて輝いている。その艶に改めて見入ると、昔の人がこの美しい翅で厨子を飾ろうと考えたのもごく自然な発想のように思われた。

どこか土のある場所に葬ってやりたい。朝子は将琉を連れてマンションを出た。

神田川(かんだがわ)べりの道を歩いていると、紅白の彼岸花が柵沿いに並んでいる風景に出会った。近所の人が植えたのだろうか。赤い彼岸花の群生はあやしく物恐ろしいものだが、こうして紅白揃って行儀よく立ち並んでいる姿には、どこか祝祭感がある。

彼岸花の根元に玉虫の死骸を置いた時、小さな疑問が生じた。いにしえの人々がこの虫の翅で厨子を飾ったのは、単に美しいからという理由ゆえだったろうか？　玉虫の幼虫は材木を食害するのだ。飛鳥の工匠たちがそのことを知らなかったはずはない。災いをもたらす害虫が、しかし羽化を遂げた暁には宝石のような存在に変わるという事実に、もしや古人たちは何らかの意味を見出したのではないだろうか。厨子は仏像や経典を収める仏具だと聞いたことがある。そこに飾られた玉虫の翅は、羽化すなわち変身の象徴だったのでは？　煩悩にまみれた衆生でも、変身して仏になることができる――

深読みし過ぎかもしれない。朝子は玉虫の死骸にひとつまみの土を載せた。

携帯電話が鳴り出した。見知らぬ番号に一瞬警戒したが、出てみると坂口清人であった。

「あの、たびたびすみません。もう一度お会いできませんか？」

綾部と似た声が、綾部とは似ても似つかない、おどおどした調子で話す。

「ライラ先生から、連絡先のメモを預かっていたんです。すっかり忘れてました」

「でも、もう大阪でしょう？」

「まだ東京にいます。親父がたまたまこっちに出張してるんで、ゆうべは同じホテルに泊まって――夜は焼肉食わせてもらいました。ラッキーでした」

仲睦まじく肉を焼く父子の姿を想像すると、微笑ましさに頰が緩んだ。この好もしい青年の父親も、やはり六尺豊かな偉丈夫なのだろうか。世界をのびのびと歩き回り、異国の人々の懐にも屈託なく飛び込んでいける清人の逞しい社交性は、家族の愛情を存分に受けて育ち、他者への信頼心を健やかに発達させてきたがゆえの特質なのだろう。きっと良い父親に違いない。

　一時間後に昨日の喫茶店で会う約束をした。救われた気分になっているのが我ながら情けない。孝之は飲み会で今夜は遅いと言っていた。話相手が出来たと思うだけで心はたわいなく浮き立つ。ほっと息をついて仰いだ秋空に、清掃工場の白い煙突がまばゆく輝いていた。いつか綾部の隣で眺めた、山襞の間の白い塔よりも、よほど力強く虚空を貫いている。

　綾部が今どこでどうしているのか、朝子は知らない。大学の同窓会には出たことがなく、当時の友人たちとの付き合いも絶えているため、これまで彼の消息を耳にする機会はなかった。インターネットで名前を検索してみても、遠い昔の水泳大会の記録が引っかかるのみで、現在につながる情報は何ひとつ得られないのだ。

　思えば生まれながらに羽化していたような男だった。今もどこかで周囲の人々を魅了しながら、小さな王国を引き連れて歩いているのだろうか。――だが、それはあり得ない気もする。青春の盛りの人間がどれほど魅力を放ち、輝いていたとしても、それは所詮、時節の花に過ぎないはずだ。

　将琉の手を引いて歩き出しながら、朝子は明日もここに彼岸花を見に来ようと思った。今しか見られない花なのだから。

○

「わたしは変わらねばなりません」

ライラがおずおずと宣言したのは、学期も終わりに近づいた七月末のことであった。

その日、彼女は再び化け物を見たのだった。カフェテリアの窓越しに、太陽の下を友人たちと歩く綾部の姿を目にするなり、ライラは眼前の朝子の存在も忘れ、だらしなく瞳孔を開いて唇をわななかせた。熱っぽく頰を上気させた顔は、日頃の凜々しい彼女とは別人のようだったが、美しかった。美しいと感じた自分に朝子は憤った。

「熱でもあるみたいね」

皮肉を言ってやると、ライラは慌てて綾部から視線を外した。肩をすぼめてちんまりと背を丸める仕草に、恋に落ちた者特有の卑屈さを朝子は見た。取り巻きに囲まれて芝生を歩く綾部は、何がおかしいのか、広い肩を揺すって呵々大笑している。

「ひと月ほど前……だったと思います」

両手でティーカップを包むようにして、ライラは波打つ紅茶に向かって囁いた。

「真夜中、わたしは物音で目を覚ましました。窓の方に目を向けると、カーテンに人影が映っていました」

何を言い出すのかと朝子は訝しんだ。

「あなたの部屋、二階よね？」

「そうです。自分の目を疑ったわたしは、勇気を振り絞ってカーテンを開けました。すると、同じゼミの猫堂さんが寮の外壁をよじ登っているのです」

「驚いているわたしに、彼は心配いらないと言って笑いました。平安時代(Heian period)の風習を真似て、三階に住んでいる恋人に会いに行くのだと」

朝子はぽかんと口を開けた。

「源氏物語に、男性が女性の寝室を訪れる場面が何度も出てきます。わたしは納得して頷きました。猫堂さんは排水管をつたってさらに上へ向かい、恋人の部屋に入っていきました。わたしはベッドに戻りましたが、全身がひどく熱くて、なかなか眠ることができませんでした。アサコ、あれは夢だったのでしょうか」

「当たり前じゃない」

ある種の淫夢であるに違いなかった。ライラもそれを自覚しているらしく、恥じ入るように声を落とした。

「こんな夢を見てはいけないのです。わたしは医療を学ぶためにこの国に来たのに、それを忘れかけていました。もっと学問に励まなければ」

「なによ、それ……」

「充分励んでるわよ、ライラは」

「最大(ジハード)の努力ではありませんでした」

朝子は黙った。ライラがきらりと目を上げる。

「わたしは変わらねばなりません」

以来、彼女は本当に変わってしまった。

それまでのライラは、日々学問に努めながらも、休日になれば朝子と京都の街を散策したり、互いの部屋で料理を作り合ったりと、ささやかな愉しみを生活に取り入れて暮らしていた。だがカフェテリアでの宣言を境に、彼女は一日の時間のほとんどを勉学に費やすようになってしまった。週末、朝子がお茶でもどうかと電話で誘うと、ライラは心底申し訳なさそうに、

「そうしたいのは山々ですが(I really wish I could, but)……」

と、懇願するような口調で断ってくるのだった。

「アサコ、あなたとの友情はわたしの宝石です。ですが、帰国までに残された三ヶ月の時間を、わたしはわたしのジハードに捧げなければなりません。神がそれをお望みになっています」

神という言葉を出されると、朝子はもう何も言えなくなってしまう。

「分かったわよ。神様が望んでるって、あなたがそう信じるなら……」

「信じているのではありません」

砂漠の女性はきっぱりと言った。

「知っているのです」

ライラの信念は見事だと思ったが、あまりに激しい変貌は朝子を戸惑わせた。綾部蓮との出会いが、まさかこんな形で彼女に作用するとは思わなかった。ライラはやはり特別な女性だったのだ。自分やほかの女たちのように、むざむざ彼の王国に取り込まれたりはしない。ことによるとライラは、自分の中に発生した恋情を、神が与え給(たも)うた試練として認識しているのかもしれなかった。自分の精神力と覚悟を試すため、神によって投じられた試金石だと。

週明け、朝子はライラと少しでも言葉を交わそうと、午後の祈禱の時刻を見計らって医学部校舎を訪れた。狐塚教授に与えられた小部屋で、ライラは案の定、猩々緋の敷物に跪き、西向きの窓に向かって一心に祈っていた。その後ろ姿は以前見た時よりも強い緊張をはらみ、ゆっくりと撓ませる背中には、こちらが不安になるほどの気負いが満ちていた。

しばらく見守っていたが、祈りの動作はいつまでも終わる様子がない。朝子はそっと部屋を出て、音を立てないようにドアを閉めた。校舎を後にしながら、当分の間、ライラに連絡するのは控えようと考えた。今の彼女には、一人粛然と情熱を燃やせる環境が必要なのだ。

まもなく大学は夏季休暇に入った。朝子は浜松の実家に帰り、短期アルバイトや地元の友人たちとの飲み会などで、八月の日々を賑やかに過ごした。

友人に誘われて、学生限定のクラブイベントというものに参加してみた。極彩色のライトの下で踊るのは久しぶりだったが、享楽的な雰囲気は以前ほど心を浮き立たせてはくれない。同年代の男女との、その場かぎりの軽薄な会話も何となく心身を疲弊させる。早々にバーカウンターの隅に逃げ込み、もう帰ろうかと考えながら炭酸水をあおった。

「別れた男のことでも考えてる？」

整った顔立ちの若者が近づいてきて、陳腐な台詞を吐いた。

「そういう顔してる。なんでもっと楽しまないの？」

若者は孝之と名乗った。人慣れた態度に綾部と通じるものを感じ、朝子は懐かしさに絆されて何曲か一緒に踊った。帰り際に連絡先を交換した。

夏休みが終わるまでに二度デートし、正式に付き合うことになった。新しい恋人ができたのは嬉しかったが、綾部と付き合い始めた頃のような、魂が焼き切れるようなときめきはない。だが、その方がかえって長続きするかもしれない。他人事のように朝子は思い、新しい化粧道具を何点か買いそろえた。

孝之は名古屋の大学に通っていたが、朝子が京都に戻る日、同じ新幹線に乗ってアパートまでついてきた。秋学期が始まってなかなか会えなくなる前に、存分に睦み合っておこうとの魂胆らしかった。居候している一週間のあいだ、彼は家事を一切手伝ってはくれなかった。

ライラは相変わらず猛然と学問に励んでいるのだろうか。そろそろ連絡しても差し支えないだろうか。孝之が帰って一人になった部屋で、朝子は携帯電話を手に考えた。いっそ連絡などせず突然部屋を訪れ、土産に買ってきた遠州産のスカーフを目の前にぱっと広げてやったらどうだろう。砂漠を背景にして映えそうな、瑠璃紺の厚手のスカーフ。ライラはきっと喜んでくれる。

炎天の日曜日、自転車を漕いで女子寮へ向かった。建物の前から二階を見上げると、ライラの部屋は窓が半分開いており、地味なベージュ色のカーテンが暑気に参ったようにだらりと垂れている。冷房も入れずに勉強に没頭しているのだろう。朝子は外階段を駆け上がり、弾む気持ちでインターホンを押した。

応答はなかった。しばらく待ってまた押してみても、やはり無反応である。

不思議に思ってドアノブに手をかけると、それは滑らかに動いた。

「ライラ、居るの？……入ってもいい？」

細く開けたドアの隙間から、むせるような甘い匂いが流れ出てきた。死臭。朝子はそう直感した。

○

清人から手渡された紙片には、異国の住所とメールアドレスが丁寧な手跡で書きつけられている。しかし時計の謎かけのヒントや、言伝らしき文章はどこにも見当たらない。朝子は拍子抜けしてメモを折り畳み、財布に収めた。この先二度と開くことはないかもしれない。

「どうして、世界を旅しようと思ったの？」

気になっていたことを尋ねてみる。

「ご両親との関係に悩んだって言ってたけど……お父様とは仲がいいんでしょう？」

清人はアイスクリームを食べる手を止め、斜向(はすむ)かいに座った将琉に優しいまなざしを落とした。朝子が口に運んでやるフルーツポンチの果肉を、将琉は小さな口でせわしなく頬張っては、ちっぽけな両腕を指揮者のように振り回している。彼にしか聞こえない音楽と戯れているのだろうか。

「親父とは、血が繋(つな)がってないんです」

軽やかな口調で清人は言った。

「じつの父親には、これまで一度も会ったことがありません。色々事情があって、どこの誰かも僕には分からないんです。去年の秋、自分が生まれた経緯を初めて両親に聞かされました。やっぱりショックで、気持ちが荒れて……」

デリケートな告白をさせてしまったことを申し訳なく思いつつ、朝子はしかし、反射的に問いを重ねていた。

「ライラにも、その話をした?」

清人は頷き、居住まいを正すような仕草をした。

「先生は、何もかも神様が決めたことだって……僕が生まれてきたのも、今の両親のもとで育ったのも、ぜんぶ神様が望んだことだから、安心しなさいって、そう言ってくれました」

目の奥がじわりと熱くなる。ライラはやはりライラだった。彼女にとっては、どんな出生も、どんな運命も、どれほど理不尽に思える現実も、すべては神によって定められた宿命なのである。そこには必ず、何らかの意味が隠されているのだ。だからこそ——すべてが定められているからこそ、人間は努力しなければならない。嘆かず驕らず、神の意図を探ることなどせず、ただ弛まず努力を重ねていかねばならない。その努力が地上で実を結ぶか結ばないかなどは、一切案じる必要がないのだ。

喫茶店を出ると、清人はそわそわと腕時計を見た。

「東京駅で親父と待ち合わせしてるんです」

午後の風に吹かれながら笑う。

「うまい駅弁買って、新幹線で一杯やりながら帰ろうって。うちの親父、酒飲むと決まって人生について語り出すんですよ。面倒なオッサンです」

文句を言っていても顔は嬉しそうである。両親の愛情をたっぷりと受けて育った青年は、別れぎわ、朝子に向かってさわやかに頭を下げた。迷いのない足取りで秋陽の中を去っていく。その逞しい背中は、なぜか朝子に綾部蓮の軀(からだ)の感触を思い出させた。慌てて将琉の手を取り、郷愁を振り切って歩き出す。

「パパいる?」

突然、明朗な口調で将琉が言った。驚きのあまり足が止まる。

「パパいる?」

もう一度、将琉ははっきりと言い、清掃工場の白い煙突を指し示した。あの煙突の上にパパがいると思っているのだろうか。

「パパは会社よ。お友達と遊ぶから、今日は遅くなるって……」

夢見心地で答えながら、朝子もまた遠方に目線を据えた。不意打ちのような幸福感に涙が滲み、ぼやけた視界の中央で煙突の輪郭がゆらめく。純白の塔がふわりと動き、記憶の中の何かと重なった。振り子だ。殺風景だったライラの部屋に、ごくささやかな華やぎを与えていた、アンティークの振り子時計――

「……あ」

七時三分。七時三分。ライラが時計で伝えてきたメッセージ。

「そんな――」

謎は前触れもなく、あざやかに解けた。もつれた蔓草が一息にほどけた後には、清々しい痛恨が噴き出した。

わが子の小さな手を握りしめ、朝子は無意識に両足を踏ん張った。

しゃがんで泣き出したい衝動を堪え、頬を滑り落ちる涙もそのままに、ただ、立ち続けていた。

○

死臭というものがどんな匂いなのか、朝子は知らない。あの日ライラの部屋を満たしていた、饐えた花のような甘やかな芳香は、若い肌の上で香油が蒸れた匂いに過ぎなかった。それを死臭だと錯覚してしまったのは、自分が当時、心のどこかでライラの死を恐れていたためだ。恋の情熱を学問の情熱で封じ込めようとして、彼女はいつか、心身を焼き尽くして滅んでしまうのではないか。そんなふうに恐れていた。

しかし、あの日ライラはこれまでになく生きていた。質素なベッドで意識を混濁させながらも、焦点の定まらない黒眸を極限まで活き活きと輝かせていた。

「ライラ！　どうしたの！」

駆け寄って頬に触れると、燃えるように熱かった。額にも首筋にも汗の玉が激しく噴き出ている。熱中症に違いないと朝子は確信し、キッチンに走ってコップに水を汲んだ。だが、火照った体を抱き起こして水を飲ませようとすると、病める友人は肩を強張らせて抵抗するのだった。

「断食月の……最中なのです」

花嫁のように恍惚として囁く。朝子は慄然とした。

ライラの信仰する宗教に、年に一度、日の出から日没まで飲食を絶つことが義務付けられた断食月が存在することは知っていた。独自の暦で定められたその一ヶ月間、日中は水すら飲んではいけないという話もライラから聞かされていた。だが、彼女の神はきわめて寛容だったはずだ。信徒を必要以上の試練に曝すことも、死に追い込むことも決してない。

「前に教えてくれたじゃない。病人は断食が免除されるって――」

「これはわたしの最大の努力なのです」

「何言ってるの！　干からびて死んじゃうわよ」

「わたしが自ら神に約束したのです。何があっても、この断食をやり遂げると」

「馬鹿じゃないの！」

そう叫びたいのをかろうじて堪え、朝子は携帯電話を取り出した。だが意外なほど強い力でライラに腕を摑まれた。

「病院には連れて行かないでください。投薬を受けるのは、断食を破るのと同じことです」

「そんな……」

せめて冷房をと天井を仰いだが、クーラーはビニールシートで覆われており、リモコンもどこにあるか分からない。窓は開いていても、熱気は粘ついた澱となって部屋に籠もっている。壁のアンティーク時計は午後一時過ぎを指しており、日没はまだはるかに遠い。ライラの体はきっと、断食が解除される時刻を待たずに渇き切ってしまう。

病的な汗を流し続ける友人の傍らで、朝子は蹲って頭を抱えた。神様、と生まれて初めて心で呼びかけた。神様。今すぐ太陽を沈めてください。ライラに今すぐ、夜を与えてください。

……夜を与える？

はっと顔を起こして立ち上がり、部屋を飛び出した。一段飛ばしで外階段を駆け上がり、三階の一室のドアに飛びつく。手作りの表札には、のびのびした筆勢で『遠山瑛子』と書かれている。祈る気持ちでインターホンを押すと、「はあい」と明るい声がした。

ドアが開いて現れたのは、背が高く柔和な顔立ちをした、日なたの樹木のような印象の女性であった。シャワーでも浴びていたのか髪が湿っている。

「助けて！　ライラが大変なの」

「ライラが、どうしたの？」

「熱を出してて、すごい汗で――」

だけど水を飲んでくれないの、と朝子が断食月のことを手短かに説明すると、遠山瑛子は心底驚いた顔になった。

「全然気がつかなかった……部屋に籠もって勉強ばかりしてたのは知ってたけど――」

「毛布か何かない？」

「毛布？　何に使うの？」

「下の部屋の窓を覆うの。外が真っ暗に見えるように。日が沈めばライラは水を飲んでくれる。夜が来たって信じさえすれば」

朝子の企てを察し、遠山瑛子は口の端をきゅっと緊張させた。

「……騙すってこと？」

「そう。だけど大丈夫。ライラの宗教では、気づかずに戒律を破ってしまっても、それは破ったことにはならないの。ライラの神様は心の中を見てくれるから。だから、大丈夫」

瑛子が両手を腰に当てて黙考する。顔立ちは優しいが瞳に独特の力がある女性である。宇治川沿いの定食屋にいた時には気づかなかったが、このひとはライラに少し似ている。なにか通じ合うものを宿しているように見える。

「――やろう」

瑛子の決断は早かった。きびすを返して押し入れに駆け寄り、毛布を引っ張り出す。二人でそれぞれ毛布の端をつかみ、窓枠から身を乗り出して階下へ垂らした。だがライラの部屋の窓を覆うには、シングルサイズの毛布ではあまりに小さい。

「これじゃ全然足りない……」

朝子が絶望に陥りかけた時、背後から不意打ちのように、

「こんにちはー」

ほのぼのと暢気な声が聞こえてきた。振り返ると、色が白く丸顔の、子供雛のような雰囲気の女子学生が玄関にちょこんと立っている。

「あれ、お取り込み中？　練習終わった頃だと思って遊びに来たんだけど……」

室内のただならぬ空気を察し、小柄な女子学生は不思議そうに首をかしげた。瑛子が毛布を投げ出して玄関に走り寄る。

「美山さん、お願い。知恵貸して！」

「知恵なんてないよ、わたし」

美山さんと呼ばれた女の子は、白い頬を膨らませてのほほんと笑った。

「笑ってる場合じゃないの！」

朝子がつい大声を出すと、美山さんはビクッと身を竦ませた。この子を怒鳴りつけるのがお門違いであるのは承知だが、こうしている間にも、ライラの体からは刻一刻と水分が失われているのだ。

「頼むから一緒に考えて。下の部屋の窓を何かで覆いたいの」

「え、どうして？」

「説明はあと。とにかく、二階の部屋を真っ暗にしたいのよ」

朝子の声音から猶予ならない事態だと悟ったのか、美山さんは唾を飲み込むような仕草で頷き、右手の指先を頬に当てた。弥勒菩薩のような格好で数秒考え込む。

「……それなら暗幕がいいかも」

おずおずと提案してくる。暗幕、と朝子は低く反復した。

「あれなら充分大きいし、光を完全に遮断できるし……」

「それ、どこで手に入る?」

「自主映画サークルの部室にあるよ。学生会館の二階の──」

聞き終わる前に朝子は部屋を飛び出していた。転がるように階段を下り、自転車に飛び乗り、大学を目指して無我夢中でペダルを漕ぐ。九月とも思えない太陽が首の後ろをじりじりと灼き、背中にも脇の下にもたちまち不快な汗が滲んだ。昨日も一昨日もこんな暑さだった。京都盆地の容赦ない残暑の中、ライラはあの小さな部屋で、たった独り、冷房も入れず水も飲まず、学問と信仰にひたすら打ち込んでいたのだ。馬鹿なライラ。真面目で敬虔で勉強熱心で、もうすぐ誰かの三番目の妻になる、可哀想なライラ。

日曜日のキャンパスに人はまばらだった。自主映画サークルの部室はすぐに見つかった。だが、飛び付くように手をかけたドアには錠が下ろされている。

「そんな──」

迂闊だった。このことをなぜ予測しなかったのか。朝子は呆然とドアにもたれた。寮に戻って美山さんに鍵のありかを確認するのは時間のロスが伴いすぎる。なぜ携帯電話の番号くらい聞いておかなかったのだろう。どうしよう。どうしたらいいのか。

狐塚教授。

唐突にその名が浮かんだ。ライラが慕っている教授であれば、あるいは彼女を説得することができるかもしれない。教授に縋ろう。それしかない。

再び自転車に跨り、一目散にキャンパスの奥へ向かった。医学部校舎の前まで来た時、朝子はふと、強い視線に射られるのを感じた。反射的に振り仰ぐと、二階の窓のひとつに人影がある。白衣に身を包んで狐の面をつけた、異様な風体の人物がこちらを見下ろしている。

――狐塚教授も時々、姿を隠して世界を見ています。狐のお面をつけて、窓辺からキャンパスの庭を眺めるのです。

ライラの言葉が頭をよぎった。あの人物こそが狐塚教授に違いない。

察した瞬間、教授がゆっくりと右手を上げ、朝子の左後方を指し示した。操られるように振り返った先には、これまで足を踏み入れたことのない灰色の校舎がある。あそこに行けと言うのだろうか。動揺して窓辺に目を戻すと、教授の姿は幻のようにかき消えていた。

鍵のありかを教えてくれたのだ――根拠もなくそう思った。あまりに突飛な考えではあったが、それはたちまち確信となって朝子を突き動かした。

灰色の建物には大学運営に関する部署が入っていた。日曜のため人の姿はほとんど無かったが、会計課の女性職員が一人、机に向かって事務仕事をしている。自主映画サークルの部員を装って声をかけ、部室に忘れ物をしたと訴えると、女性職員は特に訝しがる風もなく、同じフロアの建物管理課から部室のスペアキーを持ってきてくれた。

二十分後には、朝子はずしりと重い暗幕を自転車に積んで寮に戻ってくることができた。

遠山瑛子の部屋の窓から、三人がかりで暗幕を垂らす。美山さんが保証した通り、漆黒の布は階下の窓を覆うのに充分な大きさを持っていた。

暗幕を二人に任せ、朝子は二階に降りた。音を立てないようにライラの部屋に入ると、室内は見事に真っ暗闇になっている。手探りで机のスタンドを灯した。ベッドの上のライラは、眠っているのか意識が混濁しているのか、目を閉じて荒い呼吸を繰り返しており、窓の外を下りてきた布にはまったく気づいていない様子である。

壁の振り子時計の針を七時過ぎまで進めた。これで細工はすべて完了だ。

コップに水を汲み、ライラの上体を起こして自分に寄りかからせる。黄土色に変じた唇にコップの縁を当て、慎重に傾けようとすると、ライラは密生した睫毛(まつげ)を蠢かせ、薄く目を開けた。

「ライラ、もう夜よ。――水を飲んで」

朝子の囁きに、ライラは重そうに持ち上げた瞼の下から窓を見た。それから壁の時計を見やり、ほっとした表情で頷いた。朝子はライラに水を飲ませた。たっぷりと飲ませてやってから、机上のノートを取り、汗にまみれた顔をせっせと扇(あお)いだ。ライラがまた瞼を下ろす。

「そんな非効率な冷やし方じゃいけない」

すぐ背後から声をかけられ、仰天して振り返ると、猫堂が涼しい顔で立っている。

「裸にして濡れタオルを当てて、その上から扇ぐんだ。あとで夜間外来に連れていこう。これは経口補水液。少しずつ、何回かに分けて飲ませるように」

手短かに指示し、ペットボトルを差し出してくる。黙って受け取ると、猫堂はライラの状態を素早く観察し、

「まあ大丈夫だろう。僕は外にいるから、何かあったら呼んでくれ」

言うだけ言って、さっさと玄関を出ていった。なんて気配のない男だろう。

猫堂に教えられた通り、朝子はライラの服を脱がせ、洗面所に行ってバスタオルを濡らした。鎖骨から乳房、臍（へそ）から太腿までをすっぽりと濡れタオルで覆い、ノートを使って風を送る。ライラは気持ちよさそうに深い呼吸をしていた。

狐塚教授が猫堂をここに来させたのだろうか。手を動かしながら朝子は考えた。大切な教え子の窮地を救うため、教授は窓辺に立って自分に鍵のありかを教え、さらには猫堂を使者として、ここに遣わしてくれたのだろうか。千里眼めいた力ですべてを見通したというのか。いや、まさか、いくら何でも。

「……ジブリルが居ましたね」

ライラがふいに言葉を発し、朝子は手を止めた。

「ギオン・フェスティバルに……ジブリルが居ました」

「ジブリルって……」

それは確か、ガブリエルとも呼ばれる大天使だ。聖母マリアに懐胎を告げ、預言者に神の言葉を伝えたメッセンジャーだと、いつだったかライラが教えてくれた。

祇園祭の山鉾の中に、はたして天使を描いたタペストリーなど存在しただろうか。少なくとも自分の記憶にはない。ただ、薬師寺の塔の水煙に見るような、仏教の飛天は目にしたような気がする。羽衣で飛翔する天人の姿を、ライラは望郷の念が昂じたあまり、親しみ深い天使（ジブリル）と見誤ってしまったのだろうか。だとすれば、それは完全な間違いでもなさそうだ。仏教の飛天も西方の天使も、もとはおそらく同じものだったのだから。広大なユーラシア大陸のどこかで、空想の天を舞っていた何らかの存在が、東と西にそれぞれ別れて旅立ち、異なる姿を得てしまっただけに違いないのだ。もとがひとつの存在であったかれらは、今なお見えない力で離れがたく結びつき、いつか原初の姿に——ひとつに戻りたいと願っているのかもしれない。天使と飛天。夜と朝。ライラとわたし。

弾力を取り戻した唇に経口補水液を注ぎ、汗に濡れた髪を撫でてやりながら、朝子はあの祇園祭の時と同じように、胸の奥がふつふつと煮立つのを感じ始めた。寄せる憎しみの潮をどうすることもできない。会ったこともない男への怒りを、どうすることもできない。

ライラの夫となる男は、生涯、ライラだけを愛さねばならないのだ。他の女になど決して手を触れず、この奇跡のような女性だけを、命がけで愛し続けねばならないのだ。複数を愛するのは、誰も愛さないのと同じだ。すべての愛を注がないのは、蔑ろにすることと変わりない。ライラを蔑ろにする者は、わたしが許さない。たとえ神が彼を赦しても、わたしは許さない。わたしは、その男を憎む。ライラがそれを望まなくても、憎む。

○

家に着くなり将琉は眠ってしまった。今日はたくさん歩いたから、きっと長い昼寝になる。

皿時計を手に、朝子は布団の傍らに腰を下ろした。聞き慣れた寝息に寄り添いながら、七時三分を示した二本の針に指先を滑らせる。七時三分。それは、そのままの意味だったのだ。別の何かを暗示しているわけではなかった。自分はかつて、この時刻に針を合わせたことがあったではないか。

ライラのために贋作の夜を用意したあの日、自分はその偽装が見破られないよう、部屋の振り子時計の針を四時間近く進め、七時過ぎに合わせた。そしてライラに水を飲ませ、看病を施した後、ほっと気が抜けたあまり、針を戻すのをすっかり忘れていた……。

熱中症から回復したライラは、部屋の時計がおかしな時刻を示していることに気づいたはずだ。聡明な彼女であれば、友人に騙されたことをすぐ悟ったに違いない。偽装はとっくに見抜かれていたのだ。けれど、ライラはあの後も、それまでと何ら変わりなく自分と友達であり続けてくれた……。

冬の色に染まりつつあるアカシアの樹の下で、別れの挨拶を交わした日のことを思い出す。初めてライラと出会ったあの場所で、自分は、「さよなら」と囁いて彼女の体を抱擁したが、それはごく短く、機械的な抱擁だった。彼女のために選んだ瑠璃紺のスカーフは、結局渡せずに終わった。

例年より早い木枯らし一号が吹いた十一月のある日、ライラは大阪の空港から砂漠の国へ帰っていった。その前日、一緒に空港に見送りに行かないかと遠山瑛子に誘われたが、自分は適当な理由をつけて誘いを断った。飛行機が発つ時刻には、宇治川のほとりで一人、渡せなかったスカーフを握りしめて独りよがりの感傷に浸(ひた)っていた。

帰国したライラからは何度か手紙が来た。返事を書いたことは一度もない。ライラのために夜を偽装したあの日、人心地を取り戻して眠る彼女を見下ろしながら、自分はひそかに、この友情を終わらせねばと決意したのだ。ライラの夫になる男性を憎み、その憎しみを正当なものと信じて譲れずにいる以上、自分にはもう、彼女と友人でいる資格はない。

手紙はやがて来なくなった。

そして長い時が流れ――今、ライラから贈られた時計が自分の手の中にある。時計の針は偽りの夜の時刻を示している。かつてライラは、熱と渇きに責められながらこの時刻を見たのだ。七時三分。銀の針が示しているのは、わたしの罪そのものだ。わたしの友情そのものだ。

――気づいていましたよ、アサコ。

今になって、ライラはわたしにそう伝えてきた。もしかしたら彼女は、熱中症で担ぎ込まれた日本の旅人に、何らかの啓示を見出したのかもしれない。

この世で起きることは、すべて神の采配なのだから。

坂口清人は神に遣わされたメッセンジャーとしてライラの前に現れ、ライラは彼に、かつての友人への伝言(メッセージ)を託した。きっと、それが神の意に沿うことだと信じたから。

そうだ。運命は常に神の手によって繰られている。邂逅も別離も、再会も、神の意志が働いてこそ可能になる。だから人は努力するのだ。無力だからこそ、努力する。

眠る将琉のそばを、朝子はそっと離れた。隣室の押し入れを開け、先日と同じ段ボール箱を引っ張り出す。源氏物語の第一巻を手に取り、ぱらぱらと捲った。

ライラは幸せだったのかもしれない――漫然とページに目を滑らせながら、初めてそう考えてみた。守るべき存在として隠され、常に神とともにある砂漠の国の女たちは、じつは幸せなのかもしれない。彼女たちに平安朝の姫君の境遇など重ね、勝手に哀れんだり悲しがったりしていた自分は、じつは傲慢で、浅はかで、何も分かっていなかったのではないだろうか。

自分が幸せかどうかさえ、本当は分かっていないのだ。

七帖三段。先日と同じ個所に視線が差しかかる。

朝子はふと、ページの一隅にある小さな染みに気づいた。水を一滴こぼしたような、先日は気づかなかったその無色の染みは、桐壺帝の言葉の上に落ちていた。


――そこをのみなむ、かかるほどより明け暮れ見し。

(おまえだけを、赤ん坊の時からいつも見つめていた)

涙の跡。直感的にそう思った。
だが、涙の主は自分ではない。この全集を買ったのは大学に入った直後だったが、以来一度も、読みながら涙したことなどなかった。涙の主が孝之というのもあり得ない。文学に興味のない孝之は、源氏物語で泣くことはおろか、この本を手に取ることさえあるはずがない。では
ライラだろうか?　いや違う。彼女は日本語が不得手だった。まして古文など読めたはずもな

い。

……綾部蓮。

意外な名前が頭をよぎったが、まさかと苦笑し、朝子は本を閉じた。そろそろ夕飯の支度に取りかからねばならない。

キッチンに行き、冷蔵庫の野菜室から玉ねぎを取り出す。宇治川にかかる橋の擬宝珠（ぎぼし）のような、礼拝堂の屋根のような顔なじみの野菜を、いつものように手に取り、皮を剝き、ゆっくりと刻み始める。これまで何百回もそうしてきたように、今日もまた、丹念に刻み続ける。

こうして日々包丁を動かすのも、何かの修行のようだと、ふと思った。朝に夕にひたすら繰り返し、わたしを少しだけましなものに変えていく、端正で強靭な反復運動。

京都の街で毎年繰り返される祇園祭もまた、おおらかな間隔を持つ反復運動のようだ。来年も再来年も、わたしが死んだ後も、きっと千年先までも、夏が来るたびに山鉾は御池通を進み、羽衣の天使（ジブリル）が舞い踊り、古都の辻々に大陸が満ちる。

いつかわたしは、このキッチンを去るかもしれない。

やがてこの修行が満行を迎えた時、わたしは羽化し、虹色を帯びた翼を手に入れ、飛び立ってしまうかもしれない。妻であることも母であることも捨て去って、天使のごとく飛翔するのだ。シルクロードの彼方まで。

確信はない。でも、あるいは、いつか。

朝子は包丁を使い続けた。音木（おんぎ）を打つように手を動かした。軽快で粛然としたそのリズムに合わせて、いつしか歌うように、最大の努力(ジハード)、最大の努力(ジハード)、と繰り返していた。

きみは億兆の泡沫(うたかた)

来ては行くだけでなんの甲斐があろう?
この玉の緒の切れ目はいったいどこであろう?
罪もなく輪廻(りんね)の環の中につながれ、
身を燃やして灰となる煙はどこであろう?

土を型に入れてつくられた身なのだ、
あらましの罪けがれは土から来たのだ。
これ以上よくなれとて出来ない相談だ、
自分をこんな風につくった主が悪いのだ。

オマル・ハイヤーム『ルバイヤート』

仏陀は食われてばかりいた。

法隆寺の玉虫厨子には、飢えた虎の親子に自分の肉体を供する青年の絵が描かれている。仏陀の前世の姿であるという。ヒマラヤの南麓に釈迦族の王子として生を受ける以前、かれは何度もこの世に生まれ、生涯かけて修行しては転生し、また生涯かけて修行しては転生し、無数の過去世を繰り返してきたそうだ。

「仏陀にはウサギとして生まれた前世もある」

父に作務衣(さむえ)の膝に乗せられ、月兎の物語を聞かされた時のことを猫堂はよく覚えている。

「ある日、動物たちが森の中で、飢えて行き倒れになった老人を見つけた。彼らは老人のためにそれぞれ食料を捕ってきたが、ウサギだけは何も持ち帰ることができなかった。そこでウサギは仲間に火を焚(た)かせて、自ら炎の中に飛び込んだ。老人に自分の体を食べさせるためにね。老人の正体は、じつは帝釈天(たいしゃくてん)という神だった。ウサギの行為に心打たれた帝釈天は、その献身を後世に永く伝えるため、ウサギの魂を月へ昇らせた。だから月には今でもウサギの影があるんだよ」

最大の修行とは他者に身命を捧げることなのだと、父は夢見るように語り、幼い猫堂の頭をくしゃくしゃと撫でまわした。仏師だった父の手は、父自身が彫る菩薩像の手のようにしなやかで冷たく、指の撓りに独特のなまめかしさがあった。

後年、猫堂は月兎の物語に異説があることを知った。異説曰く、火に飛び込んだウサギは仏陀とは別の修行者であり、ウサギを月に昇らせた老人こそがじつは仏陀なのだという。猫堂にとってはどちらも真実であった。捨て身の布施を行ったウサギも、その魂を月に昇らせた老人も、双方が仏陀その人なのだろう。仏陀は自分の前世と邂逅したのだ。成道に近づいた修行者にとって、時間というものはもはや意味をなさず、過去世と現世は時に並行して存在し、触れ合い、まじわる。

○

梅雨の合間の、ひときわ青々と晴れわたった空の下、狐塚教授はその青色を煎じ詰めたような紺桔梗の着物をまとって朝霧橋に現れた。

「暫くぶりだね」

「ご無沙汰しています」

「少し逞しくなったようだ」

眼鏡の奥の目をきらめかせ、丹精込めて育てた盆栽でも眺めるように教え子の顔を見つめる。

教授は日本人離れした上背の持ち主だが、猫堂もほぼ変わらない身丈を持っており、相対すると同じ高さで視線がかち合う。

「研修医生活はどうだい。恙なくやっているか」

「楽しいですよ。理学所見から病態を類推するのは面白い」

「無力を感じることもあるだろう。神経内科には治療法のない病気も多いから」

「ええ。やはり神経変性の研究を続けたいですね」

「海外でか」

「アメリカで」

「どこにでも行ってしまえ」

薫風のように教授は笑い、下駄を鳴らして右岸へ歩き出した。川風に揺れる髪には一筋の白髪もなく、顎まわりは一片の贅肉さえ蓄えていない。四十過ぎの年齢よりもよほど若く見える風貌を、猫堂はなつかしさと慕わしさを込めて眺めた。橋の下を川がきらめきながら流れていく。琵琶湖の南岸から発した水は、大津の低い峰々の間を蛇行して天ケ瀬のダム湖に注ぎ、ここ宇治のあたりではゆったりした身ごなしで北上していく。少年のころ、京都の河川はみな北から南へ、大阪湾へ向かって流れているものだと考えていた猫堂は、今でもふとした瞬間、この川が逆流してしまうのではないかと感じることがある。この水に棹させば、海ではなく琵琶湖に辿り着いてしまうのではないか。

「奥様はお元気ですか」

「変わりないよ。今日は葬式の手伝いに出かけている」

「鴨鍋の晩も同じことを仰ってましたね」

「鴨鍋か。なつかしいね」

「最近は聞こえますか。稲荷山の悲鳴は――」

猫堂の唐突な問いに、狐塚教授は「無論さ」とこともなく答え、俯いてくつくつと含み笑った。あの晩も、教授がこんな危うい笑い方をしていたのを思い出す。

大学時代、教授の自宅に招かれた時のことだ。

その日、猫堂は二人のゼミ仲間と稲荷駅で待ち合わせた。一人は北里舞という才媛で、もう一人は中東から来たライラ・ミシャールという留学生だった。ちらちらと小雪が舞う夕方であった。地に触れる前に消えてしまうほどの細やかな雪片を、砂漠の国から来たライラは、飽きもせず何度も掌に受け止めては、静かにはしゃいでいた。

三人で伏見稲荷大社の楼門をくぐり、教授の手書きの地図を頼りに境内を横切った。本殿から奥社へは向かわず、右手の東丸神社の脇を抜けると、観光客の喧騒はたちまち遠ざかり、閑静な住宅街に出る。人の姿もまばらな路地を二度ばかり折れると墓地があり、鉛色の空の下、古い墓石に雪が舞いかかる様子には陰々とした美しさがあった。墓地の裏手から道は未舗装になり、右手には枯れた畑が現れ、左手には稲荷山の鬱蒼とした裾が迫ってきた。教授の家は、その山裾に背を守られるように佇んでいた。

猫堂が呼び鈴を鳴らす前に玄関が開き、ほの暗い家の中から、袷に綿入れを羽織った教授が現れた。

――ようこそ。待っていたよ。

際立って長身の人物がまとう和服は、どこか異国の民族衣装のように見えた。

――お招きに感謝いたします、教授。

ライラが丁寧に礼を述べ、舞もかしこまって頭を下げる。猫堂は三和土に目を落とした。隅に女物の草履があるが、家の中はしんとしており、教授のほかに人の気配はない。

――静かだろう。稲荷駅から歩いて数分だが、夜は真っ暗闇になる。帰りは明るい場所まで送ってあげよう。

家の中に招じ入れられた瞬間、猫堂は年を経た木の香を感じ、古い御社にでも足を踏み入れたような感覚を抱いた。

――妻は葬式の手伝いに出掛けていてね。君たちに会いたがっていたんだが。

客間の炬燵には鴨鍋の用意があり、土鍋からはすでに湯気が立っていた。血の滴るような鴨肉が、薔薇の花冠を象ったかたちで大ぶりの皿に敷き詰められ、別の皿には、葱や水菜、生麩や豆腐などの具材が堆く盛られている。粗塩、醬油、合わせ酢などの小瓶が卓上に整列し、各自が無手勝流に味を調合できるよう設えてあるのは、宗教上の理由から酒精の類を一切口にできない留学生への配慮だろう。炬燵に足を入れると、冷えて縮こまっていた節々が一気に緩み、霧のような眠気が頭をかすめた。

――采配は僕に任せて、君たちは食べるのに専念したまえ。ライラ、きみの歓迎の集いだ。

自分の家だと思って寛(くつろ)ぐといい。

　そう言うと、教授は実験機器を取り扱う時のような、敏捷でいて丁寧な手際で具材を鍋に落としていった。ほれぼれと眺めながら、猫堂はなぜかこの時、自分たちが教授の手で水槽に封じられた鯉になったように感じた。

　大学の医学部校舎の前には小さな池があり、狐塚教授は時折、そこに泳ぐ鯉の一匹を気まぐれに水から掬(すく)い上げては、ゼミ室の水槽に移して可愛がるのである。手ずから餌を与え、舐(な)めるように観賞し、写生したり話しかけたりして愛おしむのだが、やがて飽きると未練なく池に帰してしまう。今夜の自分たちは教授の寵(ちょう)に浴した三匹の鯉なのだ。

　鴨鍋はすこぶる美味で、伏見の酒もこころよく胃の腑(ふ)に沁(し)みた。日本語が不得手なライラのために会話は終始英語で行われたが、日ごろ無口な舞は外国語だとかえって懸命に言葉を紡(つむ)ぐ気になるのか、いつもより饒舌(じょうぜつ)なほどであった。彼女は最近読んだという、修道院を舞台にした推理小説について熱心に語り、ライラは母国の家族について嬉しそうに語り、教授は床の間の掛け軸について機嫌よく講釈した。それは雌雄の鶏が描かれた見事な絵であった。作者は猫堂もその名を知っている、江戸中期の高名な画家であるという。

　――贋作だと思うかい？

　試すように問われて、三人は困惑して顔を見合わせた。教授がやおら声を立てて笑い出した。

　――君たちは可愛いね。

　酒に濡れた上唇を、紅い舌でひらりと舐める。

——教え子というのは、なぜこんなに可愛いのだろう。時折、たまらない気持ちになるよ。

風に吹き散らされた遠吠えのような、それにしては感情のある叫びが遠方から流れてきた。猫堂は窓に目をやったが、それはすでに漆黒の鏡となっていた。

——稲荷山さ。

呟き、教授はまた酒を含んだ。

——たまにいるんだ。参道の外に連れ出されて、戻る方向を見失ってしまう輩が。

——誰が……連れ出すのですか。

舞の問いに、教授は曖昧な答えしか返さなかった。

——傲慢な旅行者は魅入られやすい。土着の神を舐めてかかるせいだ。

遠吠えに似た声がまた聞こえてくる。先刻より明確な輪郭を持ったその響きは、外国語のようにも聞こえるが、なんと言っているのかは判らない。若者の声であることだけは確かである。異様に切迫した叫びだ。猫堂は首をかしげた。なぜこれほど切羽詰まった、魔物にでも出くわしたごとき絶叫を発しているのか。

——助けに行くべきでは。

ライラが口を開いた。

——なに、熊や毒蛇が出るわけじゃなし、心配してやる必要はない。

——ですが、苦境にある人を見捨てるのは罪です。

——無駄だよ。見つけられない。見つけられない場所を彷徨っている。

謎めいた言葉にライラは目を瞬き、舞も顔をこわばらせた。

——ふふ、朝が来れば戻って来られるさ。

教授がくつくつと含み笑う。

——朝が、来ればね。

叫びは聞こえては途切れ、途切れては聞こえ、少しずつ近づいてくるかと思うと、また遠ざかり、やがてすっかり消えてしまった。最後まで明晰に聞き取れなかったがゆえに、それはかえって耳底にこびりつき、いつまでも残響して離れようとしなかった。

あの声が、今となっては綾部蓮の記憶と結びついている。綾部は今、出口のない山にいる。永遠に朝が来ない場所を、魂だけの存在となってさまよい続けている。

「それで——」

橋の袂で教授が足を止めた。

「僕に話というのは？」

「綾部さんのことですよ」

切りつける調子でその名を口にしたが、教授は眉ひとつ動かさない。

「もうすぐ三回忌です」

「ああ。もうそんなになるか。——可哀想な事故だったね」

「事故？　違うでしょう」

教授の眼鏡のつるが陽光を弾いている。その鋭い光に猫堂は顔を寄せた。

「あなたが綾部さんを殺したんです。狐塚教授」

○

医学部校舎の地階には実験動物の飼育室があった。銀色の飼育ラックが整然と並び、二十二度から二十六度の室温に常時保たれた部屋では、昼となく夜となく、マウスが回転車を走る音や、ウサギが齧り木を噛む音が低く単調に響き続けていた。動物の飼育管理は専門の業者に委託されていたが、スタッフが来ない土曜日と日曜日だけは、学生が交代で餌やりやケージ清掃を行うのが学部の決まり事となっていた。

その日の飼育当番は猫堂であった。しらじらと下弦の月が輝く朝だったのを覚えている。いつものように自転車を飛ばして大学に向かうと、医学部校舎の前で予期せぬ光景に出会った。鯉がゆらめく小さな池のほとりで、目を見張るほど美しい青年が、陽に焼けた腕に白いものを抱えて佇んでいる。腕の中にある物体がウサギの亡骸だと気づいた時、猫堂は瞬時、呼吸を忘れた。

自身の過去世を抱いている仏陀——父から聞かされた月兎の物語が目の前にある。虚構が受肉したように感じた。

青年に物憂げな視線を向けられ、猫堂は我に返った。同時に、ことの異常性にはじめて気づいた。

「な、何してるんだ」

口ごもりながらも強い声を作り、青年に近づく。

「そんなもの持ち出して……どうやって飼育室に入った？」

猫堂の詰問など耳に入らないように、青年は手の中の亡骸に目を落とした。

「……生まれて来ない方が良かったのにな」

溜め息まじりに呟く。暗い憫笑(びんしょう)を帯びた顔には、壮絶な色気があった。

「どこかに埋めてやりたい」

「何を考えてるんだ。第一、君は――」

誰何(すいか)しようとした途端、「アルバイトだよ」と声がした。狐塚教授が、白衣の裾をなびかせて校舎を出てくる。

「学生課を通じて採用したんだ。今後、土日は彼に動物の世話をしてもらう」

「アルバイトなんか募集してたんですか」

「募集したわけじゃないさ。自主的に申し出てくれたんだ」

引っかかるものを感じ、猫堂は青年の表情を窺(うかが)った。教授も青年に目を向ける。

「勝手に死体を持ち出しては困るね」

「……朝来たら、死んでたんで」

「飼育中に死亡、もしくは安楽死処理した動物は、指定のポリ袋に密閉して死体用冷蔵庫に保管し、記録簿に個体数を記入する。その後、処理業者に引き渡すんだ」

教授は淡々と説明し、すでに死後硬直のとけた死骸を一瞥した。

「この子は特殊な状態だったのでね、実験に使うこともできず持て余していた。想像妊娠していたんだよ。ウサギにはよくある症状だ。しかしなぜ死んでしまったのだろう。なぜだと思う？」

教え子に診断を求めてきた。猫堂が「分かりません」と素直に答えると、教授は頭上のアカシアの枝葉を仰ぎ、詩を詠むような口ぶりで語った。

「思い込みという代物は、時として生命すら蝕んでしまうのかもしれないね。古今集の時代には、恋患いが昂じて命を落とした者もいたくらいだから。もっとも、死ぬより始末の悪いことになった場合もあるようだ。宇治橋の袂には、恋心を募らせて鬼に変身した女の霊が祀られているよ」

人間の恋患いとウサギの想像妊娠を同列に扱って良いものだろうか。猫堂が渋い顔で黙っていると、教授はようやく青年を紹介してくれた。

青年は綾部蓮といった。経済学を専攻し、水泳部に所属しているらしい。肩幅が広く胸筋が発達した、いかにも水中を軽々と飛行しそうな体型は、父親が彫る仏像を猫堂に思い出させた。古代ギリシャやオリエントの文化を愛する父は、四肢がのびのびと伸暢した、六尺豊かな像を好んで彫っていたものである。しかし父の作る仏像に比べると、この青年はあまりにも男らしさが過ぎる。男性性が過剰で、かえって寂しい。父の作品は力強くもたおやかで、無垢で、それゆえに豊かで、もっと両性具有的であった。

狐塚教授は綾部を飼育室に連れていき、動物の健康状態のチェック法やケージ洗浄のやり方、生体実験における苦痛カテゴリーの分類などについて丁寧に説明した。何となくついてきた猫堂は、教授の指示通りにラットの糞尿を始末する綾部の姿を眺めながら、怪訝なものを感じていた。この美しい青年は何かを企んでいるような気がする。根拠はないが、そう思われてならない。

翌週、猫堂はキャンパスで再び綾部蓮に出くわした。混み合う学食でうどんを啜っていると、恋人らしき女子学生を伴った綾部が隣席に腰を下ろしたのだ。彼は猫堂に気づいておやという顔をしたが、声をかけてくるでもなく恋人と雑談を始めた。猫堂も黙ってうどんを啜り続けた。

綾部の恋人は、栗色の髪をゆるい縦巻きにした、お人形のような顔立ちの女の子であった。頰杖をついて上目遣いにしなを作り、新しい車に乗せてほしいとねだっている。

「こんどの週末、いいでしょ？」

「昼間は会えない。夕方からなら――」

「水泳部の練習？」

綾部は答えず、恋人の饒舌を封じるように、テーブル越しに腕を伸ばして巻き髪の一束を弄んだ。どうやら彼は、飼育室でのアルバイトについて周囲には秘密にしているらしい。やはり何かが怪しい。綾部が新車を乗り回している事実にも引っかかりをおぼえた。それほど裕福な境遇にある若者が、なぜ実験動物の世話などに貴重な休日を費やす必要があるのか。飼育室でのアルバイトは綾部の方から申し出てきたというが、彼にはやはり、小遣い稼ぎとはまったく別の、何か特別な思惑があるのではないだろうか。

突然、赤いフレアスカートの美女がつかつかと学食に入ってきた。綾部のテーブルにまっすぐ近づき、音を立てんばかりに卓上に手をつく。

「ふざけないでよ」

身をかがめ、荒い息とともに食ってかかった。

「あたしたち、まだちゃんと話し合ってないよね？　話し合おうって、あたし言ったよね？」

巻き髪の女の子が面食らって居竦(いすく)んだが、綾部は動揺のそぶりも見せず、両手を頭の後ろで組み、平然とにやけてみせた。この美男子はどうやら、前の恋人との別れ話が決着しないまま新しい恋人に乗り換えたらしい。猫堂は冷ややかに修羅場を眺めた。周囲の学生たちもそれとなく聞き耳を立てている。巻き髪の女の子が綾部のシャツの袖をつまみ、所有権を誇示するように赤いスカートの美女を睨(にら)み上げた。美女が細い眉を歪(ゆが)め、流行(はや)りの色に塗った唇をわななかせて巻き髪を見下ろす。

新旧の恋人が睨み合う傍(かたわ)らで、綾部は突然、小さく首を振って虚無的な笑いを漏らした。ふらりと立ち上がり、つまらない芝居を観終わったような態度でさっさと食堂を出て行こうとする。赤いスカートが慌(あわ)てて後を追い、巻き髪もそれに続いた。猫堂はうどんの残りに黒七味を振りかけた。先日、ウサギの亡骸を抱いて佇んでいた綾部に、仏陀の前世譚(ジャータカ)など重ねてしまった自分がほとほと馬鹿に思われる。

学食での茶番から半月ほど過ぎた土曜の午後、猫堂はまたしても綾部と出くわした。その日、培養細胞の状態を見るために研究室に向かっていると、長い廊下の先に綾部の後ろ姿を見つけた。水泳選手特有の、隆々たる肩筋と引き締まった下肢から、遠目にも彼であることが知れた。綾部はずらりと並んだドアの一つの前に立ち、ドアノブに手をかけている。だが施錠されているのが分かると手を離し、静かに数歩歩いて、隣の研究室のドアノブに手を伸ばした。

「何してるんだ」

出会った日と同じ言葉を猫堂は口にした。声は静謐(せいひつ)な廊下にりんりんと響いた。反射的に振り返った綾部は、狼狽するでもなく顎を上げ、不敵な笑みを浮かべる。猫堂は大股に歩み寄った。

「飼育室の作業は済んだんだろう。二階に何の用だ?」

「当ててみろよ」

綾部の目の底には、ぞっとするほど暗いものが流れていた。なぜか希死念慮の影のように思われ、猫堂はこの時、ほとんど無意識に綾部の全身に診察者のまなざしを走らせた。

「何を……探してる?」

唐突な発想ではあったが、それは頭に浮かぶなり確信に変わった。この青年は、何かを探している。彼にとって重要な何かが、医学部校舎のどこかに隠されている——

「おまえの口の利き方、腹立つな」

苦笑まじりに綾部は目を眇(すが)めた。学年は彼の方が一つ上である。居丈高な物言いが癇(かん)に障るのは当然ではあったが、うかつに敬語を使えば力関係が定まってしまいそうで面白くない。猫堂は抜かりなく横柄を装い続けた。

「何を、探してるんだ」

もう一度、声を低めて訊ねると、頭上で蛍光灯がじりじりと、羽虫が飛んでいるような不快な音を立てた。綾部が腕を組んで睨みつけてくる。その目を悠然と見返すと、猫堂の中にうずくような敵愾心が生じてきた。羽音を浴びながら黙然と睨み合う。

「決闘でも始まりそうだね」

ふいに声をかけられ、二人で同時に振り返った。細く開いた資料室のドアの隙間から、真っ白な狐の顔が覗いている。

「なんなら僕が立会人になろうか」

面を取った狐塚教授は笑みを浮かべていた。頭上の蛍光灯が鳴りやむと同時に緊張の潮が引き、猫堂はなにか阿呆らしい気分になって長息した。綾部が飼育室の鍵を教授に渡す。

「処置台のアルコール、補充しておきました。ラック掃除用のヨウ素液も」

「ああ、よく気がついたね」

「床のヨードホール消毒も済んでます」

「ご苦労さま。助かるよ」

子供に対するような口調で青年を褒め、教授は白衣のポケットから一冊の文庫本を取り出した。「ご褒美だ」と無造作に差し出された本を、綾部は驚いた様子で受け取った。綾部の頭を教授がさわさわと撫でる。その白い掌から毒薬でも注入されたように、綾部の全身がぶるっと痙攣(けいれん)し、整いすぎた顔が哀れなほど燃え立った。意外すぎる反応に猫堂は驚いた。

「仲良くしたまえよ。——それじゃ」

　唐突にドアが閉められる。綾部はもはや猫堂に一瞥もくれなかった。今さっきの好戦的な態度が嘘のように、無言でゆらゆらと歩き出し、階段を下りていく。なにか唖然(あぜん)と猫堂は見送っていた。

　その後も折に触れて、キャンパスの中で綾部の姿を見かけた。同性にも妙に人気があるらしい彼は、男子学生の輪の中心で快活な笑い声を放っていることがたびたびだったが、猫堂の耳には、その笑い声は妙に白々しく、演技じみて聞こえるのだった。この恵まれた青年は、心の奥底では社交や恋愛を少しも楽しんでいないのではあるまいか。そんな気がしてならなかった。綾部蓮はただ、内心の空虚をごまかすために、ただそれだけのために、日々、青春を謳歌(おうか)している演技を律儀に続けているだけではないのか。

○

　その年の夏はだらだらと尾を引き、暑気はいつまでも京都盆地を去らなかった。

　狐塚教授から呼び出されたのは、うだるような暑さながら雲脚の速い九月末の午後である。上空には一足先に秋が訪れているのか、天穹の青色が清らかに澄んでいた。

「君に頼みがある。これは人助けだ」

教授にそう持ちかけられた時、来たなと猫堂は確信した。心のどこかに、いずれは声が掛かるだろうという予感があった。

「ＡＩＤですか」

「ご名答」

満足そうに頷き、教授は窓の外に視線をやった。大学付属病院の白い建物が青空に映えている。あの病院で三十年以上前から、非配偶者間人工授精（Artificial Insemination by Donor）――通称ＡＩＤ――の施術が綿々と行われ続けていることは、医学部の者なら誰でも知っている。施術のための精子提供者が、常に学生の中から選び出されることも。

「綾部君にも声をかけたよ」

何が楽しいのか、教授の声は不自然に明るかった。

「通常、協力者は医学部の学生から選ぶんだが……綾部君は学業成績も悪くないし、肉体的にもきわめて優れている。お誂え向きだと思ってね」

美術品を評するごとき口ぶりである。猫堂はこの時、自分が綾部とともに、教授の手中で賞翫される茶器にでもなったような気がした。胸苦しいほどの反発心がこみ上げる。

「何を怒っている？」

「怒ってませんよ」

「君は可愛いね」

窓辺の水槽に向けて教授は呟き、眼鏡の奥の目を細くした。可愛いと言われたのが自分なのか、外の池から拐かされてきた金色の鯉なのか猫堂には分からない。

「言わずもがなだが、君たちの個人情報がレシピエント側に伝えられることは一切ない。レシピエントの情報が君たちに明かされることもね」

諾否の返事は後日で構わないよ、と言い添えて、教授は妙にさわやかに笑った。

猫堂は校舎を出て池の傍らを逍遥した。鯉が一匹、音を立てて水面に跳ねた。先日までゼミ室の水槽でゆらめいていた、目が覚めるような真紅の錦鯉である。今は教授に容色を飽きられ、金色の仲間に寵児の座を奪われてしまっている。狐塚教授は学生には優しいが鯉には冷たい。気まぐれに選び出して侍らせるだけでなく、池に仕切り網や産卵床を設けて手ずから交配を促すこともあるくせに、生まれてきた鯉にはさしたる関心も示さない。たまに思い出したように掬い上げてみるものの、またすぐに放り出して忘れ去る。

大学を後にした猫堂は、朝霧橋を渡って宇治川沿いをしばし歩いた。放生院の階段をのぼり、賽銭箱に浄財を投げ入れて摩尼車をガラガラと回していると、生命への責任という概念が重苦しく胸にのしかかってきた。境内の石地蔵が風に吹かれている。猫堂の父が作る地蔵菩薩よりも厳しい風貌の仏様である。子供の頃、地蔵菩薩を彫る父の横顔を眺めながら、自分もやはりこのようにして、父の手で木から彫り出されたのだと信じていたことを思い出す。父が作り上げた子供の像に、母が命を吹き込み、自分という存在がこの世に在らしめられた——そう信じていた。

境内を後にして奈良街道を歩き、住宅街を右に左に折れるうちに、いつしか萬福寺の前まで来ていた。足を止めて目を閉じると、自分の心がすでに定まっているのが分かった。狐塚教授には断りの返事をしよう。

きびすを返して再び大学をめざす。夕空には鉤針で編んだような秋らしい雲が広がり、付属病院の建物に茜色の影を落としている。

猫堂の視界の隅で光がきらめいた。はっと目線を投じた先には、夕日に輝くプールがある。熱心な水泳部員が一人で練習していた。女性である。彼女は力強いクロールでプールの端まで進むと、水中で前転して壁を蹴り、波打つ水面をまた横切って反対側の壁に到達し、プールサイドの大時計でタイムを確認した。息を整え、ふたたび金色の水面を泳ぎ出す。プールを往復し、タイムを確認し、そしてまた泳ぎ出す。一連の動作は何度も何度も、丹念に、壮烈に繰り返された。

我知らず、猫堂はプールのフェンスに額が触れるほど接近していた。さっき回した摩尼車の音が頭に響いている。一度回せば一巻の経を唱えたのと同じ功徳があるとされる車輪状の仏具は、その形によって六道輪廻をあらわしているという。ひたすら水の中を往復する修練は、回転する摩尼車を思わせる。あるいは、阿弥陀如来の名号を称えながら仏像の周りを九十日間めぐり続ける、天台宗の過酷な修行のようでもある。仏道の修行には反復動作を伴ったものが数多くあるのだ。常行三昧——

「——夢に出そうだ」

猫堂の背後で声がした。振り返ると、夕風に髪をなぶらせて綾部が立っている。

「水の中を延々、行ったり来たり……才能もないくせに」

輝く水面を見つめる綾部の目の底には、いつかと同じ暗黒が漂っている。その暗さに向けて猫堂はたずねた。

「頼み事をされただろう？　狐塚教授に」

「ああ」

「引き受けるのか」

綾部はまなざしを一瞬揺らし、フェンスに拳を押し当てた。

「生まれてこないのが、一番幸せだ」

女子部員の鍛錬はまだ終わらない。ターンとともに撥ね上がるしぶきが、空中の華になって一瞬だけ咲いて散るのを、綾部は憎むように睨みつけている。

「ひどいフォームだ」

吐き捨て、フェンスに背を向けた。広い肩に夕陽を乗せながら去っていく。そうか、と猫堂は心中呟いた。そうか。惚れているのか。

一人になり、プールに目を戻すと、今度は妙なもどかしさに襲われた。泳ぎ続ける女子部員の姿に、さっきは気づかなかった瑕疵がいくつも発見されたのである。なるほど綾部の指摘した通り、彼女のフォームは端正とは言い難い。せわしなく両腕を回し続けるわりには、一掻きごとの推進距離はさほど大きくはなく、闇雲なバタ足はやたらと水滴を撥ね散らかすばかりで、適切に動力へと変換されていない。彼女はきっと、導師のいない修行者なのだ。木に埋まったまま誰にも彫り出してもらえずにいる、気の毒な菩薩様だ。

　猫堂はプールのフェンスの前からいつまでも立ち去れずにいた。夕空がやがて彩度を失い、キャンパスがなかば夜気に包まれた頃になって、女子部員はようやく練習を終えて水から這い上がり、振り返ってプールに対面した。水泳帽を外し、まだ波立っている水面に深々と一礼する。真摯で美しい姿であった。猫堂は、自分もまた慎ましく頭を垂れたい衝動に駆られた。水面を覆う金の小波に——彼女の修行の痕跡に向けて、静かに跪き、頂礼したい。

　この世は生まれてくるに値する場所だという考えが、突如、力強く萌芽するのを感じた。なにやら生の希望に呑まれるようで、猫堂はふうと息をついて頭上を振り仰いだ。円形に近い月が、月兎の影をうつして空を昇っていく。

　女子部員が水を滴らせながら更衣室へ去り、プールの水面がすっかり静まった頃、猫堂は、自分の心もまた整っているのを意識した。たったいま芽生えたばかりの、この世は生まれてくるに値する場所だという考えを、一時の感情として遺失してはいけない。そう思った。粘膜細胞をシャーレの上で培養するように、自分はこの考えを育んでいかねばならない。

　狐塚教授の依頼を、自分は受けるべきだ。生命の発生にかかわる施術に協力すべきだ。

　医学部校舎に戻るのはやめ、満たされた気持ちで家路についた。すずやかな宵の中を一人で歩いていると、先刻綾部が口にした言葉が、今になって胸に喰い込んでくるのを感じた。生まれてこないのが、一番幸せだ。恵まれた青年から発せられたがゆえに、その言葉には厭世の暗さもなく、反出生主義の堅苦しさもなく、ただ素朴な実感だけが滲んでいた。しかし、その実感の出所が猫堂には謎であった。
生滅（しょうめつ）の宿にいる身のやるせなさ。そんな拙（つたな）い川柳を、いつだったか父が酔って呟いていたのを覚えている。父の信じる所によれば、どれほど栄耀（えいよう）を、あるいは堕落を極めても、人の一生など所詮、つらなる輪廻の数珠（じゅず）玉の一粒に過ぎないのだ。魂は生まれかわり死にかわりして、已（や）むことなく転生を繰り返す。一期を終えればたちまち六道のどこかに出生せしめられ、新たな迷いの生を強いられる。——ことによると綾部も、そうした東洋的な輪廻思想の持ち主なのだろうか。彼もまた、魂が六道流転し、絶えず反復の苦役を課せられていると信じているのだろうか？

地上に夜気が満ちるにつれ、月面のウサギの影はますます色濃く冴えていった。猫堂は足を止め、吸い寄せられるように月を見つめた。

疑惑はその瞬間、月から降るように落ちてきた。

まさか。——だが、もしや。

猫堂は目を閉じ、思い巡らした。休日を実験動物の世話に費やす綾部。傲慢で享楽（きょうらく）的で、群れ寄る女たちに対しては不誠実なくせに、飼育室での働きぶりは奇妙なほどに真面目な綾部。その落差が意味するものは何か。医学部の廊下を一人、ドアからドアへとさまよい歩いていた、あの行動が意味するものは何か。生まれてこないのが一番の幸せだという、あの言葉が意味していたものは——

月明かりに燻（いぶ）されたように胸が詰まり、猫堂は両手で顔を擦った。確かめねばと思った。

次の週末、綾部が飼育室での作業を終える時刻を見計らって、猫堂は医学部校舎に向かった。建物の前のベンチで、美しい青年は作業用の防護衣に身を包んだまま、狐塚教授から与えられた文庫本に目を落としていた。それが古い詩集であることを猫堂は知っている。十一世紀のペルシャ詩人の手になる四行詩集(ルバイヤート)。教授の机に放り出されていたのを以前盗み見て、心惹かれる何かを感じ、同じ本を古書市で入手した。収められた詩はいずれも平易で、そのうちの何篇かはたちまち暗唱してしまった。

さあ、一緒にあすの日の悲しみを忘れよう、
ただ一瞬(ひととき)のこの人生をとらえよう。
あしたこの古びた修道院を出て行ったら、
七千年前の旅人と道伴(みちづ)れになろう。

水泳選手の広い掌に収まった文庫本は、捕らえられた蝶のように小さく見えた。猫堂がベンチに近づくと、綾部は顔を上げ、物憂げに見つめ返してきた。

「無駄だ」

自分でも驚くほど冷たい声が出る。

「探し物は見つからない」

綾部の下唇がぴくりと動いた。だが言葉は発されない。

「隠されたままだ。この先もずっと。だから……諦めろ」

鎌をかけ、猫堂は相手の出方を窺った。綾部は文庫本を閉じて傍らに置いた。

「……リストがあるはずだ」

漂流者が水平線を見るような目で、医学部校舎を切々と仰ぐ。

「提供者になった学生のリストが、どこかにある。それさえ手に入れば――」

猫堂は首を振った。「諦めろ」ともう一度、今度は厳しく言おうとした。だが一瞬早く、綾部が立ち上がって縋りついてきた。おそろしい握力で猫堂の二の腕を摑む。

「協力してくれ」

恫喝の口調であった。秀麗な顔が無残に歪み、目が血走っている。その目の奥には相変わらず暗いものが流れているが、暗さの中に、あるかなきかの希みが表れているようでもある。猫堂は無言で手を振りほどいた。逃げるようにその場を離れ、校舎に足を踏み入れようとしたが、その時、背中でかすかな嗚咽を聞いた気がした。

研究室に向かう途中、黒マジックの落書きが目に飛び込んできた。それは階段の上り口の壁に、一字一字、念を込めた手跡で書きつけられていた。

お父さん、どこにいるの。

○

「茶柱だ」

狐塚教授は清水焼の湯呑みに目を落とし、無遠慮に猫堂の話を遮った。

「回忌の集いに茶柱が立ってもね」

薄笑いを浮かべた頰は、明るい窓を背にしているためか、影をまとって仄暗い。店には二人のほか客はおらず、広からぬ店内には、胡弓を思わせる耳馴れない弦楽器の旋律が低く柔らかく流れている。

「僕は綾部さんを警戒していました。最初は、あの人が何かを企んでいる気がしたから……その後は、企みの正体が明らかになったからです。――教授、あなたはいつ知ったんですか。綾部さん自身が、非配偶者間人工授精で生まれた子供であることを」

教授は薄笑いを浮かべたまま黙っている。

「AIDによって出生した子供は、父親の正体を永遠に知ることができません。精子提供者に関する情報は、レシピエント側には決して明かされませんからね。しかし記録自体はきちんと存在している。施術ごとの提供者情報がリスト化されて保管されている事実は、一般にも公にされています。綾部さんはそのリストを探していました」

「せっかくの新茶が冷めるよ」

「僕はリストを見つけたんですよ」

「ほう」

「偶然でした。きっかけは、ライラ・ミシャールです。彼女がゼミに加わった時、日課の祈りに使うようにと、教授は彼女に二階の資料室を提供しましたよね」

「あの子はいたく感謝していたよ」

「ゼミ生たちで一度、あの部屋を掃除したのを覚えていますか。不要になった資料を破棄し、ライラが私物を入れられるよう、鍵付きの書棚にスペースを作った」

「覚えているさ」

「掃除の途中で、教授は書棚から一冊のファイルを取り出して僕に渡しましたね。研究室の机に運ぶようにと言いつけて」

教授が眉を浮かせる。

「表紙に『持ち出し厳禁』と書かれたファイルです」

「中を見たのかい」

「見るなとは言われませんでしたから」

「悪い子だな」

「ファイルの中身は、過去三十年にわたるＡＩＤ施術の記録でした。施術日時と、レシピエントの個人情報、精子提供者の学生番号リスト……。番号を該当年度の学生名簿と照合すれば、提供者が特定できる仕組みになっていました」

教授はゆっくりと茶を味わい、弦楽器の旋律に聞き入っているようだ。背後の窓が燦々と輝いている。しかし古いレコードの奏でる哀歌には、水滴が板屋根を叩くようなノイズがしきりと混じり、外を大粒の雨が降っている錯覚に誘われる。

「ライラだったら、思し召しだと言うのだろうね。君が偶然リストに出会ったのではなく、神が君の手に渡したのだと。我々人間には、何かに出会う能力などありはしないのさ。遭遇は運命の領域、運命は神の領域だ」

　教授は柔らかく瞼を下ろし、追想の面持ちになった。

「ライラの祈りは美しかったね。そうは思わないかい？」

「ええ。美しかった」

「僕は彼女を羨んでいたんだよ」

「なぜです」

「信仰を持っている人間が羨ましいのさ」

「ご自分も、何か信じればいいじゃありませんか」

　教授は小さく首を振った。

「この京都には、神や仏が多すぎるよ。八重の棚雲といった体だ。苦しくなるじゃないか。かえって、何も信じられなくなる」

　君はどうだいと目で問われたが、猫堂は話題を戻そうとこころみた。

「綾部さんは自分の父親を探していた。あの人が飼育室のアルバイトを始めたのは、医学部校舎に出入りする口実を作るためでした。医学部のどこかに隠されているリストを探し出して、自分の生物学上の父親を突き止めたかったんですよ」

「……彼が犯人だろうか」

「はい?」

「ウサギの件だよ」

教授が射るように見つめてきた。

「飼育室から、実験用のウサギが一斉に姿を消したことがあっただろう? 綾部君が亡くなる少し前のことだ。ウサギを盗み出した犯人は、綾部君だったのだろうか」

猫堂が無言で唾(つば)を飲み込んだ時、携帯電話が振動した。教授がすいと立ち上がる。

「出たまえよ。遠慮せずに」

着物の裾を翻(ひるがえ)し、フランス窓からテラス席へ出ていく。その後ろ姿を注視しつつ、猫堂は携帯電話を耳に当てた。洋々たる声がする。

「ただいま、猫くん」

「おかえりなさい、瑛子先輩」

「日本は暑いね。空港着いてびっくりしちゃった」

「最高の夏になりますよ。——僕にお土産は?」

「チョコレート、オリーブ石鹸、天使のキーホルダー」

「悪魔の方がよかったな」

「贅沢言わないの。いつ会える?」

「あしたプールに行きますよ」

競泳選手団の高地トレーニング合宿は三週間続いた。標高二千メートルの南欧の街から、瑛子は毎日のようにメールを送ってきた。この土地の郷土料理は素朴で良い味がするとか、硬水のプールは海を感じさせるとか、他愛ない話を綴る文面は、小学生の絵日記のようにいつも楽しげに弾んでいた。

「帰りの飛行機の中で気づいたの」

電話越しの声もまた弾んでいる。

「猫くん、わたし、指の間に蹼（みずかき）が出てきたみたい」

「最高の土産です」

「あした見せてあげる」

「見るだけじゃつまらないな。抓（つね）らせてください」

テラスに佇む狐塚教授は、明るい倦怠（けんたい）をまとって宇治川を眺めつつ、虚空に囁きかけるごとく唇を動かしている。ペルシャ詩人の四行詩を呟いているのかもしれない。

　いつまで水の上に瓦を積んでおれようや！
　仏教徒や拝火教徒の説にはもう飽きはてた。
　またの世に地獄があるなどと言うのは誰か？
　誰か地獄から帰って来たとでも言うのか？

「いよいよオリンピックだね」

テラスから戻って来るなり教授は言った。

「感無量だろう。君は一回生の頃から遠山瑛子にご執心だったから」

楽しげに身を乗り出してくる。猫堂は身構えた。

「君がプールサイドに立ち、遠山瑛子に叱咤を浴びせているのをよく見かけたよ。彼女が世界で戦える選手になったのは、間違いなく君の手柄だ。だが彼女は、少しは僕にも感謝してくれているだろうか」

「……なぜ、教授に感謝するんです」

「なぜ？　君たちを出会わせたのは僕じゃないか」

猫堂が眉宇を寄せると、教授は興が乗ってきた様子で、「ライラがね」と続けた。

「ライラが母国に帰る時、僕に出会えたことを神に感謝すると言ってくれたよ。あの子の信仰では、人と人との出会いもまた神の采配によるものなのさ。つまり僕の趣味は、神の真似事というわけだ」

「趣味って何です」

「僕が学生を選び出すのは、なにもＡＩＤへの協力を頼む時ばかりじゃないさ。折に触れて、二人の学生を慎重に抽出してはシャーレに載せたものだ。そして一方がもう一方に変化を起こすのを見つめた。君と遠山瑛子、遠山瑛子と北里舞、綾部君とライラなんていう組み合わせもあったっけ」

テーブルの下で猫堂は両手を拳にした。同じ反発心を過去にも抱いた覚えがある。あれはＡ

ＩＤへの協力を打診された日だ。自分が綾部とともに、教授の手の中で賞翫される茶器にでもなったように感じた、あの屈辱と恍惚。

「……僕はあなたに、綾部さんがリストを探している事実を伝えようと思った」

強引に話題を引き戻す。

「万が一にもリストが発見されて、綾部さんが父親の正体を知るようなことになったら一大事ですからね。彼の企みが分かってすぐ、僕は研究室に向かいました。あの日もあなたは、狐の面をつけて窓辺に立っていた。僕が声をかけると――」

店員が茶蕎麦を運んできた。猫堂は一旦言葉を切り、平然と箸を取る教授に向けて、心もち上体を傾けた。

「僕が声をかけると、あなたは振り返って、狐の面を外した。――はじめてでした」

「何がだい？」

「あの時、はじめて僕は、眼鏡をかけていないあなたの顔を真正面から見たんです」

深緑の蕎麦の一束が、教授の紅い唇の間にするすると吸い込まれる。猫堂が黙って言葉を待っていると、教授はちらと睫毛を上げ、食べなさいと目で促してきた。

茶蕎麦はほろ苦く、ほの甘く、噛みしめると茶畑の薫風が鼻に抜けるようだった。

「僕は大学を辞めたよ。妻と二人、外遊でもしようかと思ってね」

教授の肩越しに、宇治川は金箔でも刷いたごとくきらきら光っている。猫堂は対岸に目をやった。川のほとりの、かつて瑛子とよく訪れた定食屋があったあたりに、護岸工事のショベルカーの橙色がいくつも蠢いている。あの店で最後に食事をした日、瑛子が口数少なくカツレツを頬張っていたことを思い出す。ずいぶん昔の出来事のようだ。

当時、瑛子はひどいスランプの中にいた。

三回生の秋を境に、驚異的なペースで自己新記録を更新し続けた彼女は、やがて国内トップレベルのタイムを叩き出すようになり、卒業後は大手スポーツクラブ「キャナルスポーツ」に所属した。契約が決まった際、彼女は会社のお歴々に頭を下げ、自分の専属コーチに猫堂を加えてほしいと訴えたという。会社側がこれを快諾してくれたため、猫堂は瑛子の卒業後も、月に五、六回のペースで指導を続けていた。

だが社会人になって二年目の冬、瑛子はこれまで経験したことのない隘路に迷い込んだ。泳ぎが無残に壊れ始めたのである。

○

「『総身に知恵が回りかね』って奴ですね」

猫堂が冷たく罵ると、瑛子はゼイゼイと肩を上下させながらゴーグルを外し、レンズに溜まった涙をプールサイドに捨てた。猫堂は膝を折って目線を近づけ、遠慮なく叱責を続けた。

「泣きたいのはこっちですよ。一週間ぶりに来てみれば、一週間前よりさらにフォームが崩れているんですから。僧帽筋に無駄な力が入っているし、胸腰移行部はふらつき過ぎです。ターンもひどいもんだ。春のチャンピオンシップは討ち死にだな」

　ううと呻(うめ)き、瑛子は血色のよい拳でプールサイドの床を叩いた。

「ふん、正鵠(せいこく)を射られて悔しいってわけですか。まあいい。ひとまずクエン酸でも補給してください」

　猫堂がマーマレードの小瓶を差し出すと、泣き顔のままプールから這い上がろうとする。すかさず額を強く押し、精悍(せいかん)な体を水中に突き落とした。

「何すんのよっ」

「陸上で食おうなんて十万年早いんですよ」

「覚えてらっしゃい、アホ猫」

　悔しげに吐き捨て、瑛子は胸先まで水に浸(つ)かったままマーマレードを食べ始めた。朝焼けの色をした美しい蜜は、先週、猫堂が岩倉の修道院のチャリティバザーで買ってきたものだ。売り子の見習いシスターは、これは自分が拵(こしら)えたのよと言って頬を染め、運動選手の疲労に効くよう、砂糖の代わりに蜂蜜を用いて作ったのだと、重要機密でも告げるように囁(ささや)いた。

「僕にも一口ください」

　顔を寄せてねだると、瑛子は銀の匙(さじ)にたっぷりと蜜を載せ、口に運んでくれた。

「うん、うまいですね。神の庭の味がする」

「ご利益(りやく)があるといいけど」

「それはあなたの信心次第ですよ。食べ終わったらフォームを見直しましょう。それからハードを二十本、呼吸制限練習（ハイポ）、仕上げに陸トレです。腹筋は今日から二千五百回に増やします」

「地獄だね」

「地獄かどうかは僕が決めることです」

俯いて蜜を味わう瑛子の首筋から肩にかけて、これまで見たことのない筋肉の厚みが出現している。運動選手の肉体は強靭になればなるほど、より繊細さを孕（はら）んでいくのだと猫堂は思い知らされる。瑛子の泳ぎが崩れてしまった原因は、肉体の発達によって生じたメカニズムの微妙な変化に、操舵の技術が追いついていないことにあるのだ。進化した躯（からだ）を彼女自身がうまく使いこなせずにいるのである。

「あとで『橋姫』に行きましょう。来週で閉店だそうですから」

「食べ収めだね。カツレツ定食にしよう」

「僕は衣笠（きぬがさ）うどん」

「たまにはお肉でも食べたら？」

ガラスの小瓶を空（から）にすると、瑛子は覇気を取り戻した顔にゴーグルを装着した。

「精進潔斎でもしてるの？　お坊さんになるつもり？」

壁を蹴ってまた泳ぎ出す。先刻とは違ってゆっくりと手足を動かし、自分の体と対話するように水の上を滑（すべ）っていく。別のレーンでも選手たちがそれぞれ練習に励（はげ）んでいる。再来月に控えた春のチャンピオンシップに向けて、修行者たちはみな丹念に自己を作り上げていく。

プールのガラス壁からは東寺（とうじ）の五重塔を望むことができた。晩冬の陽をまとった姿は風雅だが、あれは塔の形をした大日如来なのだと、いつだったか父が言っていたのを猫堂は覚えている。

「練習みてくれる回数増やしてよ、猫ちゃん」

夕刻、宇治に向かう京阪電車の中で、瑛子が唇を尖(とが)らせて頼んできた。頼まれるまでもなくそのつもりでいたが、猫堂は勿体ぶってにやにやした。

「学生も暇じゃないんですよ。とりわけ将来を嘱望(しょくぼう)された秀才はね」

「えらそう」

窓にもたれ、まだ湿り気を帯びている髪を頰に散らして目を閉じる。疲れが眠気に変換されているらしい。邪気のないまどろみの姿を見守っていると、猫堂の中に静かな焦燥が込み上げてきた。オリンピックの中間年である今年のうちに、瑛子には何としても海外を経験させてやらねばならない。世界大会への切符を手に入れるには、チャンピオンシップで上位二名に入るのが必須条件である。瑛子の年齢を考えても、オリンピックのチャンスはただ一度きりだ。足踏みしている暇はない。この春が勝負なのだ。

宇治川にはおぼろげに霞(かすみ)が立っていた。定食屋に入ると、会計を終えたばかりの女子学生の一群が、瑛子を見て驚いた顔になった。いかにも運動部員らしい、引き締まった手足が若鹿を思わせる娘たちである。一同は顔を寄せ合って何か囁き交わすと、跳ねるように瑛子に駆け寄り、

「大会、がんばってください」

行儀よく声を揃えた。瑛子はにっこり頷き、「がんばる」と力瘤を作ってみせた。

窓辺の席に向き合って座り、猫堂は卓上ポットの茶を湯呑みに注いだ。

「ちょっとした有名人ですね。僕と出会った頃とは隔世の感がある」

「有名なのは地元でだけよ」

「がんばって世界一になることです」

瑛子の前に茶を置くと、彼女は面映ゆそうに返杯してくれた。

「さっきは討ち死にするって脅したくせに」

「脅してそやして、僕もなかなか忙しい」

「このお店、なくなっちゃうなんて寂しいね」

「有為転変、無常迅速ですよ。どんなものでも、いずれは消えてなくなります」

「きみはやっぱりお坊さんだね」

茶の湯気に顔を浸し、瑛子は何を思ったか、

「ねえ、説法でも聞かせてよ」

妙なことを頼んできた。猫堂は窓の外を眺めた。宇治川の右岸から左岸へ、しんしんと夜気が広がっていく。仏徳山の真上には橙色の星がぽつりと灯った。

月兎の物語を語ろうかと猫堂は一瞬考えたが、思い直した。あれは有名な説話だから、瑛子もすでに知っているだろう。

「……生まれてきてよかったですか」

「は？」

「この世に生まれたのが間違いだった、そう考えたことありませんか」

瑛子が屈託（くったく）なく首を傾ける。

「仏陀の母親は、お産が原因で死んだそうです」

いつか読んだ物語を語ることにした。

――この世に生まれては修行し、また生まれては修行し、気が遠くなるほどの過去世を繰り返してきた仏陀は、やがてヒマラヤの南麓に、釈迦族の王子としての生を得る。ついに成道に至るその生誕は、しかし母親の命と引き換えであった。臨月が近づいて生家に帰る途中、母親は急に産気づき、のちに覚者となる赤ん坊を藍毘尼（ルンビニー）の花園で産むが、七日後、おそらくは産褥での感染症が原因で命を落とす。仏陀が脇の下から出生したと伝えられるのは、出産が何らかの変事を伴ったことの暗喩であろう。

「母親の命を奪って出生した悲痛――生まれてきたことの哀しみが、仏教の開祖の生涯を貫いていたと、僕は思う。その哀しみがすべての始まりだったんですよ。以上。説法おわり」

そっけなく話を切り上げ、猫堂は芝居がかった仕草で合掌してみせた。瑛子はなにか遠いものに想いを馳（は）せる顔つきで、夕暮れの土手を歩くカップルに視線を投げた。

「綾部は――」

言いかけて、慌てて口をつぐむ。なぜ綾部のことが頭に浮かんだのか、我ながら見当がつかないといった風に、わざとらしく首をひねってみせる。

「綾部さんがどうしました」

「別に……ただ、元気かなと思っただけ」

綾部は東京の商社に就職したと聞いている。水泳とはきっぱり縁を切ったらしい。

「あなたは綾部さんに夢中でしたねえ」

反応見たさに言ってやると、瑛子はこともなく、「うん」と頷いた。

「彼もあなたに惚れていたんですよ」

「ああ、やっぱりね」

猫堂の言葉を真に受けず、瑛子は土手のカップルにまた目をやった。すでに付き合いの長い二人なのか、並べた背中にはどことなく倦怠が滲み出ている。

油揚げの香る衣笠うどんを啜りながら、猫堂は小さな後悔をおぼえた。さっき瑛子に説法を乞われた時、魔物の話をしてやればよかった。瞑想(めいそう)する仏陀の前に現れ、悟りを開かせまいと、さまざまな誘惑を試みては打ち破られた、愚かな天魔の話を。

洋の東西を問わず、道を行く者の前には、魔物の類が現れて誘惑を試みるものだと昔から決まっている。新約聖書には、キリストを堕落させようとあれこれ策を巡らす悪魔の逸話があったはずだ。綾部蓮という若者は、廉価版の天魔だった。そう瑛子に言ってやればよかった。

気づくと店内の客は自分たちだけになっていた。店員が食器を下げるのを見届け、瑛子がテーブルに肘(ひじ)をつく。

「少しお行儀悪いけど……誰もいないことだし」

「何ですか？」

「腕相撲。わたしが勝ったら、練習見てくれる回数増やしてよ」

「僕が勝ったら家来になってもらいますよ」

「よかろう」

　掌を組み合わせて顔を寄せ合うと、プールの香りが鼻に触れた。自分が今、青春の只中（ただなか）にいるのだという実感がふつふつと込み上げる。瑛子の睫毛が震えている。互いの体温が暖かく溶け合う。

　猫堂の手の甲をテーブルに押し付け、瑛子は「勝った勝った」と喉（のど）を反らして喜んだ。

　それからチャンピオンシップまでの一ヶ月半、猫堂は丹念に瑛子のフォームを再構築した。泳ぐ瑛子の姿を水中カメラで撮影し、四肢の動作（モーション）の最適解を探り、それを突き止めては瑛子の身体に叩き込み、ひたすら泳ぎ込ませて微修正を重ねていった。

「後半のラップタイムを二十七秒前半に持っていきましょう。ラスト二十五メートルは、飛天になってください。匍匐（crawl）じゃなく飛翔（flight）。いいですね」

「簡単に言わないで」

「形而上的訓練ですよ。飛ぶ感覚を強くイメージしてください。なにも泳ぐ時だけに限らない。夜寝る時も、朝目覚めた時も、風に乗って飛翔する自分を思い描くんです。あなたの前には誰もいない。下界では有象無象が蠢いていて、あなたを見上げて勝手に願を掛けたりしてる」

「なによ、それ」

「我関せずとあなたは飛び続ける。ふふ、面白いでしょう」

形而上的訓練が功を奏したか、瑛子の手足の動きは徐々に迷いを吹っ切っていった。神経回路はゆっくりと編み直され、タイムは自己ベストに近い所まで回復した。だが肉体が順調に整っていくにつれ、猫堂はかえって、ある障壁の存在を感じ始めた。何かが瑛子の飛躍を阻んでいる気がしてならない。それはどうやら、彼女の心の奥底に巣食っている、無意識のレベルでの自己不信であるようだ。自分の天運についての根本的な自信の無さが、瑛子自身も気づかない枷（かせ）になって、彼女の羽化を妨（さまた）げている。

「あなたはもう凡庸（ぼんよう）じゃない」

練習の合間合間に、猫堂は何度となく瑛子の頭を両手で包んで囁いてやった。

「わたしはもう凡庸じゃない」

呪文のように瑛子は繰り返したが、その目の奥から不安の色は消えなかった。

○

チャンピオンシップを四日後に控えた朝、瑛子は練習時間になってもプールに現れなかった。

その日、猫堂は午後から練習を見にいく予定だった。研究室でラットの神経細胞接合部（シナプス）の信号パターンを解析している所へ、キャナルスポーツの専属コーチから電話が入った。瑛子が姿を見せず、連絡もつかないという。胸騒ぎに襲われた。彼女が無断で練習を休んだことなど、学生時代を含めてこれまで一度もない。しかもこの日は大会前の重要なミーティングが控えていた。

猫堂は作業を中断し、大学を飛び出して宇治駅へ向かった。京阪電車に飛び乗り、瑛子の自宅マンションに駆けつけたが、インターホンに返事はなく、ドアを叩いても反応が返ってこない。管理人に瑛子を見なかったか尋ねると、意外にも、普段より早い時間にマンションを出たとのことだった。

「あれはデートだわね。そわそわして、まんまんさんに見向きもしないで出かけて行きましたよ」

瑛子は毎朝、マンションの斜向かいにある地蔵菩薩の祠(ほこら)に手を合わせるのが習慣だという。だが今朝はそれも忘れていたらしい。一体どこへ向かったのか。

途方に暮れている所へ携帯電話が鳴った。画面に表示された瑛子の名を見て、猫堂は飛び付くように電話に出た。

「瑛子先輩！　何してるんですか一体――」

「よう」

低く艶(つや)のある、悪意を含んだ男の声。猫堂の背を寒気が奔(はし)った。

「……綾部さん？」

「久しぶりだな」

「なんであんたが、瑛子先輩の携帯を――」

「俺の頼み、覚えてるか？」

ひどく楽しげに綾部は言った。

「いつか頼んだだろ。協力してくれって。ＡＩＤの提供者(ドナー)リストが欲しい」

「……瑛子先輩に代われ」

ヒュウと口笛の音が返ってきた。視界が歪むほどの怒りが込み上げる。

「瑛子先輩に代われ！」

生まれてはじめて、猫堂は腹の底からの怒声を発した。それを意にも介さず、乾いた笑いを綾部は放った。

「落ちつけよ。リストと交換で返してやるから」

「リストは持ち出せない。狐塚教授が保管してる」

「教授を締め上げろよ」

「瑛子先輩に何かしたら、あんたを殺す」

「おまえ次第だよ。――二時間後にまた連絡する。それまでに手に入れておけ」

通話の切断音に目の前が暗くなった。慌てて折り返したが、すでに電源が切られている。

猫堂は怒りにまかせて駆け出した。ふたたび飛び乗った京阪電車の中で、なぜ今になって、と考えた。

なぜ卒業から二年が過ぎた今になって、綾部はこんな常軌を逸した行動に出たのだろう。二年前、綾部がリストを入手することなく卒業していった時、自分はてっきり、彼が企みを断念したものだと思っていた。

もしや、この二年という時間が——青年から壮年へと心身が移ろう二年間が——綾部の肉体にごく微妙な変化を加え、彼に察知を促したのだろうか。ある朝、綾部は鏡に映る自身の顔の上に、突如、かつて出会った人物の面影を見出したのではあるまいか。そして驚きとともに、真実を暴く決意を新たにしたのでは？

あの日の窓辺を思い出す。

綾部がＡＩＤ協力者のリストを探していると知った日、自分は縋りつく彼を振り切って、狐塚教授のもとへと急いだ。

研究室のドアを開けると、教授は窓辺で楽しげに含み笑っていた。こちらに背を向けてはいたが、白衣の肩の小刻みな上下から、笑っていることが察せられた。頭の後ろで蝶結びを作っている赤い組紐が、肩の震えに合わせてわずかに揺れている。教授はどうやら、校舎の前での自分と綾部のやり取りを、金泥の双眼の奥からじっと見下ろしていたらしかった。

——教授。

声をかけると、狐塚教授はゆっくりと振り返り、狐面を外した。自分はその時、眼鏡を載せていない教授の顔をはじめて正面から見たのだ。そしてそこに、今しがた向き合っていた若者との、かすかではあるが確かな類似を発見した。二人の男の顔立ちは、他人に与える印象こそまったく違うものの、その骨格の起伏や目元の造形には、無視しがたい通有が確かに存在していた。

たちまち頭の奥で疑惑が立ち上がり、自分は大急ぎでそれを検証した。狐塚教授の年齢、西洋人のように大らかに伸暢した手足、低く艶のある声質、そして何よりも、この大学の医学部出身であること――一切がひとつの事実を示唆している。

――あなたが、綾部の……

こぼれかけた言葉は、しかし教授のひんやりした微笑(ほほえ)みに遮られた。教授はとうに気づいているのかもしれない。綾部蓮という若者に出会った瞬間、教授は、その若者にかつての自身の面影を見出し、若者と自分を括(くく)っている宿縁の縄の存在に、わけなく思い至ったのではあるまいか。ひょっとすると、綾部が医学部校舎でのアルバイトを自ら志願した真意にすら、すでに見当をつけているかもしれない。一切を承知した上で、教授はあえて綾部を野放しにしているのではないだろうか。自ら水槽に飛び込んできた綾部の姿を、美麗な鯉を鑑賞するあの目で、悠々と賞翫して楽しんでいるのでは……

新春(ノールーズ)　雲はチューリップの面に涙、
さあ、早く盃に酒をついでのまぬか。
いま君の目をたのしますす青草が
明日はまた君のなきがらからも生えるさ。

車窓から仰ぐ空は花曇りであった。なごやかに発光する雲が、宇治川を絖(ぬめ)の帯のように見せている。風景の柔らかさにかえって焦慮を煽られ、猫堂は宇治駅に降り立つなり駆け出した。

さっき来た道をまた疾走し、大学の構内を駆け抜けて狐塚教授の研究室に飛び込む。幸い、この時間は教授は講義の最中である。机の前に立つと、さすがに罪悪感がせり上がってきたが、躊躇している暇はなかった。

上段の引き出しに手を伸ばす。取っ手を引くと木蓮の香が立ち、アメリカの科学雑誌の最新号と、誰に宛てたものか、書きかけの欧文の手紙が現れた。そっと引き出しを閉め、今度は中段に手を伸ばす。取っ手を引いた途端、論文の下書きと顕微鏡写真の束が溢れ出した。打ち上げ花火の残像を思わせる、神経細胞のこまやかな蔓。慌てて引き出しを閉めた。

探し物は下段に眠っていた。見覚えのある、黒檀のごとき艶を帯びた闇色のファイル。そこに封印されたＡＩＤ施術の全記録は、以前見た時よりも、わずかだが確然と分量を増していた。無表情に羅列された施術日時、レシピエント情報、協力者となった若者たちの学生番号——

ここに記録された施術のうち、はたして何件が成就に至ったのだろうか。ＡＩＤの成功率は五パーセントに満たないと言われている。洛南で青春を送る若者から供出された、億兆をかぞえる動的雄性配偶子の、そのほとんどは生命に結ばれることなく無に還るのだ。だが、綾部蓮は生まれてきた。泡沫は完璧な肉体に結実した。

綾部の生年とその前年のリストをコピーし、ファイルを元の場所に戻して研究室を出る。指定された時刻にはまだ間があった。池の前のベンチに腰を下ろし、アカシアの枝葉を仰ぐ。かつてこのベンチで、綾部が狐塚教授から下賜された詩集に読み耽っていたのを思い出す。

今思えば、綾部は在学中、狐塚教授に相対する時だけは生来の傲岸さを手放して、妙に初心でしおらしい態度を見せていた。教授との宿縁に気づいていたわけではないにせよ、彼は間違いなく、教授の中に父性を見出していたのだ。

しかし大学を卒業するまで、綾部と教授の間には結局、何の劇的展開も、何の危機も生じることはなかった。猫堂はいつしか教授と同じように、回遊する綾部を眺めて楽しむ、酷薄な鑑賞者に徹していた。なぜ自分は、迷子の青年の味方をしてやらなかったのだろう。なぜ、教授を糺すことをしなかったのか。

「——手に入れたか」

電話が鳴るかわりに背後から声が来た。振り返ると、二年前より肌の色が薄くなった綾部が、スポーツバッグを手に悠然と近づいてくる。猫堂は無言で立ち上がった。大股で綾部に歩み寄り、彫刻のような顔に重く鋭い一発を見舞った。綾部は踏ん張りかねて地に崩れ、殴られた頬を手の甲でぬぐった。

「細っこい腕して、すげえ力——」

「瑛子先輩はどこだ！」

胸倉をつかみ、ほとんど殺意を込めて揺さぶると、綾部は口角を引き攣らせて笑った。

「その前に、リストだ」

沸騰しそうな脳を懸命に鎮め、猫堂はポケットからリストの複写を取り出した。綾部の手がそれをむしり取る。食い入るようにリストを見つめる顔から、すでに笑いは消散していた。

「提供者(ドナー)は……」

「学生番号で記されてる。施術情報の右に並んだ数字がそれだ。同じ年度の学生名簿と照合すれば、人物が特定できる」

綾部の下唇が捩(よじ)れるようにめくれ、双眸(そうぼう)に涙の膜が現れた。リストを折り畳み、折り目を額に当てて目を閉じる。懐郷病(ホームシック)に罹(かか)った子供の顔になった。

「……五十メートルのレースは、一瞬で終わる」

唐突に妙な話を始めた。

「プールを横切るだけだ。ほんの一瞬だ。それなのに、いつまでも終わらない。泳ぎ終わって顔を上げると、もう次のレースのスタート台に立ってる。自己ベストのタイムは覚えてるのに、いつ出した記録だったのかは忘れてしまった。勝っても負けても、レースが終われば、もう次のレースの始まりだ。水を見下ろすたびに、何度目だろうと考える」

「――瑛子先輩はどこだ」

「ウサギと一緒にいるよ」

今一度殴り倒したいのを堪(こら)えて、猫堂は地面に転がっているスポーツバッグを拾い上げた。薬師寺のお守りが括りつけられたそれは、間違いなく瑛子のものだ。

「夢に出るんだろう？　瑛子先輩が」

「出ないよ」

「あんたは、本当に欲しいものには触れることもできない」

呪うように猫堂は言った。

「夢に見るだけだ」

綾部の表情に変化はなかった。それでも一脈の満足をおぼえ、猫堂は足早に校舎に入った。飛ぶように階段を降り、実験動物の飼育室に駆けつけると、ドアノブにはチェーンが幾重にも巻き付けられている。チェーンの一端は傍らの消火栓のパイプに固定され、部屋は即席の地下牢に変えられていた。

「瑛子先輩!」

叫んでドアを叩くと、「猫くん!」と応答があった。その声音にいつもの覇気を感じ取り、猫堂は安堵で崩れ落ちそうになった。

「無事ですか、先輩」

「無事。——来てくれたんだね」

「来ない訳がないでしょう」

「どうしてここが判ったの」

「聡明だからですよ」

チェーンはダイヤル式の南京錠で閉ざされている。並んだ四つの数字を見た瞬間、即座に猫堂は、それが瑛子の五十メートル自由形のベストタイムだと気づいた。先刻の綾部のたわ言には、ヒントが隠されていたらしい。

「先輩、綾部さんの五十メートルフリーの自己ベストは?」

唐突な質問に、ドアの向こうで「は？」と頓狂な声がする。

「ドアを開けるのに必要なんです。教えてください」

「そ、そんなの覚えてないわよ」

「男子の日本記録は、たしか二十秒台ですよね」

「それはワールドレコード。日本記録は二十一秒台のはず」

ダイヤルを２１００に合わせ、一の位にひとつずつ数字を乗せていく。

「こんな部屋があったなんて知らなかった。大学でウサギが飼われてたなんて……」

「ウサギは血流を見る実験に適しているんですよ。耳の血管が観察し易いですから」

「……可哀想」

「苦痛度には細心の注意を払っています。人道的エンドポイントをあらかじめ設定して、カテゴリーD以上の負荷は避け、生存終末点まで実験を続けることは絶対にない。際限なく苦しめたりはしませんよ」

「安楽死させるって意味？」

「ヘルシンキ宣言って知ってますか。新しい医療や医薬は、充分に安全性が確認されるまでは人体に使用することができないんですよ。あなたも僕も——医者にかかったことのある人間なら誰でも——残酷と無慈悲の恩恵を受けているんだ」

「そうなの？」

「そうですとも。罪深いのはお互い様です」

「……チームに連絡しなきゃ。みんな心配してる」

思い出したように瑛子は言い、訥々と釈明を始めた。

「ゆうべ綾部から電話があったのよ。会って話したいことがあるって。練習に間に合うように、朝イチに正門で待ち合わせたの」

「それでノコノコ出向いて、まんまと拐かされたってわけですか」

「こんな目に遭うなんて思わなかった」

「愛の告白をされるとでも期待したんでしょう。ざまあないな」

「うるさい、バカ猫」

南京錠はまだ開かない。２２３６、２２３７、２２３８。着実に嵩を増していく数字は、綾部が格闘することを厭った時間の切片そのものだ。

「……綾部、大学の頃より体が縮んだみたいだった。筋肉って使わないと縮むんだね。なんだか寂しかった。ついて来てくれって言うからその通りにしたら、ここに……」

「あなたには警戒心ってものがないんですか」

「なんで警戒するのよ。同じ水で泳いだ仲間なのに」

その水に綾部はもういない。ドア越しに細い溜め息が聞こえてきた。カチャリという手ごたえとともに南京錠が外れ、猫堂はドアノブに絡んだチェーンを大急ぎで解き、扉を開けた。決まり悪げに肩をすくめた瑛子の、柔和だが引き締まった顔が目の前にある。

「ありがと、猫くん」

一瞥して、瑛子の心身が無傷であるのを確信し、猫堂は泣き笑いを浮かべた。

「僕は……僕はあなたが……綾部さんに手籠めにされたんじゃないかと思って……」

すかさず鍛え上げた腕が伸びてきて、耳たぶがつねり上げられる。

「そんなことされたら殺してやる」

「……でしょうね」

「猫くん、本当はきみ、綾部から連絡を受けてここに来たんでしょう？　綾部はなんでこんな……一体、なにが目的だったの？　知ってるなら教えて」

「一種の求愛行動ですよ。あなたの期待通りです。よかったね」

「真面目に答えてよ」

腰に手を当ててきらきらと睨みつけてくる。猫堂は目をそらした。綾部の真意を説明しようとすれば、彼の出生の事情についても語らざるを得なくなる。瑛子の直視から逃げて、部屋の隅でちんまり丸まっているウサギに近づいた。だがウサギを抱き上げた途端、猫堂はことの異常さにはたと気づいた。

仰天して室内を見回す。ケージの扉はすべて開け放たれ、床のそこかしこに、怯えきって、あるいは所在なげに蹲るウサギの姿がある。

「何なんだ、これ……」

背後で瑛子が、「ごめんなさい」と神妙な声になって囁いた。

「あなたの仕業ですか」

「……うん」

「な、何てことしてくれたんです。どれだけ管理に気を使ってると思ってるんですか。ああ、どいつもこいつも雑菌まみれだ——」

「本当にごめんなさい」

瑛子はもう一度謝ってから、潤んだ目を見張り、猫堂に一歩迫った。

「猫くん、この子たち、わたしに頂戴」

「は?」

「お願い」

必死なまなざしは不自然なほど幼い。

「冗談じゃありませんよ。勘弁してください。犯罪の片棒を担ぐのはごめんだ」

「猫ちゃん……」

「薄っぺらな善意は引っ込めることですね。この子らを助けたって、別のウサギが実験に使われるだけですよ。何にもなりゃしない」

「でも、それでも……」

「第一、一人でどうやって世話するんです。遠征の時はどうするんですか」

瑛子は下唇を噛んでうなだれてしまった。しょんぼりとウサギの一羽に近づき、しゃがんで手を伸ばすが、丁子色の長い耳に触れることも、温かな軀を撫でることもせず、臀部の丸みのあたりに掌をかざしたまま、俯いて何か考え込んでいる。強健だが寂しげな背中を見ていると、猫堂の裡で衝動が込み上げてきた。この部屋が綾部の心の拠り所であったことを、いっそ瑛子に話してしまおうか。綾部がもっとも愛した場所は、肉体の優越をのびのびと誇示できるプールでも、美女のひしめく酒席でもなく、陽も差さず享楽の気配も一切ない、この陰鬱な地下室だったのだ。素性も知れない父親が青春期を過ごした学び舎で、綾部はその人物の残り香を、たった独り、いじらしく探し続けていた。そのことを、いっそ瑛子に明かしてしまおうか。

だが猫堂の口をついて出たのは、自分でも予期しない言葉であった。

「――岩倉の修道院に持って行きましょうか」

瑛子が振り返る。

「チャリティーバザーの寄付品は随時受け付けているそうです。生体を引き受けてくれるかどうかは疑問ですが、ウサギなら無下にはされないかもしれない」

「どうして？」

「キリスト教世界では、ウサギは聖母マリアの象徴とされる場合があるんですよ。古来、純潔のまま子供を宿すと信じられてきたそうです。昔の人の可憐な夢です」

瑛子が、ああ、と呻き、花束を投げるように自身を放ってきた。逞しい双腕で抱きしめられて、猫堂は自分の中の邪気がすべて搾り出されるのを感じた。今日はまだプールの匂いに染められていない瑛子の肌と髪は、清潔で控えめな、野花のような香りを帯びている。

「……わたし、昔のひとの気持ち、わかるよ」

「僕もです」

「ありがとう、猫くん」

「苦しいです、先輩」

瑛子はますます強く抱きしめてきた。厚く精密な胸筋と、その中に隠されたみずみずしい乳房が、猫堂の心臓にじかに質感を伝えてくる。若者らしい昂揚を隠そうと身をよじり、瑛子の首筋を軽く引っかくと、ウサギの一羽と目が合った。仏陀の前世であり、聖母の隠喩(メタファー)でもある生き物の、ものいわぬ赤い目が、すべてを見透かしたようにこちらを見ていた。

それからほどなく、猫堂は、ウサギたちを人道的エンドポイントから救い出した行為が、瑛子の心身に革命をもたらしたことを知った。身勝手な善意の貫徹は、完全に吉と出た。

監禁事件の四日後、東京湾岸の水泳場で開かれたチャンピオンシップで、猫堂は瑛子の何度目かの変身を目撃したのである。

それは百メートル自由形の決勝レースで起きた。前半を二十七秒台後半で折り返した瑛子は、ターン直後、スタミナの貯蔵庫が突如開いたような加速を見せ、ラスト二十五メートルでは、見守る猫堂が仰天するほどのスピードの乗りを実現した。結果は五十三秒三八。自己新記録であるばかりか、大会記録にコンマ一秒まで迫る好タイムであった。続く五十メートル自由形でも、瑛子はトップと僅差の二位という好成績でレースを終えた。

翌朝の全国紙のスポーツ面には、水中を翔(と)ぶ瑛子の写真とともに、遅咲きの新星の出現を驚く文言が躍っていた。それから三ヶ月、世界大会に向けた修行の日々は、砂金が風に流れるように、燦爛(さんらん)と輝きながら過ぎていった。

ラットの神経線維を染色している所へ、背後に誰かが立つ気配がした。

「あれから三ヶ月になる。ウサギはどこへ消えたのだろうね」

ひっそり呟いて、猫堂の返事を待つ。「謎ですね」ととぼけながら、猫堂は背中の毛孔（けあな）が縮こまるのを感じていた。狐塚教授は首を伸ばして猫堂の手元を覗き込んだ。

「きのう綾部君から連絡があってね、久しぶりに僕に会いたいと言っている。なにか大事な話があるらしい。土曜日に家に招くことにしたんだが、君も来ないかい」

「鴨鍋は出ますか」

「あいにく夏に炬燵を囲む趣味はないのでね。千色稲荷をご馳走しよう」

「何ですか、それ」

「妻の十八番さ」

綾部の訪問の意図を見透かしているのか、そして彼と切り結ぶ肚（はら）をすでに決めているのか、狐塚教授は不可解な覇気をまとっている。「行きます」と猫堂は短く答えた。

土曜の夕方、奈良線はひどく混み合っていた。どうやら伏見稲荷大社で祭りがあるらしい。観光客の奔流に押し流されて猫堂が駅舎を出ると、参道の左右には夜店が割拠し、むっとするような人いきれが、黄昏（たそがれ）の空にそびえる大鳥居に霞をかけていた。肉や魚が焼ける匂い、脂のはぜる音、若者の笑声、外国語のどよめき、色とりどりの浴衣の波——五感を刺戟するさまざまなものが、夏の湿気の底でうねり、ひしめいている。櫓が組まれた境内には赤い献納提灯が連なり、夜が来てそれが灯れば、絢爛たる異界が現出するのだろうと想像された。

俗世の賑わしさからのがれて東丸神社の脇を抜け、路地を歩き、角を折れ、また歩く。見覚えのある墓地の前まで来ると、天人の奏楽のようにひぐらしの音が降ってきた。祭りの喧騒はもう聞こえない。

あちらの国はまだ午前中だなと考えている所へ、メールが届いた。

『おはよう、猫ちゃん』

世界大会三日目。今日、瑛子は百メートル自由形の予選に出場する。大会日程の後半が若手研究者のフォーラムと重なっていたため、猫堂は現地に同行できなかった。だが、やれることはもうすべてやった。並みいる猛者たちを破って決勝に駒を進められるかどうかは、もはや瑛子自身の武運にかかっている。

『楽しんできてください。自分を信じて』

陳腐な言葉だが本心であった。夕空の下をまた歩き出した途端、再び携帯電話が嘶いた。

『そばにいてね』

一字一字に祈りを込め、返信を打つ。

『むろんです』

稲荷山と七面山の谷あいを縫う道に人影はなかった。左右の山腹からは蟬の声がけたたましく降り、路傍の草むらの中でも、虫たちがまだ調律のおぼつかない音色で気ぜわしく鳴き始めている。狐塚教授の家の前に立つと、一瞬だけ、夕風が伏見稲荷のざわめきを運んできた。聞こえるが早いか、それは虫の重奏にかき消されてしまった。鳥の声のこだまが人声に錯覚されただけかもしれない。

猫堂が呼び鈴に手を伸ばすより先に、玄関の引き戸が音もなく開く。

「ようこそ。綾部君はもう来ているよ」

狐塚教授は絣（かすり）の浴衣に身を包んでいた。いつもと変わらない静謐な笑みが、なぜか悪意を隠しているように感じられる。

「あいにく、妻はお産の手伝いに出かけていてね」

ほの暗い廊下を、教授は猫堂を先導して滑るように歩いていった。促されて客間に入ると、床の間の掛け軸を眺めていた綾部が振り返った。感情のない目で猫堂を一瞥したが、挨拶の言葉を口にするでも、ましてや先日の所業を詫（わ）びるでもなく、黙って視線を外して座卓に向き直る。

綾部の正面に狐塚教授が腰を下ろし、猫堂は教授の斜向かいに座った。卓上には、鱧（はも）の湯引き、万願寺（まんがんじ）の煮浸し、賀茂茄子（かもなす）の漬物が、いずれもガラスの器に盛られて並んでいる。徳利と杯は江戸切子（えどきりこ）であった。教授は猫堂の杯に酒を注ぎ、「ムンプスウイルスの話をしていた所だよ」と、鱧に梅肉を絡めながら機嫌よく切り出した。

「猫堂、ムンプスウイルスの平均潜伏期間は？」

唐突に出題され、猫堂は小さな胸騒ぎをおぼえた。

「十八日です」

「不顕性感染の割合は？」

「約三十パーセント」

「急性感染症の概要を述べてごらん」

「主症状は耳下腺の腫脹(しゅちょう)と圧痛、嚥下(えんげ)痛、発熱。いずれも七日から十日で軽快しますが、合併症を引き起こす場合があり、思春期以降の発症では男性の二割から三割に精巣炎の併発が見られます」

「君のお父さんは不運なケースだったね」

教授が綾部に目を向ける。

「両方の精巣が冒されるというのは珍しい。しかし、おかげで君がこの世に誕生することができたわけだ」

即座に猫堂はすべてを理解した。自身の出生の事情について、すでに綾部は、その詳細を教授に語り終えたらしい。綾部の戸籍上の父親は、ムンプスウイルスの感染症が原因で造精機能に障害を持つ身となったのだ。彼は子供を作ることを断念し、非配偶者間人工授精によって、生(な)さぬ仲の息子を得た……

「オタフク風邪という名称は剽軽(ひょうきん)味が過ぎるが」

不気味な明るさで教授が続ける。

「平安時代には福来病とも言われていたらしい。耳下腺の腫脹で下ぶくれになった顔が、当時の美の基準と大いに合致したんだね。綾部君、君にとっても幸福招来の病と言えそうだ」

開け放たれた窓の向こう、どこか遠くから赤ん坊の泣き声が聞こえてくる。教授の奥さんはお産の手伝いに出かけているというが、産婦がいる家はこの界隈なのだろうか。しかし猫堂が耳をそばだてると、その声は発情した獣の歌垣のようにも、異国の若者の悲鳴のようにも聞こえた。稲荷山でまた誰かが迷っているのだろうか。だが、まだ日は暮れてはいない。

「俺の母親は――」

唸るように綾部が言った。

「俺を産んで、その日のうちに死にました」

目の底にいつか見た暗黒が流れている。整いすぎて人間離れした横顔に、猫堂はかつて父が彫っていた釈迦如来像の麗容を重ねた。この世に生まれ落ちるなり七歩歩み、天上天下唯我独尊と宣った赤ん坊は、間近に迫った母親の死を、そのとき予期していたのだろうか。

教授がひょいと席を立つ。綾部の視線からすり抜けるようにして、黙って部屋を出て行った。綾部は自分一人の苦悩に埋没して、隣の猫堂の存在など無いもののごとく、座卓に両肘をついて頭を抱え、じっと動かなくなった。吹き込む夕風が電燈を揺らし、床の間の掛け軸をかすかに波打たせる。真っ白な羽を膨らませた雌雄の鶏と、鶏の白さを際立たせる濃緑の松。ほとばしる生命力が剣呑なほどである。樹上には赤色が滴るような旭日が描かれている。

綾部がやおら顔を起こし、ポケットから何か取り出して教授の席に置いた。小さく折り畳まれた紙片であった。件のリストかと猫堂が問おうとした時、教授が大皿を抱えて戻ってきた。

「妻と二人で拵えたんだ。ご賞味あれ」

信楽焼とみえる素朴な皿には、小ぶりの稲荷寿司が整然と並んでいた。促されて一個を頬張ると、油揚げの滋味が舌に絡まり、大葉とわさびの香気がはなやかに広がった。次の一個にかぶりつくと、桜エビと白胡麻の香ばしさが口腔を満たした。時雨煮、きんぴら、天滓と青海苔、ほぐし鮭と麻の実――油揚げに包まれた酢飯には、それぞれ別の具材がふんだんに混ぜ込まれている。口に運ぶごとに宝箱を開けていく気分になった。綾部と二人、ほとんど陶然と貪り続けた。

腹がくちくなってきた頃、二人の健啖ぶりを満足そうに眺めていた教授が、卓上の異物をようやく手に取った。紙を開いて内容を一瞥する。だが眉ひとつ動かすでもなく、悠々と頬杖をつき、

「――世の夏や湖水にうかぶ波の上」

ひどく暢気な句を呟いて、猫堂の前に紙片を滑らせてきた。意外にも、それは新聞記事の複写を切り抜いたものであった。


十六日午後六時二十分頃、滋賀県大津市の坂本港沖合約一キロの琵琶湖で、無人の釣り用ボート（長さ約六メートル）が漂流しているのを航行中の船が見つけ一一〇番通報した。県警がヘリコプターなどで湖上を捜索したところ、男性が浮いているのを発見、救助した

が、病院で死亡が確認された。坂本署が身元などを調べている。

　男性はライフジャケットを着用していなかった。現場付近に風はなく波も穏やかだったという。


　日付を見れば、二十年以上前の記事である。猫堂ははっと息を呑み、隣の青年の横顔を凝視した。激しかかるのを懸命に堪えているのか、綾部は口角に力を込め、喉仏を小さくわななかせている。

「……父です」

　ひとこと絞り出し、酒杯を手に取った。だが口をつけるでもなく、水面に暗い目を落とす。教授が言葉をかけてくれるのを待っているのだ。夕風がふくらみ、なにかの梢(こずえ)が窓を叩いた。窓外にはすでに菫(すみれ)色の宵が迫っている。暑気に疲れた野山が夜気の粒子でよみがえり、薄明薄暮性の動物たちがそこかしこで蠢き始める気配がする。

　瑛子だけが、今なお真昼の世界にいる。それを思うと愉悦をおぼえた。これから南中する太陽が、澄明な光を天窓越しにプールに投げ、修行者たちの戦いを祝福している。

　狐塚教授がふたたび席を立った。

「散歩をしないか」

　若者たちの返事も待たず、袖手(しゅうしゅ)して部屋を出ていく。その背中に猫堂は声を投げた。

「日が暮れますよ」

「かまわん」

ためらいなく玄関の方へ向かう。綾部がすかさず立ち上がり、縋るように教授を追った。猫堂も二人に続いた。

下駄を突っ掛けて表に出た教授は、玄関に鍵もせず、稲荷山の裾が鬱蒼と迫った、家の裏側へ回り込んでいく。藪（やぶ）はごく細く切り拓（ひら）かれて、道とも呼べない細道が暗がりの奥へと延びていた。教授が迷うことなく山に入っていくと、綾部が間髪いれずに追い、猫堂もそれに続いた。足元はすでに墨を流したような濃い影に沈んでいる。山腹を小さく刳（く）り抜いて作られた神庫（ほくら）が、時折、ゆらりと薄闇の中から姿をあらわす。簡素な鳥居と神坐（しんざ）を置いただけの、拝む者もないそれらの祠は、しかし壮大豪華な神社よりも、余程たけだけしい霊力を秘めているように感じられた。

しばらく歩くと、前触れもなく灌木（かんぼく）の帳（とばり）がひらけ、濃藍の空と群衆が出現した。無人の細道は、稲荷大社の奥社へと続いていたのだ。世界各国からの観光客が社殿の前にひしめき、雑多な言語が宵の風に乱れ飛んでいる。あまりにも早急な世界の反転に、猫堂は目眩（めまい）がした。教授は群衆の間をすいすい縫って進んでいく。見失うまいと、綾部とともに足を速めた。

一ノ峰へ続く石段を登った。無限に鳥居がつらなる道は、朱墨の底を歩くようである。すでに灯が入った奉納提灯が鳥居の肌をさらに燃え立たせ、にじみ出た赤色が夜気までも染め上げている。幽玄というよりは峻烈な風景の中を、狐塚教授は平地を歩くよりもなお軽やかに進んでいく。山を登るほどに観光客の姿はまばらになり、鳥居はますます密になる。

木々のひらけた場所に出た。ここにも鳥居が群立している。教授がようやく足を止め、懐から扇を取り出した。

「いい夜だ」

誰に言うともなしに呟き、満たされた面持ちで胸元をあおぐ。綾部は黙って眼下の街明かりを睨んでいる。何か話さねばと、猫堂は教授に顔を向けた。

「千色稲荷、ご馳走様でした。うまかったです」

「お粗末様。妻いわく、あれは千本鳥居に着想を得たそうだ」

教授は鳥居の一基に手を伸ばし、その朱丹を撫でまわした。

「稲荷山の鳥居の多くは奉納されたものだそうだ。すべて同じに見えるが、それぞれに別の所願が込められている。山全体で五千基あるとも一万基あるとも言われるね。古くなって傷んだものは取り去られ、新しいものがまた奉納される」

「泡沫ですね。生命体の原子みたいだ」

「かつ消えかつ結びて、か。しかし僕には――」

今しがた歩いてきた赤い径を見やる。

「この無限の反復が、reincarnation を表しているように思えてならない。死に変わり生き変わり、三界六道の果てしない繰り返しだよ。悪夢だね」

「輪廻転生は仏教の思想ですよ」

「そうとも言い切れないさ」

教授は梢の上に浮かぶ半月を仰ぎ、愉快そうに扇をひらめかせた。

「月は朔望、人は輪廻をかけめぐる……」

二人の会話を黙って聞いていた綾部が、たまりかねた様子で教授に近づいた。近づいたものの、距離の取り方を計りかねたか、おどおどと立ち止まり、半歩後ずさる。

「あなたが――」

言いかけて声を詰まらせ、病んだ魚のように唇をぱくぱくさせた。向き合うふたつの横顔に、二十年を挟んだ相似を猫堂は確かに見た。

「あなたが、俺の……父親なんでしょう?」

綾部はそれだけ懸命に絞り出し、判決を待つ人のように全身をこわばらせた。教授がぱちりと音を立てて扇を閉じ、自分の首筋を気疎(けうと)げに叩く。

「思い過ごしだよ」

猫堂の背に寒いものが走るほど、口調は冷徹で、しかも軽薄であった。綾部が愕然として教授を見つめる。その目を見返す教授の顔には、狼狽も葛藤も、わずかな焦りの影すらも現れてはいない。池の鯉を眺めている顔だと猫堂は感じた。水中に仕切り網や産卵床を設け、手ずから交配を促すくせに、教授は生まれ落ちた鯉に対しては、その色彩をひととおり愛でる以上の関心は示さない。現出させる過程を愉しむばかりで、愛することをしない。もし造物主というものが存在するなら、やはり万象に対してこういう態度なのだろうか。造りっぱなしで放擲(ほうてき)し、愛そうとしないのだろうか。被造物の祈りに耳を傾けることなどありはしないのか。

扇を懐に収め、教授がまた石段をのぼり始める。綾部が歯を剝かんばかりの形相で追随する。その背を追って歩き出しながら、猫堂はしかし、目の前を行く青年の悲嘆よりも、彼の亡き父親の苦しみに同情を傾けていた。

自身の遺伝子を引き継がない子供が、妻の生命をいわば食いやぶって出生した時、男は誰を恨み、何を呪ったのだろう。彼は息子を愛し得ただろうか。比叡の峰を西にのぞむ湖水に、遺体となって浮いていた綾部の父親――その死は事故だったのか、それとも。

「――ボートには、俺も乗っていた」

奉納提灯の明かりに頰を燃やし、綾部が切々と訴える。

「俺だけが、岸まで泳ぎ着いた」

狐塚教授は何も答えない。足取り軽く三ノ峰を越え、荷田社を過ぎ、献燈と月明かりを頼りに、稲荷山の奥へ奥へと分け入っていく。このまま一ノ峰まで登り切るつもりだろうか。後を追う綾部の肩が上下し始めた。押さえ込んだ激情が気管を圧しているのか、あるいは二年という時間が、薄い贅肉となって骨身にまとわりついているのか、顎を上げてかすかに喘ぎながら歩く姿に、かつての天才スイマーの面影はすでにない。

綾部はたしかに恩寵を受けていたのだ。父親とともに琵琶湖に転落した時、彼はまだ幼児といえる年齢だったはずだ。しかし湖はその幼児の命を奪わなかった。湖水は意思ある掌と化して、綾部の小さな体を父親から引き離し、一キロ先の湖岸まで周到に送り届けた。綾部は水に愛されていた。水に愛され、天に愛され、友に愛され、女たちに愛されていた。しかし唯一、彼をこの世に現出せしめた存在からのみ、徹頭徹尾、黙殺されていた。そして今なお黙殺されている。

「足元に気をつけないと転ぶよ」

追いすがる青年に、狐塚教授が気まぐれな一瞥を投げる。同時に、見えない蔓草に足を取られたように、綾部の大きな体が前方につんのめり、ぶざまに転倒した。教授が足を止め、月に向かって笑い声を放つ。山道沿いに居並ぶ狛狐たちも笑っている。石の哄笑に取り囲まれて、綾部は四つん這いの体勢で地面に額を押し当て、手負いの獣のような苦吟(くぎん)を漏らした。

「なんで……」

呻きながら地を這い、教授の足先に近づく。

「なんで俺は生きている?」

浴衣の裾に取りすがり、教授の白い顔を振り仰ぐ。物乞いの目であった。しかし綾部が乞うているものを、教授は決して与えはしないだろう。

「猫堂」

案の定、教授は苦笑まじりにやれやれと首を振った。

「この坊やを何とかしてくれ」

容赦なく傷つけられて、綾部は浴衣の裾を握りしめたまま、焦点を失った黒目を力なく揺曳(ようえい)させた。青年を見下ろす教授のまなざしは、裾に跳ねた泥でも眺めるように冷たかった。

猫堂は仕方なく、上体をかがめて綾部に囁いた。

「因果応報だ」

説諭の口調が我ながら嫌になる。

「瑛子先輩だって、あんたを諦めたんだ」

土に汚れた顔を醜く歪め、綾部は浴衣の裾を放してへたり込んだ。にじんだ涙が紫がかって光っているのは、燈明と月明かりがともに射し込んでいるためだろうか。半月は先刻よりわずかに低い位置にある。瑛子の真上には太陽が燦々と輝いていることだろう。まもなくだ。まもなく、勝負がはじまる。予選第五組。異国の歓声が降りしきる中、まばゆい水辺に現れた瑛子が、ゆっくりとジャージを脱ぐ。この関門を突破できれば、未来がひらける。

月に祈っていると、教授がまた歩き出した。

「鳥居の道を外れると戻れなくなる。気をつけて帰りたまえよ」

綾部はもう教授を追わなかった。打ちひしがれて山道にへたり込んだまま、朱い山道を遠ざかる背中を、ただぼんやりと見送っている。猫堂も動かずにいた。教授の無慈悲さと、時の流れの無慈悲さを二つながらに傍観していた。同じ水に大学時代を過ごした二人のうち、ことさらに傑出した所のなかった選手は、今まさに世界の舞台に颯爽と登場しようとしており、天才と目されていた若者は、腱も精神もゆるんだ廃馬のようになって土の上に頽れている。残酷な痛快に胸が顫えるようだったが、小さな疑問が生じてもいた。なぜ綾部はリストを手に入れてから三ヶ月もの間、教授を問いただすことを先送りにしていたのだろう。なぜ自分の運命の日を、瑛子の勝負の日にあえて重ねてきたのか。

「――おとうさん」

背後で子供の声がした。綾部とともに振り返ると、縞(しま)の浴衣を着た小さな男の子が、真っ赤な目をして鳥居の陰から現れた。

「おとうさん……どこにいるの?」

驚くほど大粒の涙が頬を転がり落ちる。奥社のあたりで父親とはぐれ、探し回るうちに迷ってしまったのだろうか。しかしずいぶん山深くまで分け入ったものである。

猫堂は少年に声をかけようとした。だが一瞬早く、綾部が長い腕を鳥のように広げて少年に近づき、かぼそい体を遮二無二(しゃにむに)抱きしめた。見知らぬ男に抱擁(ほうよう)され、少年が涙を引っ込めて竦み上がる。黒目がちの瞳をぱちぱち点滅させる。綾部は少年をしっかりと抱き、柔毛(にこげ)のような髪に頬を押し当てながら、大きな体を哀れなほど縮こまらせて、押し殺した嗚咽を漏らし始めた。生まれてこないのが一番幸せだ。嗚咽の底からいつかと同じ言葉が聞こえた気がしたが、それは幻聴であったかもしれない。

「この子を頼む」

やおら振り返り、喘ぐように懇願してきた。猫堂が棒立ちしたまま頷くと、綾部は両手で少年の顔を包み、小さな耳に何か囁きかけた。猫堂には聞き取れなかったが、きっと寿(ことほ)ぎの言葉を発したのだろう。

立ち上がって駆け出す綾部を、その後ろ姿が緋色の闇に消えるまで、猫堂は少年とともに見送っていた。

「お父さんを探そう」

手を取ると、少年は唇を真一文字に引き結び、こくんと大きく頷いた。

「大丈夫だよ。絶対に見つかるからね」

少年の手は湯から上がったばかりのように熱く汗ばんでおり、その体からは、子供の体臭とはまた違った、甘く懐かしい匂いが立ちのぼっていた。泣き腫らして赤くなった目が、左右に居並ぶ狛狐たちを怖そうに眺めている。しかし狐たちは先刻より優しげな表情をしていた。燈明に照らし出された山道も、今はその朱さが郷愁を誘うようだ。胎道とはこんな径だったのかもしれない。生まれてくる前、こういう風景を確かにくぐり抜けた気がする。

「ぼく、名前は?」

「……キョウト」

この街の守護精霊なのだろうか。

「キョウトくん、お祭りでなにを買ってもらった?」

「おだんご」

「いいね。ほかには?」

「フルーツポンチ」

少年の浴衣の衿には、フルーツポンチの炭酸水をこぼした跡らしき小さな染みがあった。甘い匂いはここから立っているのだろう。綾部は先刻、この香りに励まされて気持ちを立て直したのかもしれない。今頃は教授の袖をとらえ、件のリストを突き付けているだろうか。決定的な証拠であるリストを突きつけられれば、教授はもはや綾部との血縁を否定することはできない。彼の生誕に加担した事実を、もう言い逃れることはできない。

だが、認めることと愛することは、また別なのだ。


落慶供養の余興にて……


本宮踊りの歌声が聞こえてきた。下界が近づいている。石段の道から徐々に妖気が消え去ると、鳥居の極彩もなにやら玩具めいたものに見えてきた。所詮は人造の魔境なのだ。道を外れたら二度と戻れないなどというのは、教授が拵えたおとぎ話に過ぎない。

少年が健気に足を速める。つられて歩幅を大きくしながら、猫堂は、もし境内をひと巡りして父親に出会えなかったら、社務所に行って迷子のアナウンスを頼もうと考えた。少年が望むものを屋台で買ってやり、父親が現れるまで傍に付いていてやろう。

だが、もし父親が永遠に現れなかったら。少年が、じつは捨てられたのだとしたら――

根拠のない不安を振り払っていると、奥社に差しかかった。先刻より観光客の姿は減っている。華奢な手を握り直し、奥社と本殿を結ぶ、鳥居が極限まで密生した隧道を歩き始めた。

どこか遠くで水音がする。瑛子のレースが始まったのだ。彼女もまた祭りの中にいる。荘厳で清冽な青色の祭り。澄みわたった水の上で修行者たちが競い合い、水面がうねり、波が翻り、飛沫が散っては咲き、咲いては散りを繰り返す。無数の生滅を残して瑛子は飛び続ける。

「おとうさん！」

火の色の隧道を通り抜けた途端、少年が叫んだ。猫堂の手を振りほどき、がむしゃらに走り出す。前方から歩いてきた中年男性が目を見開くのと、男性の太い腰に少年がむしゃぶりつくのが同時であった。男性は力いっぱいわが子を抱き締め、安堵に顔をくしゃくしゃにして、小さな頭に猛然と頬ずりをした。

「どこにいたんだ、阿呆……この阿呆……！」

猫堂は目尻を拭った。柄にもなく心打たれている自分が意外でもあり、新鮮でもある。

小さなキョウトを抱き上げ、男性は猫堂に何度も礼を述べて去っていった。父子の姿が群衆の波間に消えてからも、猫堂はしばらくの間、その場に佇んで情動の余韻を味わっていた。本宮踊りの歌唱が、その暢気な抑揚にもかかわらず、妙にもの悲しく耳に届く。

　　自らお経に節をつけ
　　声高らかに読みければ……

ポケットで携帯電話が鳴った。人波を飛び出して境内の隅に走り、ひとつ深呼吸をしてから応答する。一瞬の空白の後、異国の歓声が耳元で弾けた。快晴の日の潮騒のような、ひたすら明るい声の波に混じって、瑛子の荒い息の音も聞こえてくる。

「猫くん――勝った」

それだけ言って、瑛子は感極まって言葉を切った。猫堂の胸にも快晴の潮が満ちる。

「よく頑張りましたね。タイムは?」

問うと、瑛子は活き活きと涙ぐんだ声で、奇跡のような数字を口にした。猫堂の総身に鳥肌が立つ。

「……凄い」

腹の底から嘆(たん)じた。瑛子が、「うん、凄いでしょ」としゃくり上げる。

「瑛子先輩、決勝はこれからです。泣くのはまだ早いですよ」

「分かってる。分かってるけど……」

「笑え、瑛子」

乱暴に叫んでやると、瑛子が笑顔になった。一万キロの海と陸の彼方で、一人の修行者が破顔したのがはっきりと分かった。踊りの曲が終わり、同じ曲がまた始まる。今すぐ櫓に駆け登り、半月を揺さぶるほど太鼓を打ち鳴らしてみたい。

「猫くん、きみ、どこにいるの? お祭りの音がする」

「伏見稲荷です。一人寂しく盆踊りですよ」

「江州音頭(ごうしゅうおんど)だね。踊れるの?」

「見よう見まねで充分です。一瞬で習得できますよ」

「上手に踊るコツがあるのよ。こんど教えてあげる」

「師弟逆転ですね。ちょっと癪だな」

「生意気言わないの」

「生意気が身上ですから」

電話を終えてからも、猫堂は長いこと踊りを眺めていた。

その時はまだ、夢にも思わなかった。数時間後、綾部が塵芥（じんかい）にまみれた遺体となって、琵琶湖疏水（そすい）の黒い水に浮かぶなどとは、夢想だにしなかった。

踊る人々を眺めながら、猫堂はその時、翳（かげ）りのない充足感をただ噛みしめ、狐塚教授の言葉は正しかったのだと無邪気に納得していた。教授が言った通り、今宵はよい夜だ。夜風はここちよく、月は美しく、勝利の報せはさわやかに胸に残響し、人々は楽しげに踊り続けている。祭りが結ぶ舞踏の輪は、おおらかな摩尼車のようである。ほどかれては結ばれ、ほどかれてはまた結ばれて、ゆるゆると百年千年を転がっていく。

大鳥居の上には小さな星が灯っていた。地味な星だが、朝のプールの色をしている。ひたすら朱い色ばかり見てきた猫堂の目に、その青さは無性に貴いものとして映った。瑛子の笑顔のようだ。滾（たぎ）っていながら、涼しい。燃えていながら、澄んでもいる。

ぎゃあてい　ぎゃあてい　はらぎゃあてい
波羅僧ぎゃあてい　と踊りつく
身ぶり手ぶりもおもしろく　夜の白むのも打ち忘れ
互いに喜びかわしれり……

○

中天の太陽に炙られて、宇治上神社の境内は雪原のごとく冴えていた。手水舎に向かう狐塚教授の横顔も、心地よい冷気の中を行くようである。

「オリンピックが楽しみだよ」

教授の下駄に踏まれた砂利からは、不思議とほとんど音が立たない。

「君たちと稲荷山で遊んだ夜、上之社で遠山瑛子の武運を祈ったものだ。僕は彼女のファンなのさ。ずっと昔からね」

「知りませんでした」

「それは遺憾だ。誰よりも先に彼女に目をかけたのは僕だよ。だから君を彼女と出会わせた」

境内のあまりの明るさに、猫堂は目眩をおぼえた。ぐらつく身体を立て直して踏み堪えていると、ぼやけた視界の中央で狐塚教授が白い歯を見せた。

「これから僕は、作り話をするかもしれない」

「それなら僕が先番です」

「勝手な子だな。まあいい、聞こうか」

「あの晩、あなたに拒まれて綾部さんは命を絶った」

目眩が去った頭の隅には、生酔いに似た昂揚が生じていた。

「稲荷山の山頂近くで、彼はあなたに追いついて切り札を取り出したんです。あなたとの血縁の決定的な証拠である、ＡＩＤの個人情報リストを。そのリストを突き付けられれば、あなたはもう、自分が綾部さんの父親であることを認めないわけにはいかない」

眼鏡の奥で、教授の双眸はおだやかに澄んでいる。義憤に似た感情が湧き起こり、猫堂は一旦言葉を飲み込んで、俯いて踵で地面を蹴った。

「綾部さんの口から、僕は悲しい言葉を聞いたことがあります。生まれてこないのが一番幸せだ――ＡＩＤへの協力をあなたに頼まれた直後、あの人は僕にそう言ったんですよ。薄っぺらな厭世主義を気取っているようには見えなかった。あの人の言葉には不思議な実感が籠もっていました。その理由が、今なら分かる気がします。あの人は自分という生命現象そのものを憎んでいたんですよ。特殊な経緯で母胎に宿り、その母胎を破壊して生まれた自分自身を、存在してはいけないもののように感じていたんです」

綾部蓮という美しい有機体は、自分自身の魂に存在を否定されたがゆえに、その魂の許しを乞うために、懸命に光り輝いていた――猫堂には今、そう思われてならない。

「もしかしたら……もしかしたら綾部さんは、生物学上の父親を探すと決めた瞬間、その人物に拒まれたら命を擲つと決めていたのかもしれない」

「幼稚だね」

にべもなく教授は言った。

「幼稚で、しかも滑稽だ。出生の事情がどうあれ、彼は現世と折り合いをつけるべきだった」

猫堂が黙って奥歯を嚙みしめると、教授は冷風のような声で、「僕の手番だね」と続けた。

「あの晩、山頂近くで綾部君に追いつかれたのは事実だよ。だが、リストを突き付けられたりはしていない。綾部君はただ、聞いてもいない身の上を語っただけだ」

感情のない声音は、機械の取扱書でも読み上げるように平坦である。

「戸籍上の父親を水難事故で亡くした後、彼は父方の祖父母の家に引き取られ、親戚や使用人の手で育てられたそうだ。相当の資産がある家だったらしいが、祖父母にしてみれば血の繫がりのない孫だ。愛着は持てなかったのだろうね。中学生になると、彼は全寮制の学校に入れられ、実家とは疎遠になったそうだ。――フルーツポンチをねだられたよ」

「はい？」

「ひとしきり身の上を語った後、彼はどういうつもりか、フルーツポンチが食べたいと甘えてきた」

「奢ってあげたんですか」

教授は苦笑して首を振り、ゆっくりと歩き出した。

「きっと後生のどこかで食べるさ。来世か来々世かは知らないが、いずれは有りつくよ。果実に満ちた甘露に……」

「輪廻思想ですか。稲荷山でも一席ぶっていらっしゃった」

「循環という考え方はなかなか好もしいじゃないか。三界六道の果てしない反復……とはいえ、人道的エンドポイントが存在しないのは酷なことだね」

「あなたとの話を終えて、綾部さんはどうしたんですか」

「僕が山を降り始めたら、黙ってついて来たよ。だがいつの間にか居なくなっていた。鳥居の道から外れてしまったようだ。僕へのあてつけか、魔に憑かれたのかは定かでないが」

「あの人は、自分自身を魔だと思っていたんですよ」

　猫堂は精いっぱい口調を強めた。

「あなたが抱擁していれば、綾部さんは自死など選ばなかった」

　教授は何も言わずに手水舎に入っていく。柄杓に水を汲み、左手を、次いで右手を清め、掌に水を受けて口を漱いでから、黙然と佇んでいる猫堂を振り返る。

「手を出しなさい」

　言われた通りにすると、教授は猫堂の手を片方ずつ、指先から手首へと丹念に清めた。激しかけていた猫堂の胸は、湧き水の冷感にこともなく鎮められた。

「……学園祭で、僕と綾部さんにフルーツポンチをご馳走してくれましたね」

「そんなこともあったかな」

「ＡＩＤへの協力を引き受けたご褒美でした」

「順送りだよ」

　ハンカチを使いながら、教授はのんびりと拝殿に足を向ける。

「学園祭では毎年、映画サークルがフルーツポンチの模擬店を出すことになっている。何十年も前からの伝統なんだよ。総天然色の飲み物には、テクニカラー技術への敬意が込められているそうだ。僕が学生の頃、やはり担当教授からフルーツポンチを奢ってもらったものだ」

「ご褒美として、ですか」

「次は君の番だ、猫堂。いずれ大学で教鞭を執るようになったら、教え子の中から壮健で聡明な青年を選び出す時が来る。その青年をフルーツポンチで饗応してやりたまえ」

「教え子なんか持ちませんよ。僕が導く相手は、たった一人です」

少しむきになった猫堂の顔を、狐塚教授はさも可笑しそうに眺める。

「君の想い人は栄冠を摑むよ」

あっさりと言い切り、驚く猫堂の傍らで拝殿に手を合わせた。短く祈ってまた歩き出す。

「禍福は均等だ。陰陽は常に平衡している。遠山瑛子は綾部蓮を失ったが、その喪失を贖うものを手に入れるだろう。摂理はきっと、そういうふうに出来ているんだ」

猫堂の喉の奥が熱くなった。陽光に満ちた境内には一片の妖気もなく、観光客たちは日傘を揺らして気楽に笑いさざめいている。綾部蓮という人間など初めから存在しなかったように、また盛夏が巡ってくる。

「何かが裾に縋りついている――そんな気がすることはありませんか」

両手を拳にして猫堂は言った。

「今でもまだ、裾から離れずにいる。そう感じることはないんですか」

教授は足元に目を落としたが、その唇には薄い笑みがあった。

「あの晩、綾部君が妙に哲学的な問いを口にしたね」

笑みを浮かべたまま境内の奥へ進んでいく。

「自分はなぜ生きているのかと。今なら答えられそうだ。彼は遠山瑛子のために生まれてきたんだよ。彼女を修行に向かわせるためにね。生まれながらの人柱だったのさ」

容赦なく言い放ち、本殿への短い階段をのぼり始めた教授を、猫堂はほとんど憎しみを込めて追った。応神天皇とその息子を祀る三棟の神祠は、覆屋に守られて静かに並んでいる。それらは精巧な宝箱のようでもあり、かろやかに時空をわたる箱舟のようでもあった。猫堂は覆屋の木格子を握りしめた。

「綾部さんがかわいそうだ」

たまらず呻くと、涙があふれ出した。すかさず教授の手が伸びてきて、濡れた頰をあたたかく包み込む。

「君はいい子だね」

教授の囁く声は優しいが、眼鏡越しの眼はらんらんときらめいていた。

「教え子というのは、本当に、なぜこんなに可愛いのだろう」

「綾部さんのことは、可愛いと思えなかったんですか」

「僕はね」

猫堂の涙を拭って頰から手を放し、背を向ける。

「僕のもとで学ぶ子たちが好きなんだ。懸命に学業に励む子たちが」

枝社の並び立つ木陰からは仏徳山の山裾がもう始まっている。肌理の粗い木漏れ日の中、青い蝶がふわふわと舞ってきて教授の角帯に戯れた。本殿脇の石段をのぼる教授の背中を、猫堂は夢うつつで眺めていた。なぜか追憶が噴きこぼれる。

――晴天の学園祭。総天然色のフルーツポンチ。屋上から降るフォークダンスの旋律と、映画サークルの呼び込みの声。りんご飴。綿菓子。蒼穹の下を行き交う若者たちの群れ。群衆の波間を縫って、研究室に甘露を届けてくれた瑛子。炭酸水の気泡。踊るうたかた。ミス・キャンパス・コンテストのから騒ぎ。奉納提灯。いや、奉納提灯に彩られていたのは伏見の祭りの方だった。

それほど遠い過去でもないのに、すべてが懐かしい。鴨鍋。錦鯉。研究室の才媛たち。思えば、みな実らぬ恋をしていた。みな、焦がれた相手を諦めて、ひとり往く方を選んだ。

しかし――

「僕たちは……実験されていたんですか」

問いは無意識に滑り出てきた。教授は足を止めなかった。

「だとしても、僕の負けだよ」

猫堂の方を振り返りもせず、背中越しに呟く。

「みんな羽化して、飛び立ってしまった」

綾部の霊魂が乗り移ったように、猫堂は突然、恩師の裾に遮二無二縋りつきたい衝動に駆られた。そんな自分に危険を感じ、教授から視線を引きはがして本殿に向き直る。格子の間から内殿に目を凝らし、神を乗せた三艘の箱舟と、心が整うまで静かに対面した。

再び枝社の方へ目を向けた時、教授の姿はどこにも無かった。石段を数歩上って周囲を見回してみたが、見当たらない。さらに段を上ると、簡素だが堂々たる佇まいの石神に行く手を阻まれた。

拝殿に引き返し、さして広くない境内を再び見回してみる。やはり狐塚教授はどこにもいなかった。玩弄（がんろう）されているのかと、少しく苛立（いらだ）って携帯電話を取り出し、教授の番号にかけてみた。だが聞こえてきたのは無機質な自動音声の案内であった。番号がすでに使われていないことを告げられ、猫堂はしばし立ち尽くした。電話を一旦切ってかけ直してみたものの、やはり応答は同じである。不可解でならない。この番号に連絡して待ち合わせ時刻と場所を決めたのは、つい昨晩のことだ。教授はどこへ行ってしまったのか。

心騒ぎに駆られ、境内を出て朝霧橋へ急いだ。橋の中ほどまで来た時、教授が大学を辞したと言っていたのを思い出し、母校に向かうのはやめて宇治駅をめざす。奈良線に飛び乗り、窓の外を睨んでいると、教授が自分を弄んでいるという疑いは確信に変わってきた。

伏見稲荷は今日も観光客で賑わっている。人波を突っ切って参道を抜け、大鳥居をくぐり、境内を右に折れて東丸神社の脇を急ぐ。住宅街から墓地へ、未舗装の道へと進むうちに、我知らず小走りになっていた。

教授の家は、跡形もなかった。

建物があったはずの場所には殺風景な空き地が広がり、麒麟草（きりんそう）や春紫苑（はるじおん）が茫々と生い茂（しげ）る中に、美麗な毒虫のような蕾（つぼみ）が二つ、奉納提灯より赤い色を並べていた。二株の鶏頭（けいとう）であった。

それは猫堂に、教授宅の掛け軸に描かれていた雌雄の鶏を思い起こさせた。草むらの一端は稲荷山の藪へ続き、奥社につながる細道の入口では、ひとむれの狐牡丹が、手招きするように黄緑色の花を揺らしていた。猫堂はそちらへは近づかなかった。稲荷山に背を向け、もと来た道を足早に引き返す。住宅街から大社の方へは戻らず、琵琶湖疏水へ——綾部蓮の命を呑んだ水へ、足を向けた。

橋の上には人影があった。木蘭の袈裟（けさ）をまとった、若くすがすがしい僧侶である。

僧侶は下流側の欄干（らんかん）に面してすっくと立ち、人待ち顔で青藍の水面に目を凝らしていた。

——綾部さん。

若い唇がそう動いたように見え、猫堂が息を呑んだ時、僧侶の呼びかけに応えるように、淡く光るものが水底から浮き上がってきた。銀の錦鯉かと一瞬思われたが、それは輪郭をあらわすより先に、橋の真下へ入り込んだ。僧侶が袈裟を翻す。猫堂もつられて反対側の欄干に駆け寄った。再び橋の下から現れた不可思議な魚は、ほのかに光りながら、驚くほどの速さで上流へ向かって疾走し始めた。飛天。思わず身震いした猫堂の背後を、僧侶が伽羅（きやら）の香を残して通り過ぎる。魚の行方をすでに察している足取りで、衣の裾を小さくなびかせつつ、疏水沿いの道を歩み去っていく。猫堂は動けずにいた。夏空の下を袈裟の背中が遠ざかるのを、一幕の夢を見るように見送りながら、魚の行先について想いを巡らした。

水の始まる場所へ向かったのだ。そう思った。

光る魚はこの運河を一途に遡上（そじょう）し、伏見から下京へ、左京（さきょう）へ、蹴上（けあげ）を経て山科（やましな）へ、水の中を走り抜けていく。いくつもの水門をくぐり、暗渠を疾駆し、長等山を貫く隧道を通り抜けて、やがて琵琶湖へと辿り着くはずだ。だが、水の始まりはそこではない。湖水は比叡からの賜り物だ。魚はなお烈々と光りながら、霊峰へ続く水の道を遡って行くだろう。遡り、一心に遡り、山奥の細流ではみずからも細くなって、糸のごとき源流ではみずからも糸片になって、いつしか最初の一滴に――無動寺谷の土にしたたり落ちる、菩提樹の葉の雨滴へと至ることだろう。

だが、そこから先はどこへ行くのか。

あの僧侶が導いてくれるだろう。猫堂にはそんな気がした。

「……さようなら、綾部さん」

突然、別れの言葉がごく自然にこぼれ出てきた。

目を閉じ、もう一度、橋の下の水に向けて呟いてみる。

さようなら。

また、いつか。

弔いを果たした満足がようやく込み上げてきた。まだ傾く気配のない太陽の下を、猫堂は静かに歩き出した。狐塚教授の行方はもう探すまい。

明日になれば、瑛子に会える。

終章

むかしむかし。

ヒマラヤの南麓で、釈迦族の国のお妃さまが、脇の下から男の赤ん坊を産みました。

お妃さまは七日後に亡くなり、赤ん坊は、王様や召し使いたちの手で大切に育てられました。

時が流れ、赤ん坊は立派な王子に成長しました。彼は美しい妻をめとり、やがて可愛い子供も生まれました。何不自由のない、幸福な暮らしが続きました。

しかしある時、王様は、王子がいつも悲しそうな顔をしていることに気づいたのです。

「何を悲しむのだ、悉達多（シッダルタ）」

王子を宮殿の窓辺に連れていき、王様は問いました。

「見よ。あの山も、河も、村も、そこに暮らす民も、すべておまえのものだ。王になるべくして生まれたおまえは、美しく、優れ、多くを持ち、神々に愛されている。一体何が不満なのだ。なぜ、それほど悲しい顔をしているのだ」

——生まれてきたことの哀しみが、仏教の開祖の生涯を貫いている。

いつか聞いた猫堂の説法を、瑛子は今でも時々思い出す。練習を終えて夕空の下の五重塔をひとり眺める時や、街なかで抹香の香りにふと出会った時、あるいは剃髪(ていはつ)の跡も青々しい年若の僧侶と路上ですれ違った時、説法はあざやかに胸によみがえり、その途端、京都の大路小路がかたどる碁盤の目の、その隅々にまで誰かの涙が満ちているように感じられてくるのである。

ある日の練習の帰り道、久しぶりに美山さんから連絡があった。一緒に食事をすることになり、本屋で待ち合わせた。

仏陀の伝記がふと目に入り、瑛子は衝動的にそれを買ってしまった。子供向けの偉人伝シリーズの一冊だったが、表紙の絵が気に入った。そこに描かれているのは、白毫(びゃくごう)をそなえた堂々たる覚者ではなく、おそらくはまだ出家直後の、白馬に跨(また)がった、いかにも王子然とした上品な美男子の姿であった。城を捨て妻子を捨て、制止する父王を振り切り、自らの王国を擲(なげう)って修行の道に入った若者は、しかし憂いと迷いのいまだ断ち切れない、瑞々(みずみず)しい憂悶(ゆうもん)の表情を浮かべている。

伝記には仏陀の一生が平易な言葉で綴られていたが、彼が捨てた王国のその後については、ひとことも触れられてはいなかった。皇太子を失った後も、国ははたして平穏であり続けたのだろうか。あるいは戦禍に巻き込まれ、泡のごとくに消えてしまったか。

王子がもし国を捨てていなかったら、と、瑛子はたわむれに空想してみる。彼が出家の道など択ばず、父王の後を継いで民を治めていたら、きっと王国は幸福な一時代を過ごしたことだろう。仏教は興らず、興らぬものは伝来するはずもなく、京都の街も、今とはまったく異なる風景であるに違いない。プールのガラス壁から五重塔は見えず、比叡の峰には土着の神様が悠悠と鎮座していたはずだ。ヒマラヤ南麓の王子様が、もし現世を――自身の王国を愛し得ていたら。生まれてきたことの哀しみが、彼に宿ることがなかったら。

「瑛子先輩」

水面に寝そべって空想を弄んでいると、猫堂の声が聞こえた。この青年にしては珍しく、可愛げのある笑顔でプールサイドを歩いてくる。

「高地トレーニング、お疲れさまでした」

「ただいま。ちゃんと勉強してた？」

「当たり前です。勉強するために生まれてきたんですから。――お土産を拝見したいな」

上体をかがめ、踊りを申し込むように手を差し出してきた。瑛子がプールの中から腕を伸ばすと、猫堂は指先をつかんで五指を順番に広げ、研究者のまなざしで執拗に観察した。

「たしかに蹼ですね。でもまだ頼りないな」

指の間の皮膚をつまみ、優しく引っ張ろうとする。

「オリンピックまで、毎日こうやって成長を促します」

「くすぐったいよ」

瑛子は顎を上向けて笑った。笑い声は天井と壁で跳ね返り、プールサイドに殷々とこだまする。

かつてこんな風に笑っていた若者がいた。友人たちの輪の中心で、何がおかしいのか、あるいは悲しいのか、天に向かって空疎な笑いを響かせていた綾部蓮。――わたしの懐かしい王様。たまらなくなり、瑛子は猫堂の手を振りほどいて深々と水にもぐった。心が凪ぐのを待ってからプールを這い上がり、ガラス壁の前に立って朝空を見上げる。太陽のようだった若者への追懐は、もはや恋心を含んではいない。ただ、狂おしいほどの哀れみが胸を満たすばかりである。

――はじめて泳いだ時のことを覚えてるか?

綾部との最後の会話が忘れられない。ドア越しに聞こえる声は、少し震えていた。

――俺は覚えてる。琵琶湖だった。

あの日、綾部はどういうつもりか、自分を母校に呼び出し、実験動物が飼われている医学部校舎の地下室に閉じ込めたのだ。死を運命づけられたウサギたちに囲まれながら、しかし自分は、少しも怖くなかった。

――どうして、そんな話をするの。

綾部は瑛子の質問には答えず、どこか恍惚とした口調で、

――親父に抱かれて、水に入った。……白い塔が見えた。

それだけ言って、ドアの前を離れていった。遠ざかる足音の中で、唐突に手渡された謎の感触はなぜか哀しみを誘ってきた。ケージの一つを開け、ウサギを抱き上げると、その躯は可哀

想なほど震えていた。父親に抱かれて湖水に入った幼い綾部も、やはり震えていたのだろうか。琵琶湖にはたびたび蜃気楼が立つという。幼い綾部の目にうつった白い塔は、ことによると京都タワーか、どこかの工場か、あるいは火葬場の煙突か何かが、幻影となって湖面に浮かんだものだったかもしれない。

瑛子の記憶の一場面で、綾部蓮はやはり遠方の白い塔を眺めている。あれは確か、大会の日だった。レースの後、揺らめく水面に身をゆだね、彼方の塔に視線を留めていた綾部は、けだるく無垢な表情をしていた。みなに愛されていた王様はあの時、本当は何を見つめていたのだろう。

「どうしました」

いつの間にか猫堂が隣に立っていた。熱さを含んだまなざしに直視され、瑛子は照れを隠して壁のレバーに手を伸ばした。ガラス壁の一部は開閉可能になっており、縦すべりの窓をいっぱいに開くと、新鮮な風がプールサイドに流れ込み、青年の前髪をかき乱した。

「ねえ、説法でも聞かせて」

いつかと同じことを頼んでみる。猫堂はその言葉を予想していたごとく、ふっと破顔した。

「あなたがもし、オリンピックの栄冠を持ち帰ったとしてもね――」

風の中で語り始める。

「それは所詮、この人生に置いていくしかないんですよ」

朝一番の水辺には、二人のほか誰もいない。

「来世に持ち越せるものは唯一、修行だけ――成就しなかったものだけだ。月桂樹の冠も、やっと手に入れた蹼も、所詮はうたかたです。今生に置いていくしかないんだ。やがては手放すもののためにあなたは戦う。そう思えば、少しは気が楽でしょう」

オリンピック直前の気負いを解(ほぐ)そうとしてくれているらしい。瑛子は微笑(ほほえ)み、明るい窓に手をかざした。陽光を透かした蹼は花弁のように見える。

いつかこの青年が不思議なことを言っていたのを思い出す。修行者が悟りをひらく時、頭上で蓮の花が咲くという。千弁の蓮。未来でしか咲かない花。永遠に成就しない花。

だが、成就しなかったものだけが来世に持っていけるのなら、相愛はうたかたで、片恋だけが永遠ということになりはしまいか。

「来世なんか、どうだっていい」

一切を振り切って、瑛子は青年に向き直った。

「未来じゃ遅いの。今――今ここで、勝ちたいの」

猫堂がゆっくりと頷(うなず)く。

「修行の成果を見せてください」

「うん」

瑛子はスタート台に登った。朝の色の水面に相対し、クラウチングの体勢を取る。

刹那、息を止め、身体の隅々にまで意識を漲(みなぎ)らせた。わたしの骨肉。臓腑(ぞうふ)。神経。筋。めぐる血液。蹼。今はただ泳ぐために在る、わたしの億兆の細胞。今生で消えていくものたち。

スタート台を蹴り、翔(と)んだ。
輝く虚空の飛天となった。

解説

大矢博子

序章で、ある人物の泳ぐ様子が描かれる。

〈大きな掌が果実をもぐように水を摑み、体幹の中心軸へかき寄せて放擲する時、瑛子の目には、飛び散る飛沫がすべて花弁のように見えた〉

瑛子というのはこの後に続く第一話「スラマナの千の蓮」で語り手を務める、大学水泳部所属のスイマーだ。彼女が見ているのは同じ水泳部の綾部蓮。その第一話でも、瑛子が蓮の泳ぎをこう描写するくだりがある。

〈彼が泳いでいたレーンの水面が、まだ痙攣するようにさざめいている。綾部にかき乱された水はいつも幸福そうに見える〉

綾部蓮はその美貌と類い稀な水泳の才能で、水泳部に——いや、大学に、王として君臨する男子学生である。男女を問わず彼に惹かれる者が後を断たず、常に周囲に仲間を侍らせる。神の贈り物と呼ぶべき泳力を持ちながら練習にはあまり身を入れず、それでも結果を残す。美しくて、けれど虚ろな王。

物語の冒頭で、その綾部蓮が後年、自ら命を絶ったことが知らされる。

本書は蓮と出会った四人の人物がそれぞれ語り手となる連作だ。直接交流のあった者もいれば、王国の外から彼を眺めていた者、人を介して蓮の存在を知る者もいる。蓮は背景のひとつ、あるいは記憶の一部に過ぎない。

ではなぜ、蓮なのか。それが前述した彼の泳ぎの描写に現れている。摑んで放擲された水、飛沫、かき乱されてさざめく水面。蓮によって生み出された漣がプールの中で壁や人にぶつかって形や方向を変えるように、その漣を受けた者がさらにその人自身の漣を生み出し、他の人へと伝わっていく。これは漣の連鎖（いや、反復というべきか）を描いた物語なのだ。

最初に漣を生み出した人物は、その結果を知らない。

——いや、本当に知らないのだろうか？


順に見ていこう。

第一話「スラマナの千の蓮」は、京都の大学で水泳部に所属する遠山瑛子の物語。彼女は蓮に憧れて水泳の練習に励むがまったく結果が出ない。そんなとき、医学部生の猫堂が瑛子に声を掛ける。ある女子学生が妊娠していると思われるので、その父親が誰か探ってほしい。この調査をしてくれるなら、次の大会で瑛子が自己ベストを出せるようにしてやる、と——。

第二話「ヴェロニカの千の峰」は、同じく京都にある修道院が舞台だ。ある夜半、修練期（修道生活に入る準備としての訓練期間）も残りわずかとなった女性が、忽然と姿を消した。

彼女を気にかけていた先輩シスターは、彼女が隠し持っていたある物を手がかりに、彼女の行方を探し始める。

第三話「ジブリルの千の夏」は、東京に暮らす主婦の朝子の物語だ。京都の大学を出た後、一児の母となっていた彼女はある日、学生時代に交流のあった留学生ライラからの贈り物を受け取る。贈り物に託されたメッセージとは何か、朝子は学生時代の出来事を追想する――。

そして第四話「きみは億兆の泡沫」は、第一話に登場した猫堂が語り手だ。ここでようやく、綾部蓮が物語の中心に登場する。人気者で、美しく、才能にあふれた青年が、なぜ自ら命を絶ったのか?

どの物語もミステリとしてとても魅力的な謎が用意されている。まだ生まれぬ命の父親探しに失踪人探し、第三話はライラをある危機から救うために朝子が一計を案じるくだりもある。そして何より蓮の自殺の理由。

真相の意外性はもちろんだが、各話の眼目はそこに到達するまでの過程にある。瑛子が女子学生の〈相手〉を知るに至った些細なヒント。先輩シスターが辿った後輩の過去。特にシスターの探索によって少しずつ明らかになるある関係性には震えた。

その過程を、著者は実に美しい文章で紡ぎ出す。そして真相とともに浮かび上がるのは〈反復〉というキーワードだ。同じレーンを何度も往復する水泳の練習。日毎夜毎（ひごとよごと）に繰り返す祈り。この先もきっと千年の長きにわたって毎年行われる祭りも、主婦が担う日々の食事の支度も、すべて〈反復〉である。一話から三話まではどれも、主要人物はスポーツや信仰など打ち込むものを持った者ばかりだが、スポーツも信仰も〈反復〉によって到達する〈何か〉、生み出される〈何か〉を描いているのだ。特に第二話においてはあることの〈反復〉がとてつもないドラマとなって読者の前に姿を現す。こういう対比のさせ方、こういう重ね方があるのかと瞠目（どうもく）した。

そして物語の構造もまた〈反復〉である。仏教、キリスト教、イスラム教と、各話に登場する宗教のモチーフ。ある話に登場した人物が、置かれた状況を変えて別の話に顔を出す。前の話のテーマが言葉を変えて次の話に登場する。すべての話に繰り返し登場する人物もいる（そのうちひとりはもちろん蓮だ）。同じことが、同じ思いが、少しずつ形を変えながらも寄せては返す波のように何度も読者を翻弄する。

これが漣である。この〈反復〉こそが漣である。

本編を読んで驚いていただきたいので具体的には書かないが、ここに描かれているのは、ひとりの人物のある言動がどんどんと人を介して他者に影響を与えていく様子だ。それが繰り返される様子だ。蓮に憧れた瑛子。その瑛子にかかわろうとする猫堂。第二話の先輩シスターも、ある形で瑛子にかかわっているし、失踪した女性の過去には蓮の姿がちらつく。第三話の主婦もまた、留学生との交流のきっかけは蓮だ。

綾部蓮というひとりの人物の、そうとは意識しないさまざまな言動を、あるいはその存在そのものを発生源として広がる漣が、他者を動かしていく。変えていく。そして蓮からの漣によって変わった人物が今度は発生源となり新たな漣が他者を変えていくのである。本書はその繰り返しを――〈反復〉を描いているのである。

四つの物語を通して人々が重層的につながっていく様子は圧巻だ。それをつないでいるのは、第二話、第三話の時点ではすでにこの世にいない蓮なのである。なんと切ないロマンだろう。

そしてそのすべてが結実するのが第四話だ。各話の眼目は真相より過程だと先ほど書いたが、すべて第四話への布石なのだ。この真相を知って初めて〈反復〉という本書のテーマの真の意味を知ることになる。何度も登場する同じ（あるいは似通った）モチーフや言葉が、結末で収斂していく。

ここで、本稿の序盤で思わせぶりに書いたことに立ち返ろう。「最初に漣を生み出した人物は、その結果を知らない。／――いや、本当に知らないのだろうか？」と私は書いた。その意味は本編をお読みいただければわかるはずだが、ポイントは「最初に漣を生み出したのは誰か」という点にある。

前述したように、本書に繰り返し登場するモチーフのひとつに、宗教がある。人はすべて神の手の中にある、という趣旨の話が何度か繰り返される。であるならば、最初に漣を起こした人物もまた神の配剤のはずだ。しかし、その人物は、まるで自身が神になろうとしているようにも見える。漣の王国とは、いったい誰の王国なのか。

そう考えれば、瑛子を変えようとした猫堂も、ライラを助けようとした朝子も、神に任せるのをよしとせず自ら他者にかかわろうとしたわけで、意識的に漣を起こしているとも言える。

無意識の漣と、意識的に起こした漣。幸せなのは、あるいは罪深いのは、どちらだろう。

第四話の真相を知ったとき、足元が急に消え失せたかのような戦慄に襲われた。

これほどまでに儚く、切なく、恐ろしく――そして美しいミステリを私は知らない。

著者の岩下悠子は「相棒」「科捜研の女」（ともにテレビ朝日）などのミステリドラマや、映画『3月のライオン』などで活躍する脚本家である。二〇一七年に、太秦（うずまさ）の撮影所を舞台にした連作ミステリ『水底は京の朝』（新潮社）で小説家デビュー。本書は二作目の小説にして、初の文庫となる。

『水底は京の朝』もまた、京都が舞台の連作ミステリという本書に近い構成を持つ。各話に独立した事件と謎解きを用意しながら、それと並行して連続ドラマの撮影が進んでいくという趣向で、心理学用語が頻出するあたり、本書の衒学（げんがく）的な雰囲気に通じるものがある。

まだ小説は二作だけだが、ぜひ書き続けてほしい。この美しい文章――何度も〈反復〉して書くが、本当に美しい！　アスリートが泳いでいる、それだけの様子をここまで美しく、映像が目に浮かぶように、しかも幻惑的な比喩を使って書ける作家がどれだけいるか――を味わえば、あなたもきっと「もっと読みたい」と思うはずだ。

それが、小説『漣の王国』が読者に向けて生み出した漣である。

まずはこの文庫化で、多くの方に小説家・岩下悠子を知っていただけることを喜びたい。そして次作を楽しみに待とう。それまでは〈反復〉のテーマに倣って、本書を繰り返し読むことにする。

本文中の引用に際しては左記を参照した。

『弘法大師 空海全集 第六巻』、筑摩書房、一九八四年。

山岸徳平（校注）、『源氏物語（一）』、岩波書店（岩波文庫）、一九六五年。

オマル・ハイヤーム（著）、小川亮作（訳）、『ルバイヤート 改版』、岩波書店（岩波文庫）、一九七九年。

白日庵守朴（編）、『芭蕉翁発句集』、西村寅二郎・天野保之助・山中孝之助（三書房）、一八九三年。

なお、聖書からの引用は『舊新約聖書 文語訳』（日本聖書協会／二〇〇九年刊）を参照したうえで、著者みずから一部を改めた。

本書は二〇一九年七月に小社より刊行された作品の文庫化です。

検印
廃止

著者紹介　1974年東京都生まれ。97年「砂の蝶」が第23回城戸賞を受賞。テレビドラマの脚本を数多く手掛ける一方、2012年に小説「熄えた祭り」を発表する。17年に同作を含む連作集『水底は京の朝』を刊行。

漣（さざなみ）の王国

2024年1月19日　初版

著者　岩下悠子（いわしたゆうこ）

発行所（株）東京創元社
代表者　渋谷健太郎

162-0814/東京都新宿区新小川町1-5
電　話　03・3268・8231-営業部
　　　　03・3268・8204-編集部
URL　http://www.tsogen.co.jp
DTP　キャップス
暁印刷・本間製本

乱丁・落丁本は、ご面倒ですが小社までご送付ください。送料小社負担にてお取替えいたします。

ISBN978-4-488-48421-7　C0193

北村薫の記念すべきデビュー作

FLYING HORSE◆Kaoru Kitamura

空飛ぶ馬

北村 薫

創元推理文庫

——神様、私は今日も本を読むことが出来ました。
眠る前にそうつぶやく《私》の趣味は、
文学部の学生らしく古本屋まわり。
愛する本を読む幸せを日々嚙み締め、
ふとした縁で噺家の春桜亭円紫師匠と親交を結ぶことに。
二人のやりとりから浮かび上がる、犀利な論理の物語。
直木賞作家北村薫の出発点となった、
読書人必読の《円紫さんと私》シリーズ第一集。

収録作品＝織部の霊，砂糖合戦，胡桃の中の鳥，
赤頭巾，空飛ぶ馬

水無月のころ、円紫さんとの出逢い
——ショートカットの《私》は十九歳

連城三紀彦傑作集1

THE ESSENTIAL MIKIHIKO RENJO Vol.1

六花の印

連城三紀彦
松浦正人 編
創元推理文庫

大胆な仕掛けと巧みに巡らされた伏線、
抒情あふれる筆致を融合させて、
ふたつとない作家性を確立した名匠・連城三紀彦。
三十年以上に亘る作家人生で紡がれた
数多の短編群から傑作を選り抜いて全二巻に纏める。
第一巻は、幻影城新人賞での華々しい登場から
直木賞受賞に至る初期作品十五編を精選。

収録作品＝六花の印，菊の塵，桔梗の宿，桐の柩，
能師の妻，ベイ・シティに死す，黒髪，花虐の賦，
紙の鳥は青ざめて，紅き唇，恋文，裏町，青葉，敷居ぎわ，
俺ンちの兎クン